地獄は実在する

高橋洋恐怖劇傑作選

高橋洋

Hiroshi Takahashi

幻戯書房

地獄は実在する　高橋洋恐怖劇傑作選　目次

造本――――島津デザイン事務所
編集――――岸川真＋中村健太郎
解題構成――上妻祥浩

掲載脚本には現在の観点から不適当とされる表現がありますが、制作年などの資料性も鑑み、執筆当時の表現のままとしました。（編集部）

『女優霊』

『女優霊』（１９９５）

作・高橋　洋　企画原案・中田秀夫

【登場人物】

村井俊男（33）　映画監督
黒川ひとみ（26）　女優
村上沙織（17）　女優
葉山勝（36）　プロデューサー
大谷（45）　キャメラマン
六さん（68）　映写技師
関川（34）　チーフ助監督
定岡（28）　セカンド助監督
矢代（24）　サード助監督
友保（30）　撮影助手
粕谷（38）　美術
真琴（26）　メイク
筒見トキエ（48）　事務所社長

望月しげる（40）　俳優
刑事
佐伯（60）　撮影所所長
間宮佳子（18）　吹替え
村井の母（声のみ）
フィルムの中の女優
フィルムの中の男優
映写技師
記録
スタッフたち
警官
謎の女

1　ミニチュア・セット

黒バック。

紙細工のセットの中に女の人形が二体立っている。

床には軍服姿の男の人形が横たわっている。

セットの細部。人形の顔のアップなど。クレジット・タイトルが適宜入る。

ふいにバックが明るくなり、人声などの現実音。

ミニチュアの向こうから大きな顔がヌッとのぞき込む。

2　そこはスタッフ・ルーム

ミニチュア・セットを囲んで、映画監督村井俊男(33)が美術の粕谷(38)と打ち合わせしている。

村井「この壁は動くようにしといて。こっちから狙いたいから」

粕谷「この家、電気が来てないんだろ。いいのかな、東側の窓からしか光入んないけど?」

村井「うん。午前中のシーンだから」

3　撮影所内（数日後）

人影もまばら。

路面にくっきりと建物の影が落ちている。

その影は「第八」と表示されたステージ。

4　第八ステージ

ミニチュアと同じセットが建てられつつある。

大工仕事の音がかまびすしい。

(クレジット・タイトルは適宜続く)

撮影の大谷(45)と助手の友保(30)がカメラをセットしている。

主演女優の黒川ひとみ(26)と共演の村上沙織(17)が戦争中の衣裳をつけて入って来た。

「黒川さんからお願いします」とチーフ助監督の関川(34)。

ひとみがカメラの前に立った。

村井「じゃあ、正面から」

関川「カメラ・テストいきます！」

正面・横と手配写真のような撮影が続く。

関川「沙織ちゃん。お願いします」

ひとみはフレームから外れ、沙織が入れ替わった。

×　×　×

村井「ランプのシーンも撮っときましょうか？」

大谷「フィルムはたっぷりありますよぉ」

友保「使い残しの集めてきましたから」

プロデューサーの葉山（36）が笑って釘を刺した。

葉山「本チャンじゃあ、こうは回せないよ」

村井はひとみと沙織に台本★1を示している。

村井「一応、リハーサルのつもりで台詞もお願いします。音はとらないけど」

大谷「（残り尺数を見て）ロール・チェンジだな」

友保がマガジンを入れ換えた。

×　×　×

「すいませーん。照明落としまーす」セカンド助監督の定岡（28）が叫ぶ。

大道具が仕事の手を休める。

二重のライトが消えていき、村井たちの顔も闇に沈む。

ひとみと沙織の手にしたランプに明りが灯された。

わずかな光に二人の顔やセット内が照らし出される。

友保が露出を計測している。

村井「用意、ハイ！」

ランプをかざしたひとみと沙織がセット内を見回しながら歩くフォトジェニックな場面。

その動きを大谷がパンで追う。

沙織がセットの奥まで進み、ひとみを振り向いた。
沙織「……ねえ。母さんが死んだ後さ」
ひとみ「うん」
沙織「姉さん、よく母さんの真似してわたしと遊んでくれたよね」
ひとみ「(笑う)あんたが母さんはどこ、どこってうるさいんだもの。(声色)ほらほら、もうおねむの時間よ」
沙織「(笑う)そうそう」
ひとみは天井を見上げた。
ランプの明りに二重の木枠が浮かび上がる。
その奥の三重は真の闇だ。
ひとみの眼が闇に吸い込まれ……。

5　三重からの視点

ランプに照らされたセットがミニチュアのように見える。

村井「カット!」
定岡「ライトお願いしまーす!」
と声が響き、ステージ内に明りが戻る。
キャットウォークの暗闇部分にメイン・タイトル。

6　畳部屋(翌日)

窓越しの明るい光。
ひとみはすっぴんの普段着姿で畳にうずくまり、窓外をボンヤリ見ている。
村井は台本を広げ、沙織の前にしゃがんでいる。
村井「どう? 最後の台詞で立てるかな?」
沙織「ええ……(自信がない)」

×　　×　　×

リハーサル。
ひとみは画家。沙織をモデルにスケッチする仕草。

沙織は椅子に座り、縫物をしている仕草。
ひとみ「くたびれた？」
沙織「ううん。……ね」
ひとみ「何？」
沙織「戦争が終わったら、東京に帰るんでしょう？」
ひとみ「東京もどうなってるか判らないわよ」
沙織「わたしは帰りたいわ。こんな田舎……」
ひとみ「日本は負けるみたいだし。当分様子を見た方がいいわ」
沙織「あの人は脱走兵だからそんなこと言うのよ。村の人に見つかったら、私たちまで非国民よ。食糧だって分けて貰えなくなるし……」
ひとみ「二階に聞こえるわよ」
沙織「わたし、言うわよ。姉さんたちのこと」
眼を上げてひとみを見つめる沙織。
村井が「はい」と芝居を打ち切り、そのまま考えている。
不安そうな沙織。

ふいにひとみのバッグの携帯電話が鳴った。
ひとみ「すいません、電源切り忘れちゃって……」
バツが悪そうに電話を取り出す。
村井「いいよ。こっちやってるから」
ひとみ「すいません」
スタッフに気がねしながら、外に出る。
スタッフたちも気がかりそうに見送った。

7　畳部屋・外

ひとみが苛ついた様子で電話に応じている。

8　試写室・廊下（その夜）

村井が葉山とヒソヒソ話している。
葉山「黒川ひとみね、移籍問題で事務所とモメてるみたい」
村井「それでマネージャーついてこないんだ？」
葉山「あそこの女社長、根性悪いから」
村井「じゃあ、彼女、自分でこの仕事選んだの？」

葉山「けっこうホンに乗ってるよ。ま、口説いたのは
　僕だけど」
「始めるよ」映写技師の六さん（68）が声をかけ
た。
六さん「よ、村井ちゃん。監督だってねえ」
村井「はは、おかげさまで」
　村井は照れ笑いしながら試写室に入った。

9　試写室（夜）

カメラ・テストのラッシュが映写されている。
（ラッシュはすべてサイレント）
スクリーンを見つめる村井や大谷たち。
ランプを手にしたひとみの映像。
ひとみがふっと上を見上げた。
すると画面の状態がおかしくなり、別の映像が
だぶり始めた。
闇の部分に女の顔が浮かび上がる。
「え?・」となる村井たち。

映写窓の六さんもギョッとしている。
ひとみの映像が途切れたことで、だぶりが消
え、女のミディアム・ショットのみとなる。
彼女はどうやら全く別の映画の女優らしい。
だが、その顔立ちや衣裳、洋風の室内、そして
画面の雰囲気はおよそ現代的ではない、古い映
画を思わせる。
女優は誰かに向かってさっきからしゃべってい
る。
カットが変わる瞬間、女優の背後に何かが動い
たような気がした。（カット①）
次は男優の切り返し。前のカットのつながりら
しい。だがその姿は何かのカメラ・トラブルだ
ろうか、黒い影に覆われ、パーフォレーション
が損傷しているのか、画面もガタガタと揺れ動
きたちまち途切れる。★2（カット②）
階段が映る。カメラの背後から八歳ぐらいの少
年がフレームインし、手すりに手をかける。後

ろ姿のため、顔は見えない。

カメラは少年を外して、階段上を捉える。そこは闇に沈んでいる。（カット③）

さっきの女優が部屋を歩き回りながら誰かに向かってしゃべっている。カメラはパンして女の動きを追う。

ふいに女は立ち止まり、フレーム外の一点を凝視するや、恐怖に顔をゆがめて後ずさった。

いつのまにか画面の奥に別の女が立っていた。

ピンが甘く、顔の輪郭は定かではないが、口を開けている。

笑っているように見えた。（カット④）

魅せられたように村井は見入る。

何か遠い記憶が呼び起こされるような……。

木製のドアが映し出された。

光の状態が安定せず、まるでゆっくりと点滅しているようだ。

ドアがこちらに向かって開きかけたところで、
カットはふいに途切れた。（カット⑤）

「何だよ、今の……？」スタッフたちがざわめく。

村井は映写窓を振り返った。

すでに大谷が六さんのもとに駆けつけている。

10　編集室（夜）

大谷がフィルムのだぶりの箇所を見ている。
大谷「未現像のフィルムだよ。重ねて焼いちまったんだ」
友保「使い残しのフィルムと一緒にあったんですけど……」
大谷「未現像が生フィルムと混ざってたんじゃ、おっかなくて端尺使えねえよな。おまえのせいじゃないけどさ。こういうのは処分されてるはずだからな」
大谷は納得がいかない。
大谷「とにかく撮影部の端尺、いっぺん整理した方がいいいな」
友保「ええ」

大谷がフィルムを手に出ようとすると、
村井「あ、そのフィルムいいですか？」
大谷「ああ」
怪訝そうに村井に手渡す。
大谷「じゃあ明日」
村井「ええ」
大谷「コンテ、もう出来てんのか？」
村井「まあ、おおざっぱには」
大谷「コンテ通りに撮ってるようじゃ、大物にはなれねえもんな」
大谷と友保は笑って廊下に消えた。
一人残った村井はフィルムをスタインベックにかけた。
カット②のアタマの部分。
切り返された男優の顔をコマ送りする。
顔の輪郭はおぼろげに判るものの、たちまち黒い影に覆われ数コマで途切れてしまう。
フィルムを戻した村井は、切り返し直前の女優のカットにハッとした。
女優の背後に誰かの人影が隠れている。
女優の肩のあたりにチラリとそれが窺えるのだ。
ふいにドアが開き、村井はギクッとした。
葉山が入ってきた。
葉山「やっぱり未現像だって？」
村井「うん」
葉山「ちょっとドキッとしたよな。現像されなかったってことは、製作中止か。いつ頃のだろうな」
村井「……子供の時に見た映画でさ、ずっと気になってるのってない？　あれは何だったんだろうって」
葉山「(怪訝に) ああ。あるね」
村井「これさ、俺見てるんだよ。子供の時、TVで」
葉山「え？」
村井「だから製作中止になった映画じゃないんだ」
カット③の階段の場面でフィルムを止めた。
葉山「じゃあ、NGフィルムか、これ？」

村井「うん……。確か、この階段の上に屋根裏部屋みたいな場所があって……、そこがやたら怖かった」
葉山「どうなるの?」
村井「よく覚えてない(笑う)」
葉山「こうなってたんじゃないの? 怖すぎて」
指の間から覗き見る仕草をしてみせた。
村井は笑いながら、カット④でフィルムを止めた。
奥に立つ女の顔。荒い粒子の画面でぼやけているが、口だけがポッカリ開いている。
村井は寒気を覚えた。

11 ロケバス・車内(翌日)

村井と大谷は台本を広げて打ち合わせしている。
ひとみは窓外を無表情に眺めていた。
まだスタッフとも打ち解けない、孤独な雰囲気。
沙織はスタッフから缶コーヒーを受け取り、笑顔を見せるが緊張している。

12 川岸

水面が夏の光に輝いている。
カメラの後ろに村井たちが固まっている。
村井「用意、ハイ!」
以下、劇中劇の映画の場面が展開する。
ひとみがタライで野菜を洗っている。
沙織が川から水を汲み、タライにあける。
沙織は手を休め、川を見やった。
沙織「母さんが見つかったの、どの辺?」
ひとみ「……もっと下流よ。流されたのね」
沙織は黙って川に向かう。
野菜を洗う沙織。
遠くから半鐘の音が聞こえて来る。
「え?」と不安そうに顔を上げるひとみ。
「カット!」と村井の声。「OK!」
スタッフたちがざわめき、メイクの真琴(26)

がひとみたちに走る。

13　ロケバス・車内

昼休み時。ひとみたちが弁当を食べている。
チーフの関川は葉山と話していた。

関川「今んところ、順調にいってますけどね。明日からのセットが怖い。監督、ねばる気ですよお」
葉山「タク送は三回までにしてよお。リハーサルまでやらせたんだから」
沙織「タク送って何ですかあ?」
関川「タクシー送り」
沙織「あ、それ、いいなあ」
関川「駄目! 予算がないんだから」
ひとみも思わず笑ってしまう。
葉山「今日は望月さんの出番、ないの?」
関川「いや、あるんですけど、吹替えでいきます」
サード助監督の矢代(24)が笑って手を上げた。
矢代「わたくしがやらせて頂きます」

そんな雑談を聞きながら、沙織は窓外を眺めた。
川の向こう岸に村井が座っている。

沙織「監督ぅ……」
聞こえないのは承知で、小さく手を振ってみる。

14　川岸

村井は一人、台本にメモを走らせている。
ふっと眼を上げた。
向こう岸のロケバスの窓から誰かが手を振っている。
おそらく沙織だろう。
村井の眼がふっと泳ぎ、別の窓で止まった。
ロケバス後部の窓に女がいる。
はっきりとは見えないが、ジッとこちらを向いている。
村井は思わず立ち上がった。
日差しが変わり、窓は光の反射で見えなくなる。
水面の輝きがまぶしい。

眼をこらす村井。

反射が消えた窓に女の姿はすでになかった。

バス内を歩き回るスタッフの姿が見えるだけだ。

村井は怪訝に立ちすくんだ。

葦の茂みが風にざわめいていた。

15　川岸（夕刻）

劇中劇。

ひとみが草むらに腰をおろし、スケッチをしている。

向こう岸を見やり、ハッとなった。

誰かが倒れている。

×　×　×

向こう岸。水辺に駆け降りるひとみ。

軍服姿の男が半身を水に浸らせ、うつ伏せに倒れている。


こわごわと手に触るひとみ。まだ息があるらしい。

「カーット！」村井の声がかかる。

男がザバアと起き上がる。サードの矢代である。

矢代「いやあ……」

水で重そうな体をスタッフたちが引き揚げた。

ひとみが笑って見ている。

村井は大谷に確認し、「OK！」と叫んだ。

関川「はい、OK！　ロケは終了です！（沈みかけた太陽を見やり）いやあギリギリだった」

「はい、撤収！」「撤収！」一斉に撤収作業が始まった。

16　帰りのロケバス（その夜）

一同、疲れきった顔で揺られている。

村井は座席から立ち上がり、後部座席の方を窺った。

昼間、女を見かけた辺りには誰も座っていない。

村井はそのまま葉山に近づいた。

村井「撮影所、寄ってくだろ?」
葉山「ああ、寄るよ」
村井「俺もそうするわ」

17 撮影所・廊下(夜)

村井が足早に歩いている。手には例のフィルム缶。
村井は映写技師たちのたまり場をのぞき込んだ。
六さんがいた。

六さん「よお」
村井「六さん、ちょっといい?」

18 映写室(夜)

六さんがカット①の女優の顔をルーペで拡大している。

村井「六さんも見覚えない、この女優?」
六さん「うん……。TVで見たのっていつ頃だよ?」
村井「小学校の二、三年だと思うから……、昭和四五、六年かなあ。昼間だった」
六さん「三島由紀夫の頃かあ(笑う)。その頃から同じことやってんだからやんなっちゃうよな。ウチのシャシンじゃないと思うよ。TVかもな。昼間だったら再放送か」
村井「やっぱりTVの女優か」
村井もルーペを受け取り、フィルムを見た。
ハッとなる村井。
カット①の最後の数コマ。女優の背後の影が以前よりも動いているように見える。わずかに頭髪のようなものが……。

六さん「なに?」
村井「いえ……」
顔色が青ざめている。
六さんも不審な気配を嗅ぎとったようだ。

六さん「まあ、俺ももういっぺん見てみるよ。こういうの調べるの好きでさ」
笑いながらフィルムを巻きとってゆく。
村井「ええ……、お願いします」
巻きとられてゆくフィルムを見ている。

19　第八ステージ・外（夜）

村井がやってきてドアを開ける。

20　第八ステージ（夜）

村井が電源を入れる。
完成したセットが浮かび上がった。
村井はセットを見回し、ふーっとため息をついた。
明日の撮影に思いを馳せている。

21　第八ステージ（翌日）

「はい、本テス！」「本テス行きます！」
村井がジッと芝居を見ている。

劇中劇。
外出するひとみを沙織が見送っている。
ひとみ「じゃあ、寄り合いに行ってくるから」
沙織「ええ」
ひとみ「やだわ。わたし、空襲の体験、みんなの前で話すのよ」
沙織「こんな田舎に空襲が来るわけないのにね」
ひとみ「ああ。でも昨日、半鐘が聞こえたわ」
沙織「へええ」
ひとみが去り、残った沙織は退屈そうに室内を見回す。
本棚を眺め、押入を開けてみる。
何かを見つけた沙織は、ホコリだらけのアルバム帖を引っ張り出した。
開いてみる沙織、怪訝な様子で頁をめくってゆく。
「はい」と村井が声をかけ、椅子から立ち上がって考え込む。

村井「うん……。もう一回だな」

沙織の顔に落胆が浮かんだ。

定岡は村井にヒソヒソ確認し、

定岡「黒川さんはしばらくお待ち下さい」

ひとみ「あ、はい」

村井の指示を聞いている沙織を見やり、ひとみは廊下に出た。

22　第八ステージ・廊下

ひとみはソファに座り、バッグの中の携帯電話の電源を入れた。

誰もいない、ガランとした廊下。

ひとみは台本をめくり台詞をつぶやく。

ひとみ「……母さん、写真が嫌いだったのよ。明治生まれは迷信深いから。魂が吸い取られる……」

「魂が吸い取られる」が誰かの声とだぶって聞こえた。

ギョッと辺りを窺うひとみ。

誰もいない。

ふいに携帯電話が鳴り、ひとみはビクッとした。

ひとみはうんざり顔で電話に応じた。

ひとみ「はい。うん、撮影は順調……。え? そんなの入れられるわけないじゃない。何であなた、スケジュール表も持ってないの? ……だから、何であたしを間に入れようとするわけ? あなたが直接……、あなたが言い出したことでしょ。何でいまさら社長の顔立てなきゃならないのよ? 全部あたしのワガママみたいな話になってるじゃない。あなたが……」

ひとみはしゃべりながら立ち上がっていた。

その背後、肩の辺りに誰かが立っている。頭髪がかすかに見えて……。

ハッと背後を振り返るひとみ。

やはり誰もいない。

ひとみの顔に不安が広がった。電話口でしきりに男の声がする。

ひとみ「ううん、何でもない。……とにかく、あたしは二〇日まで、この仕事に集中したいんで。そういう話は後にしてくれない。電源も切るから」
ひとみは気味悪そうに周囲を窺い、ステージに戻った。

23 第八ステージ（夜）

セット内もランプのみの夜の照明。
ひとみと沙織の芝居。
沙織「母さんの顔、覚えてないな。姉さんに似てたの？」
アルバム帖をめくっている。
ひとみ「そうでもなかったけど」
沙織「写真、一枚もないんだね。私たちのはあるのに」
ひとみ「……母さん、写真が嫌いだったのよ。明治生まれは迷信深いから」
ふいに顔に不安が走り、次の台詞が出なくなる。
村井も表情の変化に気づいた。

ひとみ「ごめんなさい」
村井「カット」
定岡「はい、もう一回いきます！」
村井は記録にささやいた。
村井「今のキープにしといて。（ひとみに）トチってもいいですから、そのまま続けて下さい」
ひとみ「はい。すいません……」

×　　　×　　　×

セットの壁を動かしている。
村井は大谷とカメラ位置の打ち合わせ。ステージ内がざわついている。
葉山は腕時計を窺い、製作部とヒソヒソ話している。
だいぶ時間が押しているらしい。
ひとみと沙織は椅子に座って休憩している。
沙織「すいません。何か、あたしばかり時間食って」
ひとみ「（笑う）わたしが初めての時なんか大変だっ

たのよ。わたしの出番になると、スタッフがみんな暗ーい顔して」

関川が割って入った。

関川「女優はスタッフを泣かせてナンボです。監督はこの映画で村上沙織を女優にすると言ってますから」

ひとみ「ええ、監督、そんなこと言うんだ」

大谷と話す村井をひとみは見やった。

× × ×

片付けも終わり、人影もまばらなステージ内。

村井は一人、セット内で台本を広げている。

ふいに天井から階段を上がるような音が聞こえた。

ハッと見上げる村井。

二重にも三重にも人影はない。

そこにセカンドの定岡がやってきた。

定岡「監督、タクシー来ましたけど。俺、同じ方角だから……」

村井「ああ。（上を見上げ）もう照明部引き揚げたんだろ?」

定岡「え、三重に誰かいました?」

村井「いや……」

定岡「（ニヤリと笑い）けっこう気味悪いでしょ、この上って」

24 タクシー・車内（深夜）

定岡「俺ね、一度だけ見たことあるんですよ、亀戸スタジオで。ドラマの撮影で役者さんたちの動きを整理してたら、その時、レギュラーで出ていたのが児島さんで。児島さんが上の方をジーッと見上げてんですよ。〝この人、何見てんだろ〟と思って、で、ふっとやっぱりレギュラーの三宅かおりさんの方を見たら、彼女もジーッと同じとこ見上げてんですよ。で、俺もえーって目線をたどったら……、照明バトンの上に白い服の女の子がチョコンと……」

村井「ええ？」
定岡「座ってんですよォ」
村井「本当かよ？」
定岡「だって三人が同時に見てんですよ。そしたら
　三宅さんがスーッと女の子の下まで歩いていって、
　〝危ないから降りてらっしゃい〟って……。もう勘
　弁してくれって」
村井「それって、顔も見えたの？」
定岡「顔は……髪の毛は見えたんですよ。カチューシ
　ャしてて。でも顔は……（首をひねる）」
村井「ああ、聞くんじゃなかった」
　二人は笑い合った。

25　マンション・村井の部屋（深夜）

　シャワーを浴びた村井が出て来る。
洗面台で歯を磨く村井。
鏡の中の自分の背後をのぞき込んでしまう。
村井は思わず苦笑した。

村井「何やってんだ……」
　村井は部屋の明りを消し、ベッド脇のランプを
　つけ、寝ころんだ。[★3]
　何となく室内の闇が気になる。
　机のボードには、雑誌のグラビアから切り取っ
　たらしいひとみの写真が貼られている。
　村井はため息をつき、眼を閉じた。

×　　×　　×

　一瞬のインサート。ひとみの写真がぼやけた白
　い女の顔に化けて浮かび上がる。女の口が開い
　たように見えた。

×　　×　　×

　ギクッと眼を開ける村井。
　ひとみの写真は元のままだ。
　村井はため息をつき、ランプを消した。

26　第八ステージ（翌日）

村井の顔に疲れが出ている。
照明待ち。
沙織はすっかりリラックスし、スタッフたちとふざけ合っている。

関川「監督、駄目ですよお」
とやってきて、沙織をこなした。

関川「慣れてくれたのはいいんだけど、顔がすっかり甘くなっちゃって」

村井「そうかな？」

関川「そうですよ。一回、ピシッとしめないと」

村井「ピシッとねえ……」

×　　×　　×

リハーサル中。
食事の用意をしたひとみが沙織に盆を持たせる。
沙織は不満気な顔で階段を上がり、二階に向かう。
共演男優の望月しげる（40）が軍服姿で顔を出した。

関川「望月さん、次、出番ですから」

望月「はい。よろしくお願いします」
とスタッフたちに挨拶する。
見物していた葉山が後ろを振り向き、嫌な顔をした。
ひとみの事務所の女社長、筒見トキエ（48）が入って来た。

葉山「（すかさず歩み寄り）ちょっと外で話しましょう」

トキエ「あたしはひとみに用があんのよ」

葉山「今、リハーサル中ですから」
葉山はトキエを外に出そうとするが、結局、入口付近で立ち話の格好になる。
スタッフたちもトキエに気づいた。
声は聞こえないが、葉山がウンザリ顔でトキエをなだめている様子が見える。
スタッフたちの間にも緊張が走り、リハーサルは中断の状態になる。
ひとみが見かねて行こうとするが、関川が手で制した。
関川「ここは葉山さんに任せて」
トキエは葉山の言葉にうなずきながらも、手を振り払い、セットに近づいた。
ひとみもセットを出た。
瞬間、トキエはゾッと寒気を覚え、天井を見回した。
それ以上、前に進めない。
やってきたひとみもトキエの顔色に気づいた。
トキエは怒りも忘れ、ひとみを怪訝そうに見る。
トキエ「……何の映画、撮ってるの?」
ひとみ「え?」
トキエはステージを恐ろし気に見ている。
ひとみも振り返るが、すぐにトキエに向き直った。
トキエはバッグを探り、お守りを手渡した。
トキエ「これ、持ってなさい」
怪訝な顔のひとみ。
トキエ「いいから、ちゃんと持ってるのよ」
トキエは後ろも振り返らず、立ち去った。

27 第八ステージ・廊下

休憩に入り、ひとみは廊下に出た。
ソファに座り、トキエから受け取ったお守りを見つめる。
バッグの中にポトリと落とした。
そこに村井が顔を出した。
村井「さっき大丈夫だった?」
ひとみ「ええ。すいません、何かゴタゴタしてて……」
村井「いや」
とソファに座り、

村井「この映画に出てくれて、感謝してますから。大変な時に」
その言葉がひとみにはうれしい。
ひとみ「大変でもないんですけど。ホンが面白くて」
何となく話題が途切れる。
ひとみ「……何かここって気味悪くないですか？」
村井はハッとした。
村井「え、そう？」
ひとみ「うん。何となく」
村井「撮影所ってそうだよね」
村井の眼がふっと考える。
村井「嘘の話を作ってるからかな（笑う）。何となく後ろめたいし、怖いよね」
ひとみ「この映画もけっこう怖いですよ。はっきりとは書いてないけど、わたしは何だか母親を殺してるみたいだし」
村井「うん。それからずっと母親を演じてる」
ひとみ「（声色）ほらほら、もうおねむの時間よ」
二人は笑い合った。

28　映写室（その夜）

村井が顔を出すが誰もいない。
映写技師が通りかかった。
村井「あの、六さん、いませんか？」
技師「ああ、今日は来てないけど」
村井「あ、どうも」
村井は怪訝な顔で周囲を見回した。

29　撮影所内（別の日）

第八ステージがそびえている。

30　第八ステージ（その夜）

沙織が困惑している。
村井からきついダメを出された直後らしい。
スタッフもピリピリしている。
関川「どうします、休憩入れますか？」

村井「そんな時間ないだろ」
村井の言葉にも珍しくトゲがある。
その雰囲気が沙織を追い込んでいる。
村井「はい、本番！」
その声に沙織の眼がキツくなった。
矢代「テイク6！」
村井「用意、はい！」
沙織は椅子の上で裁縫をしている。
ひとみは沙織をスケッチしている。
なかなかひとみが台詞を言わない。
沙織はチラリとひとみを窺った。
ひとみはすました顔で筆を走らせている。
沙織は不安な顔で下を向いた。
ひとみ「くたびれた？」
タイミングを外されたことに沙織はカチンと来た様子だ。
沙織「ううん。……戦争が終わったら、東京に帰るんでしょう？」

ひとみ「東京もどうなってるか判らないわよ」
沙織「わたしは帰りたいわ。こんな田舎……」
ひとみ「日本は負けるみたいだし。当分様子を見た方がいいわ」
沙織「あの人は脱走兵だからそんなこと言うのよ。村の人に見つかったら、私たちまで非国民よ。食糧だって分けて貰えなくなるし……」
ひとみ「二階に聞こえるわよ」
沙織「わたし、言うわよ。姉さんたちのこと」
沙織の表情は張りつめている。
椅子から立ち上がり、ひとみにしがみついた。
沙織はひとみの耳元に何事かささやいた。
ひとみはハッとなり、沙織を抱きしめた。
村井「カット！（大谷とうなずきあい）ＯＫ！よかった！」
スタッフから「おお」と拍手が起こる。
ひとみは沙織を不思議そうに見つめているが、
沙織は照れ笑いを浮かべながら涙を拭き、離れてゆく。

関川「沙織ちゃん、今日はこれでお疲れです」

再びバラバラと拍手が起こり、沙織はお辞儀しながらセットを去った。

定岡「望月さん、お願いします」

軍服姿の望月がセットに入った。

×　×　×

着替えた沙織がスタッフに混じって見学している。

村井「用意、はい！」

ひとみと望月の芝居。

カメラは望月を狙っている。

望月「もうじき日本は負けますよ。そんな冗談じゃない。もうちょっとで拾える命を……」

ひとみ「東京にいたって死ぬ人は死ぬわ」

望月「あなただって逃げてきたんでしょ、ここへ。僕だって同じです」

ふいにカメラから激しいノイズが上がり始めた。

大谷「カット！」

友保が困惑してカメラを開ける。

大谷「すいません、ちょっとお待ち下さーい」

しきりに首を傾げている。

緊張が解け、スタッフがざわつき始めた。

沙織はふっと上を見上げた。

×　×　×

セットに上がった村井が望月に指示を出し、戻って来る。

上から「監督ーゥ」と声がした。

見上げると、三重に女の姿があった。

村井は一瞬ギョッとするが、三重から手を振っているのは沙織であった。

村井と定岡は思わず見交わし、「びっくりさせんなよ」と苦笑しあう。

村井「おい、気をつけろよ！」
沙織の声「はーい」
友保「はい、カメラお待たせしましたあ！」
関川「もう一回、本テストから行きましょうか？」
村井「うん。そうだな」
ライトを見上げた村井は、ギクッとした。
ライトの奥、三重にもう一人、女らしき人影が見えたのだ。
ライトがまぶしく、はっきりとは見えない。
関川「はい、本テス行きまーす！」
村井はセットに向き直った。
不安になり、もう一度見上げる。ライトの光がまぶしい。
村井「用意、はい！」
芝居が始まる。
望月「もうじき日本は負けますよ。そんな冗談じゃない。もうちょっとで拾える命を……」
ひとみ「東京にいたって死ぬ人は死ぬわ」

望月「あなただって逃げてきたんでしょ、ここへ。僕だって同じです」
ひとみは望月に近寄り、無精髭の生えた頬をなでた。
望月はビクッと震え、ひとみの手を握ろうとする。
「アアッ！」メイクの真琴が異様な声を上げた。
スタッフが一斉に振り返る。
ドンッ！と何かが地面に叩きつけられた。
沙織だった。
異様な形で体をくねらせたまま動かない。
血がジワジワと広がってゆく。
真琴が真っ青な顔で立ち尽くしている。
関川は座り込んでしまった。
ひとみは口を押さえ、ヨロヨロと崩れた。
大谷「救急車、救急車！」
弾かれたように定岡が走った。
村井は沙織を抱き起こそうとした。だがとても触れない。
沙織の首はグニャリと曲がり、眼は完全にこと
切れていた。

× × ×

死体は運び去られ、血だまりだけが残っている。
その傍らで蒼白の葉山が警官と話している。
村井はジッと座り込んでいた。
定岡が階段を降りてきた。
定岡「監督、上に来てほしいそうです」

31 三重への階段（夜）

複雑に入り組んだ階段を村井は昇ってゆく。
上を行く定岡の足音がカンカンと単調に響く。
昇ってゆく村井の顔。
まるで幻聴のように、声の記憶が甦る。
女の声「大丈夫だから、ね。上に行きましょ」
少年の声「やだよお。怖いおばちゃんがいる」
女の声「そんなおばちゃん、いやしないったら」
村井の声「階段の上に屋根裏みたいな場所があって
……」
「あーっ！　あーっ！」少年の悲鳴が響く。

× × ×

インサート。モノクロの映像。
屋根裏のような場所を逃げ惑う少年の姿。

× × ×

村井の眼が何かを思いだしている。

32 三重（夜）

階段を昇った村井は、三重を見渡し愕然とした。
下からの照明にボウッと浮かび上がった
キャットウォーク。
自分が見た屋根裏のような場所とはここだ。
「監督」定岡の声にハッとした。

照明部から事情を聞いていた刑事が近づいてきた。

刑事「彼女の普段の様子なんですがね。いかがでした?」

村井「いえ、特に……」

刑事「立っていたのはこの辺ですよねえ」

定岡「ええ、この辺、ですよね?」

村井に同意を求めた。

刑事「おかしんだよねえ。この手すりから落ちるってのは。他に誰もいなかったっていうし」

村井「誰も?」

刑事「ええ……」

村井は困惑し、セットを見おろした。

血だまりと人が小さく見えた。

33　試写室(数日後)

ラッシュが映写されている。

沙織の最後の芝居。

村井たちスタッフが痛ましそうに見つめている。

スタッフに混じって初老の紳士も画面を見つめていた。

撮影所所長の佐伯(60)である。

34　試写室・廊下

映写が終り、村井たちがシンミリした様子で出て来た。

葉山と佐伯が廊下のやや離れた場所で、ヒソヒソと立ち話を始めた。

村井たちは気がかりそうに佐伯の反応を待っている。

うなずき、村井たちに笑顔を送って立ち去る佐伯。

葉山がやってきた。

葉山「所長は気に入ってくれたよ。本社にかけあってみるって」

関川「結論はいつ頃になりそうです?」
葉山「次のセットの建て込みが来月の二日だから、遅くとも来週までには。あと三日でアップだっていう線で押してみるから」
大谷「警察は何て言ってる?」
葉山「うん……。はっきりしないんですよ。結局、本人の不注意ってことにしか……。本社が一番気にしてるのは、自殺みたいですけど、それはないですよね?」
関川「ないですよ」
スタッフたちもうなずく。
真琴「わたし、落ちてくる沙織ちゃん見たんです」
スタッフたちが「え?」と真琴を見た。
真琴「……沙織ちゃん、一人じゃなかったみたいに見えて。誰かに、抱きつかれていたみたいな」
村井はゾッと真琴を見た。
真琴の眼がおびえている。
嫌な気配が漂った。

関川「馬鹿なこと言うなよ」
泣きだしそうな真琴を定岡が肩を叩いて慰め役になる。
村井が立ち上がり、座はしらけたまま散会の雰囲気になった。

35 映写室

村井が入ってきた。
六さん「よ。大変だったな」
村井「ええ」
六さん「所長は? 何だって?」
村井「気に入ってくれたみたいですよ」
六さん「(うなずく) いいシャシンだよ、これ」
村井「この間のフィルム、何だか判りました?」
六さん「いや、判らない。あれ、燃やしたよ」
村井はハッと六さんを見た。
六さん「気味悪いだろ?」
村井を見る六さんの眼におびえがあった。

村井「ええ……」
六さん「撮影所ってところは色々あるからな。気にしだしたらキリがねえんだよ。未現像のフィルムなんて、処分した方がいいんだ」

36　村井の部屋（その夜）

村井が台本の沙織の出番に線を引いている。
作業ははかどらない。
ふいに電話が鳴った。
ひとみの声「あの、黒川ですけど」
村井「ああ！　どうも」
ボードのひとみの写真を思わず見やる。
ひとみの声「すいません、いきなり。関川さんから番号聞いて」
村井「うん」
ひとみの声「……ラッシュ、どうでした？」
村井「よかったよ。所長も本社にかけあってくれるって」
ひとみの声「再開できるといいですね。わたしも最後までやりたいですから」
村井「うん……ありがと」
ひとみの声「ホン、直してるんですか？」
村井「そう。苦労してるところ（笑う）」
ひとみの声「ごめんなさい、邪魔しちゃって」
村井「いや、いいんだよ。ありがと、本当に……」
ひとみの声「……じゃあ」
村井「うん」
ひとみの声「何かわたしで出来ることあったら言って下さい。（笑う）ヒマですから」
村井「ありがと。何かあったら連絡するから」
ひとみの声「ええ」
村井「じゃあ……」
村井は電話を切った。
しばらくの間、村井は物思いに沈み、ふっと時計を見た。
村井「起きてるかな……」

と受話器をとる。
村井「あ、俊男ですけど」
母の声「あら、元気?」
村井「うん。あのさ、ちょっと聞きたいことあるんだけど」
母の声「何?」
村井「僕が小学生の頃さ、母さん一度入院したじゃない? あれっていつだっけ?」
母の声「ああ、胆石で入院した時? あれはおまえが……、小学校の二年か三年よ。ちょうど夏休みの時で」
村井「やっぱり夏休みだったよね? それ、いつか正確に判んないかな?」
母の声「そうねえ。あの頃母さん、日記つけてたんだよねえ。それを見れば……」
村井「悪いけど、見てくんないかな?」
母の声「今あ?」
村井「うん」

村井はジリジリと電話口で待っている。
やがて母が戻ってきた。
母の声「ああ、小学校の三年だね」
村井「三年てことは、昭和……」
母の声「昭和の……四六年。うん、そうよ。(日記を読み返しているらしく、笑い声を上げる)この頃、おまえ、おかしかったんだよ。日記に書いてあるわ」
村井「何?」
母の声「急にTVが怖いって、見なくなったんだよ。父さんがTVつけるとピューッと逃げちゃって。あんなに好きだったくせに」
母の屈託ない笑い声。
村井はゾクッとしていた。

37 **図書館(翌日)**

村井が新聞の縮刷版を手にする。
昭和四六年の版だ。

38　閲覧席

村井が縮刷版のTV欄を調べている。昼間の番組表を指でなぞってゆくが、例のフィルムらしきドラマや映画のタイトルは見あたらない。

村井はため息をつき、TV欄をめくった。社会面の小さな記事に村井はハッとした。例のフィルムの主演女優の顔写真。★4

その隣には「女優転落死」の見出しが躍っていた。

39　スタッフ・ルーム（翌日）

村井が葉山に記事のコピーを示している。

村井「同じだよ。三重から落ちたんだ」

記事を読む葉山の表情にも不安が浮かぶ。だが、努めて興味のない態度をとろうとしている。

葉山「知らない女優だな……。それで？」

村井「局に知合いいるだろ？　どんなドラマだったか聞いてみてくれないかな？」

葉山「おまえまで馬鹿なこと言い出すなよな。だいたいTVで見たとか言ってるけどさ、主演女優が死んだんだろ？　制作中止になったから、あのフィルムは未現像のままだったんだ。そうだろ？」

村井はグッとつまった。

葉山「たぶん、おまえ、子供の時に新聞でこの写真見たんだよ。それで記憶がごっちゃになったんだ」

村井「いや……、見たんだよ。本当に」

葉山「だから何なんだよ？　あと三日だぞ」

大谷が入ってきた。台本を手にしている。

大谷「監督、最後のシーンなんだけど」

村井「ええ」

大谷「最後の、姉が脱走兵を殺すとこね、やっぱり前のホンの通り、妹がいた方がいいんじゃないかな？　ちゃんと妹が見てないと」

葉山「吹替えですか？」

大谷「うん……。嫌だけどさ。でも、最後で彼女がいないと、今までの沙織ちゃんの芝居がな」

村井は黙っている。
葉山「俺もそう思うよ」
村井「うん……。判った。やってみよう」

40　第八ステージ（数日後）

沙織の死んだ場所に花束が置かれている。

関川が花束を拾い上げ、真琴に手渡した。

関川はその場所を執拗に箒（ほうき）で掃く。

スタッフたちも気にしながら、準備を進めている。

×　　×　　×

「はい、本テスいきます！」「本テス！」

村井が芝居を見つめている。

ひとみが望月の頬に触れる。

その手を握る望月。

村井「はい……本番いこうか」

41　三重からの視点

「はい、本番！」「本番！」と声が響く。

村井がふっと気配を感じたように見上げた。

42　第八ステージ

三重には誰もない。
真琴たちスタッフも村井の態度に気づき、上を気にした。
関川がスッと寄ってきた。
関川「監督、あんまり上見ないで下さいよ」
村井「あ、ごめん」
関川「はい、本番！」

43　食堂（翌日）

村井が一人で食事をしている。
ひとみ「いいですか？」
村井「ああ、どうぞ」
盆を持って村井の隣に座ろうとしていた定岡

は、関川たちをつついて真琴たちのテーブルに座った。
定岡が真琴の顔色を窺った。
定岡「明日で終りだよ」
真琴「（微笑む）うん……」
神経質にストローをいじっている。
村井とひとみが話していた。
ひとみ「何か、最後になって、やっと役がつかめてきたような気がして」
村井「うん。望月さんとの芝居、凄くいいよ」
ひとみは笑った。
ひとみ「沙織ちゃんの最後の芝居、わたしに抱きついた時、彼女、わたしにささやいたんですよ。〝お母さん〟て」
村井「へえ……（納得）。あの表情、よかったよ」
ひとみ「ずっとわたしが彼女を挑発してたのに、最後に一本とられちゃって。でも、彼女、たぶん意識せずに口をついて出たんじゃないかな。そう言われたトタン、わたし、役がつかめた気がして」
村井「母親になったんだ？」
ひとみ「ええ。前にも母親の役をやったことがあるんですけど」
村井「見てるよ。それを見て決めた」
ひとみ「本当？　あの時も不思議で。子役の子たちとがしないんですよ。自分の周りをパタパタ走り回ってる気がして。撮影が終わってもしばらくパタパタが続いたな。そのうち消えちゃって……」
村井「この映画は？　そういうのある？」
ひとみ「うん。やっぱり沙織ちゃんに抱きつかれた時の感触がずっと残ってますよ。……でも、明日で撮影が終わったらやっぱり消えちゃうのかな」
村井「（笑う）消えてもらわないと」
ひとみ「（笑う）人が死んだ時ってそうですよね。しばらくはいるような気がして……」

44　第八ステージ（翌日・夜）

ひとみと望月の芝居。
カメラは望月を狙っている。
望月の前にひとみが料理を運んでくる。
望月「あの子は？」
ひとみ「外で遊んでる……」
望月が料理を食べる。
望月「知ってるんだろ、俺たちのこと。そういう歳だしな」
カメラから再び激しいノイズが上がり始めた。
大谷「カット、カット！」
大谷と友保が首をひねっている。
大谷「どうなってんだよ……？」
村井もスタッフたちも不吉そうにカメラを見やる。
村井はセットに上がった。
望月「何か最後までカメラに嫌われたたな」
村井に笑いかける。
ひとみが一点をギョッと見て、村井の腕をつかんだ。
スタッフの背後に沙織そっくりの後ろ姿が現れる。
村井も一瞬、ギクッとなるが、真琴がその女に話しかけている。振り向けば別人だ。
ひとみはホッとして笑った。
「監督」と定岡がやってきて、その女を紹介した。
定岡「吹替えの間宮さんです」
間宮「間宮です。よろしくお願いします」
村井「よろしく」
定岡「次、出番ですから」
と間宮(18)を連れ去る。
村井は気が進まない顔で見送った。

×　　×　　×

関川「はい、ラスト・カット！」
ひとみ、望月が位置についている。

間宮は定岡の指示でセットの裏側に回った。
大谷がファインダーを覗き、アングルを確認している。
ファインダー内に、ふいに白い物がよぎり、画面を遮った。
ふっと足元を見る大谷。
三脚の前に女の足が二本並んでいる。
大谷「おい、キャメラの……！」
顔を上げた。だが、カメラの前には誰もない。
大谷は「え?」と青ざめている。
傍らの村井や友保が大谷の異変に気づいた。
関川「本番、いいですか?」
村井「(大谷に) 大丈夫?」
大谷「うん……」
再びアングルを確認する。
関川「はい、ラスト！　本番いきます！」
村井「用意……、はい！」
食事をしていた望月がふいに苦しみ始め、床に倒れた。
ひとみは冷然と食器を載せた盆を持ち上げ、流しに運ぶ。
望月のうめき声が続いている。
流しに立つひとみの後ろ姿。
ひとみ「(声色) ほらほら。もうおねむの時間よ」
うめき声は途絶えた。
ひとみは振り返り、死体に歩み寄った。
見おろすひとみ。
その眼がギョッと見開かれた。
スタッフたちの足元。
足の陰から、沙織の首がななめ横を向いて、悲しそうにうつむいている。
沙織は横目でチラリとひとみを見た。
ひとみ「ああ……」
恐怖に声も失い、後ずさる。
村井「カット！」
だが、その瞬間、セットの奥から吹替えの間宮が現れた。

村井は見た。その顔は間宮ではない。

陰惨な人形のような女の顔。

女の口が開いた。

「あははは、あはははは!」

狂ったように笑っているのは間宮だった。

その声にゾッとするスタッフたち。

関川たちが慌ててセットに飛び込み、間宮を取り押さえた。

大谷「おい、キャメラ回ってるぞ!」

友保に叫ぶ。

間宮は何が起こったか判らず、おびえていた。

ひとみは口を覆い、床に尻もちをついたままガクガク震えていた。

村井は呆然と立ち尽くしていた。

45 試写室(翌日)

村井たちが最終日のラッシュ(サイレント)を見ている。

映写窓から六さんが覗いている。

料理を運んでくるひとみのカット。そのカットじり、ひとみの背後にチラリと何かが見えた。

村井の顔に不安が浮かぶ。

カメラ・トラブルが生じた望月のカットは、たちまち黒い影に覆われ、途切れていた。

そして問題のラスト・カット。

おびえるひとみの背後に女がヌッと立つ。

その顔はピンが外れているためにはっきりとは見えない。

女は口を開けて笑い始めた。

関川たちが駆け上がったあたりで、ラッシュは終わっていた。

葉山も青ざめていた。

スタッフたちがヒソヒソと話している。

「あの顔、吹替えの子じゃないよな?」「誰なんだよ?」

村井は席を立ち、映写室に向かった。

46　映写室

六さんがフィルムを巻き戻していた。

村井「六さん、この間のフィルム、何で燃やしたんだい？」

六さん「……」

村井「何かあったんだろ？」

六さんは腰を下ろし、ため息をついた。

六さん「声が聞こえたんだよ」

村井「声って？」

六さん「夜中に一人で回してたら、あの女がゲタゲタ笑ったんだ。その声がはっきり聞こえたんだよ」

村井は息を飲んだ。

六さんはフィルムを手渡した。

六さん「これも燃やした方がいい」

村井「……いや。燃やしても無駄なんだ」

47　編集室

村井がフィルムをスタインベックにかけていると、葉山が入ってきた。

葉山「あのドラマのこと聞いてきたよ、やっぱり製作中止だった。オン・エアなんかされてない」

村井は葉山を見た。葉山は言いよどんでいた。

葉山「あの女優は母親の役で、子供と二人で妙な遊びをしてたんだ」

村井「遊び？」

葉山「うん。この屋敷にはもう一人、別の女が棲んでいて、夜中になると屋敷の中を歩き回るって。そんな女なんていないんだよ。母親と子供が二人で怖がるための作り話なんだ。そのうち母親には男ができて、子供が邪魔になってきた。母親の人格はだんだん分裂して、遊びで作りだした女になりきって、子供を殺そうとする。ここまでがドラマのストーリーだったんだ。それが……、撮影が進むうちに、妙な噂が立って……。その女がステージに出るってい

う。いるはずのない、架空の女が。女優が三重から
落ちた時も、その女が殺したんだろうって……」

村井はフィルムを流した。

葉山「この映画は中止にしよう」

村井「もう遅いよ。俺は見てるんだ。最後まで」

ひとみのカット。

やはりひとみの背後に何かがいる。頭髪が見えた。

葉山もゾッと画面を見つめた。

村井「黒川さんは？」

葉山「いや、今日は来てないけど……」

村井「すぐ探してくれないか。連絡がとれたら、絶対一人になるなって言うんだ。誰でもいいから一緒にいろって！」

葉山「わ、判った……」

村井は廊下に飛び出した。

48　撮影所内

村井が足早に歩く。

×　　×　　×

インサート。三重を逃げ惑う少年。

×　　×　　×

村井「あの子は誰なんだ……？」

村井は第八ステージ前にたどり着いていた。

49　第八ステージ

村井が入って来る。

セットが取り払われたガランとした空間。

村井は沙織が落ちた辺りに歩を進めた。

ふいに頭上から「監督ーぅ」と声がする。

ギョッと見上げると、ひとみが三重から手を振っていた。

村井「駄目だ！　ジッとしてろ！　何かにつかまるんだ！」

村井は階段を駆け上がった。

50　三重への階段

駆け上がる村井。
声の記憶が甦る。
女の声「大丈夫だから、ね。上に行きましょ」
少年の声「やだよお。怖いおばちゃんがいる」
女の声「そんなおばちゃん、いやしないったら」
女の声は村井の母の声だ。
「あーっ！　あーっ！」少年の悲鳴が響く。

51　三重

階段を昇りきった村井。
キャットウォークに後ろ姿のひとみが立っている。
声をかけようとした村井は、ゾッと寒気を覚えた。
ひとみではない。
ドンドンドン……。不気味なラップ音[★5]が響く。
女が振り返るそぶりを見せた。
村井「うわあああ！」
村井は悲鳴を上げ、キャットウォークを転がり逃げる。
三重の奥にドアがあった。
村井は夢中で飛び込み、ドアを閉じた。

52　三重・部屋

村井は愕然とドアを見つめていた。
あのフィルムで見たカット⑤のドアとまったく同じだ。
村井は恐怖に眼を見開き、ジリジリと後ずさった。
（そこはガラクタが積まれた物置らしく、小窓から光が差し込んでいる）
ドンドンドンドン……。
ドアの向こうにラップ音が近づく。

村井は逃げ場もなく、壁にはりついていた。

やがてフィルムと同じようにドアがこちら側に開き、手が現れ、女が顔を出した。

女は入院患者のような寝巻[★6]を着ていた。

表情のない、陰惨な顔。

女が口を開き、ゆっくりと近づいて来る。

村井「止めて！　母さん！　止めて！」
子供のように叫ぶ。

女「あああああ！」

異様な叫びを上げ、のしかかった。

村井の断末魔が響いた。

ふいに突風が巻き起こったかのように、ドアが勢いよく閉じ、静寂が戻った。

無人の室内。

だが床には、長いひっかき傷が刻まれ、生爪が一枚、血に染まって食い込んでいた。

53　三重

誰もいない、何も動かないキャットウォーク。

その下にガランとしたステージが見える。

ふいにカメラは地面に飛び降りた。

コマ落しで地面が迫り……

54　画面

ラスト・カットの女が笑う場面。

「あははは、あはははは！」

笑い声が響き渡る。

55　ダビング・ルーム（二週間後）

関川たちスタッフがその画面を見つめていた。

録音部が笑い声をゾッとして聞いている。

関川「この声を消して。あとは生かすしかないな」
その顔は暗い。

56　村井の部屋

映画は完成に向かっていた。

定岡が鍵を開け、入って来る。
ひとみも一緒だった。
室内を見回す二人。
定岡「留守電も何も入ってないなあ。とにかく撮影所
で葉山さんと会ったのが最後らしいんですよ」
ひとみ「書き置きとかないのかしら？」
定岡は机を見た。
定岡「いや、別に……」
定岡はハッとした。
ボードに貼られたひとみの写真。その両眼がボ
ロボロにくり抜かれている。
定岡はひとみに気づかれぬよう、すばやく写真
を剝がした。
ひとみはバス廻りを窺っていた。
たまった洗濯物に気づく。
ひとみ「ねえ、洗濯しといてやろっか？」
定岡の返事に困ったような笑い声が聞こえた。
ひとみは洗面所の鏡に向かい、自分の顔を見た。
鏡の中、ひとみの背後に頭髪が見える。
ひとみは気づかない。カメラは鏡の中のひとみ
の顔に迫る。
ひとみはふっと何かを思いだす眼になる。
トキエの声「……何の映画、撮ってるの？」

57　第八ステージ（シーン26の再現）

青ざめたトキエの顔。
ひとみ「え？」
トキエはステージを恐ろし気に見ている。
セットや床がおびただしい血にまみれていた。
ドス黒い血はトキエの足元まで流れて来る。

58　撮影所内

トキエが第八ステージから出てくる。
見えない影に追われるように、足早に歩く。
ドンドンドン……、ラップ音が忍び寄る。
トキエは振り返った。

第八ステージが不気味にそびえている。
ラップ音が高まった。

59　エンド・タイトル

タイトル文字が浮かぶ。
その黒バックにゆっくりと徐々に女の顔がボンヤリ浮かぶ。

終

★1　劇中劇のタイトルについては、特に観客に明示する必要はないと思いますが、『夏の死』『遠い声、遠い夏』あたりが順当かと思います。

★2　ある心霊研究家の説によれば、心霊写真において、光を伴うものは親族関係、黒い影に覆われているのは怨念、実体化したものは何らかの意志を伝えようとしている、のだそうです。
別にこの説を信じる気もなく、要するに怖ければよいのですが、男にまつわりつく黒い影のイメージは、本筋とは関係ありませんが、この化物女の、ついに女になれなかったゆがんだ怨念の一面と通じあうように思えます。

★3　村井の部屋には、映画のポスター等、映画の趣味を示すものはまるでない、というのがイメージです。いたって実務的な殺風景な部屋。
絵画のポスターはあるのかも知れません。ロシアのイコンなぞが地味に飾ってあるのかも。

★4　殺人事件の犠牲者を報じる新聞記事の顔写真には、どこか陰惨な気配がはりついています。ブロマイド風、スナップ風、証明写真風、どれがふさわしいのか判断できませんが、陰惨な感じが出てくれればと思います。

★5　霊体出現時に鳴るというラップ音は、一般には「ピキーン」「パキーン」と乾いた木の枝を折るような音だと言われていますが、ここでのラップ音は『たたり』や『エンティティー霊体』等で映画的に創案された効果音の方をイメージしています。

★6　金縛りにあった人が懸命に眼をつぶるのは、とにかく幽霊の顔だけは見たくないという一念なのだそうです。幽霊の顔というのは、恐怖の対象の中でも最大の秘中の秘で、古典的な怪談の幽霊以外、特に具体的なイメージがありません。「見た」という報告例もあいまいなものが多く、あいまいさゆえに恐怖が保証されるというのが一般です。その幽霊の顔を堂々と正面から出すのだ、というのがこの映画の冒険ですが、珍しく具体的な報告例に次のようなものがあります。

「木製のドアから、ドアの向こうに立っていた女性の顔と体半分がズズズッと通り抜けて部屋の中に現れた。その女性の顔は、まるで木彫りの彫刻のように表情というものが全くなく、黒い瞳も死んだ魚の目のようにトロンとしていた」

要するに死体の顔や遺骨からの復元写真のような、人間の姿形をしていながら生気が欠落している怖さなのだろうと思います。ちなみにゾンビはメイクアップ的には腐乱死体ですが、実はまるで死体の顔をしておらず、生気にあふれているところが幽霊と一線を画しているのではないでしょうか。

重要なのはやはり眼で、もしや死体が眼を見開けば、そこにはおよそ人間とはかけ離れた、深い闇と邪気がこもっているようにも思えます。映画に登場する狂人たちの眼はまだまだ人間的だと言わざるを得ません。

『インフェルノ　蹂躙』

『インフェルノ　蹂躙』（1997）

作・高橋　洋

【登場人物】

元島玲子（24）
秀一（40）
町子（30）
浅野和之（30）　澄子の恋人
元島澄子（26）　玲子の姉
杉浦（40）　刑事

1　都心の雑踏（ビデオ画面）

行き交う女たちをビデオカメラが物色している（以下、クレジット適宜入る）。オートフォーカスの中に浮かび上がる女たちの顔、顔、顔……。不吉な気配が漂う。

一人の女が電話ボックスに入ろうとしていた。買物帰りらしくブティックの袋を下げている。ズームアップ。獲物の顔が浮かび上がる。電話の相手は不在らしい。女は受話器を戻し、電話ボックスを出た。

やや気落ちした表情。

町子の声「……これにする？」

秀一の声「うん……」

女は駅に向かって歩き始めた。

2　電車（ビデオ画面）

吊革に摑まる女の横顔をカメラはジッと見つめている。女はふとこちらを振り向くが気づいた様子はない。

3　住宅街・マンション前（ビデオ画面）

カメラはマンションに入る女の姿を見届ける。ふいに画面横から別の女がフレームイン。足早にマンションに向かった。

4　マンション・ホール

尾行者が入って来た。町子（30）である。

周囲の様子をすばやく見回し、獲物に眼を向ける。

背後のドア外に人影がボウッと見える。もう一人の尾行者、秀一（40）。町子はニタッと笑みを送り、獲物に近づいた。


（メイン・タイトル――）

女は郵便物を取り出していた。

町子は部屋番号と表札を盗み見る。

5　エレベーター

女と町子が乗りこんだ。町子は女よりも一つ下の階を押す。

女が手にした郵便物（ＮＴＴの請求書とか）の宛名が読めた。

女の名は「元島澄子」。

町子は天井を見上げた。監視カメラはない。

6　マンション・廊下

町子はエレベーターを降り、すばやく階段を上がった。

廊下を歩く澄子（26）の後ろ姿が見える。

鍵を取り出し、ドアに消えた。

町子は表札を確認し、ゆっくり立ち去った。

（クレジット終了）

7　マンション前（数日後・朝）

ビデオ画面。澄子が出勤してゆく。

黒いバンの中から町子と秀一が見つめていた。秀一がビデオカメラを構えている。年齢不祥、動物的なまめかしさと凶暴さを漂わせるカップル。

二人とも電気屋のような作業服を着ている。

8　マンション・廊下

エレベーターから町子と秀一が現れた。

澄子の部屋前の廊下に脚立を置き、町子が蛍光灯に手を伸ばす。どうやら修理を装っているらしい。

その間に秀一はピッキングの道具を取り出し、ドアの鍵を外し始める（二人ともビニール製の薄い手袋をしている）。

わずかな時間で鍵は開いた。

9　マンション・部屋

ただちに秀一は脚立を玄関に隠し、小物入れなどを探る。

町子は部屋に上がり、机廻りを物色する。

（澄子の部屋はダイニング・キッチン八畳、リビング一〇畳程度の1DKタイプ。リビングにベッドが置かれている）

引出しから預金通帳を見つけた。

町子「けっこう貯めてるよ」

見つけ出した合鍵をドアのノブに差込み、確認している秀一に見せる。

秀一「（通帳を受け取り）合鍵」

町子は鍵を受け取り、廊下に出た。

10　マンション・廊下

町子がエレベーターに向かう。

11 マンション・部屋

鍵をかけた秀一は、通帳を机に置くと、すばやく室内のコンセントの位置を確認する。その動きは事務的で機敏。

コンセントの蓋を外し、盗聴器を取り付けてゆく。

さらに小型カメラを取り出し、液晶モニターで画面の状態をチェックしながら、家具の隙間に取り付けようとしている（居間とベッドを監視できるような位置を狙っている）。

家具を動かし、伸ばしたコードを裏側のコンセントに差し込む。外見からはまったく判らない。

鍵の開く音がして町子が入って来た。

秀一は隠しカメラの調整に余念なく振り向きもしない。

町子はビデオカメラを取り出し、室内を記録し始めた。

洗面所で歯ブラシが二本あるのに気づく。

町子「男がいるみたいね」

秀一「うん」

町子は通帳を引出しに戻し、さらに机廻りを物色する。

ノートを見つけ、パラパラめくった。

町子「（読む）三月九日。渋谷で買物。やっと気に入ったワンピースを見つけた。急に和之の声が聞きたくなる。電話したけど留守。最近ちょっとすれ違い気味」

クスクス笑う。

秀一「（苦笑）俺たちが眼つけた時じゃねえか」

今度は電話器に盗聴器を取り付けている。

町子は携帯用コピー器を取り出し、日記の頁を写しとってゆく。

12 街（数日後・夜）

ビデオ画面。澄子が人待ち顔で立っている。そこに和之（30）が現れた。澄子は新調したワンピースの感想を聞いているらしい。

町子の声「二月十一日。和之さんとデート。ホテルで恥ずかしい写真を撮る。何だかコレクションされてるような気分。でもすごく興奮した」

黒いバンの中から秀一と町子が窺っている。

町子は日記のコピーを読み上げている。

町子「前の彼女のことが気になる。やっぱり写真を撮ったのか。聞いてみたいけど、そんな女だと思われるのもシャクだ。向こうを嫉妬させないと」

秀一「（ウンザリ）つまんねえ女だ」

13 マンション近く（夜）

バンの中で秀一がモニターを見つめている。

澄子と和之のクスクス笑う声。衣ずれの音。

町子「（気配を察し）やーっと始めた」

身を乗り出し、モニターを覗き込む。

澄子と和之は互いの服を脱がし合い、絡み合っている。

和之の愛撫に澄子が声を上げげた。

澄子「明り消して」

サイドランプの光の中に二人の痴態が浮かび上がる。

澄子のあえぎ声が高まってゆく。

町子の顔が次第に上気し、秀一に絡みついてゆく。

ジッパーを下ろし、上にまたがった。

二組の愛欲の声が車内に響きあう。

町子「ねえ、いつヤルの？」

秀一「いつがいい？」

町子「早い方がいいわ。ねえ、いつ？」

秀一「じゃあ明日だ」

町子「明日……！」

激しくしがみつき、絶頂に達しようとする。

14　マンション近く（翌朝）

町子はバンの中でぐっすり眠っていた。
秀一は話し声にふと目覚めた。
モニターの中では澄子と和之が出勤の支度をしている。
ふいに和之が澄子を求めてきた。

澄子「駄目よ、遅刻するわよ」
和之「いいから！」
慌ただしく下着だけ脱がし、交わる二人。
秀一はニタニタ笑って、町子を起こそうとする。
秀一「おい、こいつら朝っぱらからヤッてるよ」
が、町子は起きようとしない。
和之「な、今日はパンティはかないで出勤しろよ」
澄子「嫌よ、恥ずかしい」
和之「いいだろ、僕のために……」
そんな卑猥な会話で二人は高まってゆく。
秀一は手を叩いて笑いころげた。

15　マンション前（朝）

やがて澄子と和之が玄関から出てきた。
二人ともちょっと照れたように笑い合う。
関係がグンと濃くなったカップルの雰囲気。

16　駅前（朝）

澄子と和之がやってくる。
澄子「それ、いつ返してくれるの？」
和之のポケットからパンティの端を引っ張り出す。
和之「（慌てて仕舞い）今度会う時」
澄子「いつ？」
和之「金曜は？」
澄子「そんな先？　こんなことさせといて」
スカートの裾を引っ張ってみせる。
和之「俺だって今夜も会いたいよ。でもたぶん残業だ」
澄子「じゃあまたね」

悪戯っぽく見つめ、和之の股間を突ッついた。人目を気にしてうろたえる和之に澄子は笑って手を振った。

和之もすっかりニヤけている。

17 マンション前（深夜）

ゆっくりと黒いバンが近づいて来る。

モニターは暗がりにつつまれている。どうやら澄子は眠っているらしい。

町子と秀一が降り立った（やはり手袋をしている）。

秀一は大きなサムソナイトを手にしている。

二人は玄関に向かった。

18 エレベーターに乗り（深夜）

19 マンション・廊下（深夜）

澄子の部屋の鍵を開ける。

20 マンション・部屋（深夜）

二人はすばやく侵入。町子の懐中電灯がベッドに眠る澄子を照らし出す。ふいの明りに澄子が顔をしかめたトタン、
電圧を改造したスタンガンが火花を走らせた。

澄子はビクン！と一回跳ね、動かなくなった。

明りをつけた。

町子がすばやく澄子のパジャマを脱がし、きれいに折り畳む。

その間に秀一は澄子の口をガムテープでふさぎ、縛り上げた。

サムソナイトに澄子を入れ、廊下に運び出す。

21 マンション・廊下（深夜）

秀一はサムソナイトを引きずりながらエレベーターに向かう。

キャスターの音がガーッ！と響き渡るが一向に

気にしていない。

22 マンション前（深夜）

秀一はバンにサムソナイトを積み込み、発進させた。

23 マンション・部屋（深夜）

一方、部屋に残った町子は押入から旅行用の鞄を取り出し、クロゼットから衣類を運ぶ。

澄子が新調したワンピースにニヤリとした。

その他の衣類を鞄に詰め、荷造りを始める。

おっと、と忘れず日記もしまう。

24 郊外の路上（深夜）

バンが走る。

やがてポツンと農家のような一軒家が見えてきた。

犬たちの吠え声がする。

25 農家・庭（深夜）

バンが庭先に乗り入れた。

秀一がサムソナイトを運んでゆく。

庭の檻の中では獰猛そうな犬たちが吠えていた。

26 農家・アトリエ（明け方）

澄子が気がついた。

自分は下着一つで縛り上げられている。

そこはアトリエのように見えた。

あちこちに描きかけの油絵が無造作に立てかけられている。

秀一が奥からノソリと現れた。

澄子「(恐怖) 誰なの?」

秀一「いいもん見せてやるよ」

澄子の足をつかみ、ひきずってゆく。

27　農家・奥の部屋（明け方）

ガラクタだらけの床に汚れたマットレス。周囲にTVモニターが三台ほど置かれている。
秀一は澄子をマットに投げ出すと、リモコンを操作した。
モニターに盗撮された澄子の姿が映し出される。
澄子と和之の情交の場面が映し出された。スピーカーから澄子のあえぎ声が響く。
愕然となった澄子の顔が恐怖にひきつった。

28　マンション・部屋（朝）

町子は新調したワンピースに着替えていた。
鏡に向い、澄子に似た髪型のカツラをかぶる。
電話が鳴った。

澄子の声「はい、元島です。ただいま留守にしております。メッセージをどうぞ」

和之の声「……えー、もう出勤したんでしょうか。君の声が聞きたくて電話してしまいました。ではまたあ」

町子は無表情に髪型を整えてゆく。
鏡から遠ざかり、着こなしをチェックする。
やがて携帯電話が鳴った。

町子「うん、今から降りる」

澄子の電話の受話器をとった。

町子「あ、○○マンション○○号の元島ですけど。旅行に出かけるんで新聞止めてもらえますか。三○日まで。今日の夕刊からで。はい、お願いします」

旅行鞄とゴミ袋を手に部屋を出た。

29　近くの路上

秀一がバンの中で待っていた。
町子が乗り込む。

町子「暗証番号聞き出した?」

秀一「うん」

町子「やっぱ誕生日?」

秀一「そう」
　二人は笑いながら車を出した。

30　農家・庭

　犬たちがガツガツと肉を食らっている。

　秀一がバケツの中の肉片を檻に放り込んでいる。

31　農家・アトリエ

　秀一が戻ると、町子が肉を焼いていた。

町子「お腹すいたでしょ」

　無造作に皿に盛り、二人はワインを飲みながら食べ始める。

町子「どう？」

秀一「まあまあ」

　一見、何の変哲もない食事の風景。

　大型の冷蔵庫がブーンと低くうなっている。

32　マンション・廊下（半月後）

　エレベーターから旅行カバンを下げた玲子（24）が現れる。

　玲子は「元島」の表札のあるドアに近づく。

　数日分の新聞がねじこまれている。

　玲子は新聞を抜き出すと、鍵を開け、室内に入った。

33　マンション・部屋

　玲子は電話をかけた。

玲子「お母さん？　うん、今、姉さんの部屋。警察に寄ったけど、手がかりはないって。うん、とにかく浅野さんに会ってみるから。また、電話する」

　電話を切り、部屋を振り返った。

　ついさっきまで姉がいたように思える。

　玲子は悲しく見つめた。

　室内を見回し（流し等すべてきれいに片付けられている）、洗面所を覗く。

歯ブラシが二本あるのに気づいた。一つは男物だ。

34 街

和之が笑顔で玲子に近づいてきた。
澄子と待ち合わせに使っていた場所だ。

和之「どうも。浅野です」
玲子「すいません。何度もお電話頂いて」

35 喫茶店

和之「玲子さんはしばらくこちらに？」
玲子「ええ。いつまでも浅野さんに連絡係をお願いするわけにもいきませんし」
和之「僕はいいですけど、お仕事の方は？」
玲子「(笑う) 私は家事手伝いみたいなもんですから。姉みたいには……」
和之「……僕も澄子さんが急に旅行に出かけるなんてちょっと信じられないんですよ。それなら僕に言うはずだし、第一会社に断わるでしょう。警察は何て言ってるんです？」
玲子「姉が出かける姿を近所の人が見てるそうです。銀行の預金も全部下ろされていて」
和之「防犯カメラはチェックしたんですか？」
玲子「ええ。遠くからですけど、確かに姉に」
和之も考えあぐねる。
玲子「……警察からは宗教関係のことも聞かれたんですけど」
和之「(首をひねる) そんな風には見えなかったけど……」
玲子「あの……姉とどの程度親しかったんですか？」
和之「(笑う) いや、そう言われると、彼女のこと何処まで判ってたのか、たまにデートするくらいで……。でも、好きでしたよ」
玲子はかすかに和之の偽善を感じた。
玲子「……姉は乗り物酔いがひどかったんです」
和之「乗り物酔い？」

玲子「旅行に行く時はいつも酔い止め薬が手放せなくて。でもさっき調べたら、薬が置いたままなんです」
和之は怪訝に見返した。

36 マンション・廊下（夜）
玲子が疲れた顔で帰って来る。
鍵を取り出そうとすると、室内から電話の呼び出し音が聞こえた。慌ててドアを開け……

37 マンション・部屋（夜）
電話に向かった。
すでに澄子の応答メッセージが流れている。
受話器をつかんだ。
玲子「もしもし！」
沈黙。電話は無言で切られた。

38 マンション近く（深夜）
黒いバンがゆっくり現れる。

秀一がモニターをつけた。町子が覗き込む。
画面は暗がりに包まれている。
秀一が携帯電話をかけた。
室内に呼び出し音が鳴り響き、やがてサイド・ランプの明りがついた。
ベッドから起き出した玲子が受話器を握りしめている。
玲子「もしもし！」
秀一は無言だ。
玲子「……姉さん？　姉さんなの？」
町子と秀一は合点がいったように見交わした。
秀一は電話を切った。
モニターの中の玲子は緊張の糸が切れたように、顔を覆いすすり泣いた。
町子は無表情にモニターを見つめていた。

39 マンション・廊下（翌朝）
玲子が気をひきしめた顔で出て来る。

見ると、エレベーターのドアが閉まりかけていた。
慌てて駆けつけるが、降りてしまう。
玲子はボタンを押した。
エレベーターは一つ下の階で止まっていた。
怪訝に見つめる玲子。
やがてエレベーターは上昇し、ドアが開いた。

40 エレベーター（朝）

玲子は乗り込み、一階のボタンを押した。
疲れた顔で壁にもたれる。
ふいにゴオッとドアが開いた。
一つ下の階。ドアの外には無人の空間が不気味に広がっている。
やがてドアは閉まった。
得体の知れない不安がよぎった。

41 近くの路上

玲子が近所の人に話しかけている。
どうやら目撃者らしい。澄子の写真を見せ、歩き去った方角を確認したりしている。
玲子は実際に歩いてみた。
そして足を止め、周囲を見回す。
ここから姉の消息は途絶えた。
そう思うと、平凡な街並が薄気味悪く見える。

42 マンション・集会所（数日後・夕方）

和之がおずおずと入って来た。仕事帰りらしい。
和之「すいません、遅くなって」
玲子が立て看板作りの手を止め、振り返った。
玲子「いえ、こちらこそ、無理を言って」
和之「一人？」
玲子「ええ。マンションの方にもお願いしたんですけど……」
和之「そんなもんですよ。（上着を脱ぐ）どうするんです？」

立て看板には澄子の写真が貼られ、失踪時の服装のイラストなどが描かれている。情報提供を呼びかける見出し、所轄署の電話番号、等々。
玲子「じゃあ、ビニールでラップしてもらえますか」
和之「了解」
手伝い始める。

43 駅前（夜）

玲子と和之が看板を立て終えた。
看板の中の澄子の写真を見つめ、玲子の気持ちは沈んだ。
和之「玲子さん、こっちで働く気はないの？」
気落ちした様子を見て慰めようとしている。
玲子「（戸惑う）でも、何かあった時、時間が自由にならないと」
和之「パートとかでよかったら紹介するけど」
玲子はあいまいに笑った。駅の方を見やる。このまま帰すのも気が引けた。
玲子「あの、もしよかったら、部屋に寄って下さい。お茶でもいれますから」
和之も半ば期待していたようだ。

44 マンション・部屋（夜）

和之は室内を見回した。
出勤前に澄子と交わしたセックスの情景がふと甦る。
今その部屋に別の女がいる。奇妙な欲望を感じた。
お茶をいれる玲子の後ろ姿に視線をはわせている自分。
和之は慌てて打ち消した。
和之「そうだ。これを返そうと思って」
合鍵を取り出した。
和之「澄子さんからもらったんですけど、今持ってるのは何か変だから」
一瞬、ぎごちない空気が流れる。

自分を女と意識している和之の気配を玲子は嗅ぎとった。
玲子「すいません」
何食わぬ顔で受け取り、コーヒーを勧めた。
玲子「どうぞ」
和之とテーブルに着く。
思い切って切り出した。
玲子「姉は浅野さんのことが好きだったと思うんです。遊び半分でつき合うタイプじゃ……」
和之「ええ。だからよけい判らないんですよ。最後に会った時も、次に会うのは金曜日って約束して」
玲子「何か心配している様子とかは？　何でもいいんです」
和之「……つき合い始めて、まだ三月ぐらいなんですよ。そういう時期って本当はお互いのことよく知らないっていうか、二人がうまくいくかどうかとか、そっちばかり気になって」
玲子の顔が失望に曇った。

和之はしきりに考えている。玲子を失望させたくない、というより彼女の関心をつなぎとめたい。
和之「そういえば。でも違うな（笑う）」
玲子「何？」
和之「一度、誰かにつけられてる気がするって。TVでストーカーとかやってるでしょ。あの話をした時に自分にも経験あるって。でも冗談半分に言ってたしなあ」
玲子も半信半疑だった。

45　マンション・廊下（夜）

和之がエレベーターに乗り込み、一礼した。
玲子が見送っていた。
ドアが閉まり、エレベーターは降りてゆく。
玲子は一人、不安な空間に取り残された気がした。

46 マンション・部屋（夜）

パジャマ姿の玲子が歯を磨いている。

ふと男物の歯ブラシが気になった。

ゴミ箱に捨てた。

×　×　×

ベッドに横たわる。

枕に顔を乗せ、ふとシーツを撫でた。

和之の声「澄子……」

澄子の声「和之さん……」

歓喜のため息が漏れる。

このベッドで姉は……。そんな雑念がチラつく。

明りを消した。

×　×　×

玲子は眠りに落ちていた。

ふいに澄子のあえぎ声が甦る。

玲子は性夢を見ているのだろう。悩ましく何度も寝返りを打つ。

澄子のあえぎ声も高まり……

和之の声「な、今日はパンティはかないで出勤しろよ」

澄子の声「嫌よ、恥ずかしい」

和之の声「いいだろ、僕のために……」

玲子はハッと目覚めた。

和之と姉の声がまだ耳元に残っている。

夢にしてはあまりに生々しく……。

47 マンション・部屋（翌朝）

玲子が洗濯をしていると、電話が鳴った。

すばやく出る。

玲子「はい。はい、そうですけど。（意外）……そうなんですか。え、ええ、家におりますけど……」

×　×　×

玲子がドアを開けた。

町子が立っていた。

町子「すいません、急にお邪魔して」
玲子「いいえ、こちらこそ連絡しなくて」
町子「知らなくても無理ないわ。澄子さんとは私が個展を開いた時、偶然知り合って。たまに電話をかける程度だったから。あ、でも一度だけ私のアトリエに遊びに来てくれたことがあって」

スナップ写真を取り出した。
アトリエのテーブルに町子と澄子が並んで座っている。澄子の服は変装した町子が着ていたワンピース。
町子は微笑んでいるが、澄子は眼を閉じている。
（シャッターを押す瞬間、眼をつぶったように見える）

町子「でもこんなことになってるなんて、ビックリしたわ。私に出来ることなら何でも言って、協力するから。売れない画家ってヒマなの（笑う）」

ざっくばらん、気さくな人柄に見える。
玲子もホッとした様子だ。

町子「それで何か手がかりはあったの？」
玲子「いいえ。警察もあまり本気じゃないみたいで。事件性は薄いからって」
町子「子供が消えると大騒ぎする癖にね」
玲子「旅行に出かけたまでは確かみたいですから」
町子「うん……。ね。お姉さん、誰かに尾けられてるって言ってなかった？」

玲子はギョッと見た。

町子「……言ってたのね？」
玲子「私が聞いたわけじゃないんです。知合いに……」
町子「私にも言ってたの。ストーカーかも知れないって。私その時は思い過ごしじゃないって言っちゃって。女が一人で暮らしてれば、色々不安もあるでしょ？」
玲子「ええ……」
町子「気にし始めたらキリがないって。でも、お姉さん、急に怖くなって部屋を空けたってことは考えられるんじゃない？」
玲子「でもそれだったら、実家に連絡するなり……」
町子「……うん。そうよね」
　玲子は恐ろしい可能性を考え始めていた。
　ひょっとして姉はストーカーに……。
町子「ごめんなさい。怖がらせちゃった？」
玲子「いえ」
　無理に笑ってみせた。
町子「よかったら、今度家に遊びに来てね」
玲子「ええ。町子さんも一人暮らしなんですか？」
町子「ううん。ウチには強そうなボディガードがいるから。アッチの方も強いの」
　屈託なく笑う町子を玲子はうらやましく感じた。

48　マンション前

　町子が出て来る。
　立て看板の澄子の写真にニヤリ笑い、バンに乗り込んだ。
　運転席に秀一が待っていた。
秀一「おまえ、何考えてんだよ？」
町子「秀一だってあの娘にシャブらせたいんでしょ？」
秀一「妹まで消えたらさすがにヤバいぜ」
　町子はふいにカッとなり、秀一の頭を蹴った。
秀一「何だよ……」
　ふてくされ、車を出す。

49　喫茶店（翌日）

　刑事の杉浦(40)が入って来る。
　玲子が待っていた。
杉浦「や、どうも、お待たせしました。やっぱり女性と会う時はこういう場所の方がね（笑う）。それでストーカーですって？」
玲子「ええ、姉の友人が。浅野さんも聞いたことがあるそうです」

杉浦「変だな。彼、事情聴取の時はそんなこと言わなかったけどな」
玲子「姉も本気で心配してる様子じゃなかったそうですから」
杉浦「そうですか。判りました。そちらの線でももう一度聞込みしてみます。で、その友人の連絡先、判ります？」
玲子「ええ」
バッグからメモを取り出した。

50 農家・庭（翌日）

覆面パトが現れ、杉浦が降り立った。
犬の吠え声が響く。

51 農家・奥の部屋

家の中から秀一がジッと見つめていた。

引出しを開ける。中には大工道具などに混じって拳銃が突っ込まれていた。拳銃を腰の後ろに差し込む。

52 農家・庭

杉浦は檻の中の犬たちに気をとられていた。
獰猛な眼に何故かゾクッとする。
「刑事さん？」の声に振り向くと、秀一が人なつっこい笑顔で出迎えていた。
秀一「どうもわざわざ。町子もじき戻りますから」
招き入れる。

53 農家・アトリエ

杉浦がアトリエを見回した。
杉浦「そうか。奥さん、絵描きでしたね」
秀一「まあ、半分趣味みたいなもんですが」
杉浦が画布を見つめた。
不吉な絵。あの世の気配が立ちこめるような……。
再びゾクッとした。

杉浦「で、ご主人は?」
秀一「いや、結婚してるわけじゃないんですがね。私は親の代から農業をやっております。すぐそこの小さい畑ですが」
家の裏口から町子が戻ってきた。畑で土いじりでもしてきたらしい。
町子「あ、どうも、お待たせしました」
杉浦「お邪魔しています」
表で犬たちがやたらと吠える。
町子「お腹すかしてるんじゃない?」
秀一は一瞬戸惑うが、冷蔵庫からビニールパックした肉片を取り出し、表に消えた。
町子は汗をぬぐい、上着を脱いだ。Tシャツの下の豊かな胸。どうやらノーブラらしい。
杉浦の眼が思わず泳いだ。
町子「刑事さん、お昼ご飯は?」
杉浦「あ、いいえ、お構いなく」
町子「よかったら一緒に食べません? 今から作るとこだったんですよ」
ニタァと笑った。

54 **農家・庭**

秀一はムッツリ、犬たちに肉片をバラまいている。

55 **マンション前(夜)**

玲子が買物袋を下げて帰って来る。
玄関の立て看板を悲しく見やり、入ってゆく。

56 **エレベーター(夜)**

疲れた顔でもたれている。
ドアの開く音に思わずビクッとする。
ガランとした無人の空間に歩み出した。

57 **マンション・廊下(夜)**

自分の足音が不気味に響く。

鍵を取り出し、ドアを開けると、

58 マンション・部屋（夜）

かすかに話し声が聞こえた。

澄子の声「駄目よ、遅刻するわよ」

玲子「姉さん！」

ギョッと駆け込むが誰もいない。

明りをつけ、トイレや浴室を見て回る。そして

ベランダへ。

誰もいない。闇が広がるばかりだ。

ハッと気づいて、留守録を解除した。

だがメッセージはない。

気のせいだったのか？

玲子はテーブルの椅子にグッタリ座り込んだ。

59 マンション・部屋（翌日）

玲子が洗い物をしている。

電話が鳴った。

玲子は蛇口も締めず、電話に飛びついた。

玲子「はい！」

和之の声「……あ、浅野ですけど」

玲子はとっさに声が出ない。

和之の声「どうしたの？　大丈夫？」

玲子「……いえ、ごめんなさい」

蛇口に気づき、締めた。

和之の声「この間のパートの件なんだけど、会社に聞いてみたんですよ。そしたら……」

玲子「すいません、その件は……」

和之の声「え？」

玲子「やっぱり、部屋にいた方がいいと思って。すいません、勝手なことばかり言って」

和之の声「（笑う）いや、いいんですよ。じゃあ、必要になったらいつでも言って下さい」

玲子「すいません……」

電話を切り、洗い物を始めると、

水道の音に混じって、

澄子の声「嫌よ、恥ずかしい」

ギョッと蛇口を締めた。何も聞こえない。

玲子は追いつめられた表情で室内を振り返った。

60 マンション・部屋（夜）

明かりの消えたキッチン。流しには洗い物がたまっている。

玲子はベッドで眠っていた。

澄子のあえぎ声が甦る。

玲子のまぶたがピクリと動いた。

悩ましく寝返りを打つ。

澄子と和之の情事の声はベッドの下から流れていた。

ベッドの下に……

小型スピーカーが仕掛けられている。

61 バンの中（夜）

秀一がモニターの暗がりを見つめながら、テレコを再生していた。澄子のあえぎ声が流れている。

ふいに玲子が声を漏らした。

秀一はテレコを止めた。

暗がりの中から、玲子のあえぎ声がかすかに漏れて来る。

秀一の息が荒くなる。

暗がりの中にボンヤリとベッドでうごめく玲子の姿が浮かび上がる。

秀一はジッパーを下ろし、玲子の声に合わせるように高まってゆく。

62 マンション・部屋（翌朝）

電話の音にベッドの中から物憂く手が伸びる。

玲子が寝乱れた姿のまま受話器を握っていた。

和之の声「もしもし、玲子さん?」

玲子はまだ現実感がつかめない。まるで和之が

　　ベッドの中にいるような……。
和之の声「もしもし？　もしもし？」
　　玲子は受話器を肌に当て、ゆっくりと下に滑らせてゆく。
　　ベッドの足元には丸まったパンティが落ちていた。

63　**街（夜）**

　　玲子がおびえたような眼でジッと見ている。
　　和之が笑顔で近づいて来た。怪訝に玲子を見た。
和之「顔色悪くない？」
玲子「（笑う）そうですか？」
和之「一人でこもってちゃよくないよ。たまには気分転換しないと」
　　二人は歩き出した。
和之「でも意外だったな。彼女がストーカーのこと、そんなに気にしてたなんて」
　　玲子の沈んだ顔色を窺った。
和之「僕の注意不足だよな」
玲子「浅野さんのせいじゃないですよ。……姉はいつもそうなんです。何でも一人で解決しようとして、家族にも何も言わないで」
　　いつの間にか独白のように、言葉にトゲがある。
和之「（怪訝に）何かあったの？」
　　玲子はこわばった表情のまま黙っている。
　　和之が促すように見つめると、
　　玲子はふいに手を握った。
玲子「……一人だと怖いんです」

64　**マンション前（夜）**

　　立て看板に貼られた澄子の写真。
　　玲子と和之はその視線を避けるように玄関に入ってゆく。

65　**マンション・廊下（夜）**

　　エレベーターのドアが開き、二人は部屋に向かう。
和之は当惑した顔で玲子を窺うが、
玲子はジッと前を見つめている。
鍵を取り出し、ドアを開けた。

66　マンション・部屋（夜）

ドアを閉めるなり、玲子は和之に抱きついた。
ためらう和之の手をスカートの下に誘った（パンティをはいてない）。
和之はギョッと見つめた。
玲子は誘うように体を放し、ダイニングへ下がる。
和之は追いすがり、
二人はもつれ合うように居間に倒れた。
息が荒い。
和之は夢中で玲子の服を剝ぎとってゆく。
玲子は和之の顔を撫でた。
玲子「お願い、姉さんのこと考えないで」
和之「判ってるよ」
和之は露になった乳首にしゃぶりついた。
玲子が歓喜の声を漏らす。
二人は激しく求め合ってゆく……。

67　バンの中（翌朝）

秀一が眠そうな眼でモニターを眺めている。
玲子のあえぎ声が響いている。
モニターの中では和之が出勤前のセックスに励んでいる。
秀一「（笑う）好きだよなあ、こいつ」

68　マンション前（朝）

玄関から和之が出てきた。
チラリと看板を見やり、思わず口元がほころぶ。
ふいにその姿がビデオ画面に切り替わり……

69　アトリエ

モニターに再生された和之の姿に、町子と秀一が爆笑している。

秀一「馬鹿だ、こいつ！」

町子「絶対、姉妹ドンブリだと思ってるよ！」

大いに笑い、なおもクスクス笑いながら電話をかけた。

町子「玲子さん？　どうも、町子です。元気？　うん。刑事さん？　来た、来た。本物の刑事さん見るの初めてだったから（笑う）。うん、一応全部話したけど。そう……。ねえ、一人でいるのもなんでしょ、ウチに遊びに来ない？　気分転換に。忙しい？　駄目よ、家にこもってばかりいちゃ。うん。じゃあ電話して。車で迎えに行くから。ゴチソウするわよ。じゃあね」

電話を切るなり、秀一が笑いころげた。

秀一「当分はあいつとヤリまくりたいんだろ？」

町子は心配そうに冷蔵庫を開けた。

町子「お肉持つかなぁ……」

70　マンション・部屋（数日後）

玲子が受話器を手に応答メッセージを吹き込んでいる。

玲子「はい、元島です。ただいま留守にしております。メッセージをどうぞ」

表情が硬い。留守録をセットし、反復される自分の声を背に部屋を出た。

71　マンション前

玲子が笑顔を作り手を振った。看板には振り向きもしない。

バンにもたれていた町子が手を振り返した。

ドアを開け、玲子を乗せる。

町子「こっちが秀一。前に話したでしょ、私のボディガード」

秀一「初めまして」

人なつっこく笑って見せる。

玲子「初めまして」
町子「何か前より元気そうね。色っぽくなったみたい」
玲子「(笑う)そうですかあ?」
秀一が車を出した。

72 農家・アトリエ

玲子が絵を見て回っている。
恐怖を訴えるような不吉な気配……。
玲子「……何か、ちょっと怖いですね」
町子「そう?」
煮込んだシチューを皿に移している。
町子「さあ、出来た」
秀一がワインを注ぐ。
三人はグラスを掲げた。
町子「じゃあ。澄子さんが早く見つかることを祈って」
玲子「……ええ」
表情がこわばった。
町子「本当に、何でも言ってね。力になるから」
玲子「……すいません」
いくぶん涙ぐんでいる。
町子「ほら、早く食べて食べて。冷めないうちに」
秀一がビデオカメラを構えた。
玲子はカメラに微笑み、シチューを口に運ぶ。
眼を輝かせる。
玲子「……おいしい!」
町子「でしょう? 夕べから煮込んだのよ」
玲子「こんなおいしいの初めて!」
町子「遠慮しないでドンドン食べてね」

73 近くの道

のどかな田園風景が広がっている。
玲子と町子がブラブラと散歩している。
道端にしゃがんだ。
町子「ね。私の秘密聞きたい?」

玲子「え？」
町子「私もストーカーにつきまとわれたことがあるの」
　玲子はハッとなった。
町子「ずっと昔だけど。一二歳の時。電話をかけてくるだけで、絶対姿を見せないの。何度番号変えても突き止めてきて、卑猥なことを言ったり、家族しか知らないことを知っていたり。家族も初めは私のこと疑って、ノイローゼじゃないかって。それが一〇年間続いたの」
　玲子はショックを受けている。
町子「おかげで私の思春期はボロボロよ。道で男とすれ違う度に、あいつじゃないかって。そんなことばかり考えて。（笑う）もう、男性不信もいいとこ。結局、処女のまま一〇年間」
玲子「……誰だか判ったの？」
町子「……秀一だったの。今の男」
　玲子はゾッとなった。

町子「私は降参したわけ。やっと本人に出会えて、その日のうちに抱かれたの。（笑う）農家の跡取り息子。でも、私はそれで自由になれたの。今は幸せよ。そんな恋もあるの」
　動揺する玲子の手をソッと握った。
町子「澄子さん見てると他人事と思えなかったわ。あの人も一人っきりで」
玲子「でも、姉には恋人がいましたから」
　町子は怪訝に見た。
町子「恋人？」
玲子「ええ」
町子「……澄子さん、恋人はいないって言ってたわ」
玲子「（笑う）でも、確かに……」
町子「玲子さん、これ大事なことよ。恋人だって言ってる人がいるの？」
玲子「ええ」
町子「その人、本当に恋人だったの？」
　玲子の顔がみるみる青ざめてゆく。

玲子「でも……！」

町子「何か証拠を見たの？　一緒に写っている写真とか？　言葉だけなら何とでも言えるのよ！（ハッと）」

　　続く言葉を呑んだ。まさか……。

　　玲子は思わず手を振り払い、立ち尽くした。

　　まさか、そんな恐ろしい事が……。

74　マンション前（夜）

　　玲子がバンから降り立った。

　　町子が心配そうな顔で見つめる。

町子「何かあったら電話して。いい？　きっとよ？」

玲子「ええ……」

秀一「（ニッと笑い）おやすみなさい」

　　秀一の顔に玲子はゾクッとした。

　　バンは走り去っていた。

　　ポツンと残された玲子はおずおずと玄関に向かう。

　　嫌でもあの看板が眼に入る。

　　ハッと凍りついた。

　　澄子の写真。眼がひっかき傷で潰されている。

　　誰かの悪戯か。だが一体いつから……？

75　マンション・部屋（夜）

　　玲子は戻るなり、姉のアルバムや写真類を調べ始めた。

　　だが和之と写った写真は一枚も見当たらない。

　　電話が鳴った。

　　玲子の声の応答メッセージが流れる。

和之の声「えー、僕です。また電話します」

　　電話に出る気がしなかった。

　　ふとベッドを見やった。

　　寝乱れたままのシーツ。和之の体臭が染みついている。

　　玲子は思わずシーツと枕カバーを剝がし、洗濯機に放り込んだ。

×　　×　　×

暗がり。電話は留守録のランプが点灯したまま
になっている。
玲子はベッドの中で身をこわばらせていた。
眠れない。廊下の足音が耳につく。
やがてドアの閉まる音。
神経が張り詰めている。
ふいにかすかな声がした。
玲子の声「お願い、姉さんのこと考えないで」
玲子は愕然とした。確かに聞こえた。
和之の声「判ってるよ」
思わず枕を取り去る。
ソッとベッドから逃げ出し、部屋中の明りをつ
け、周囲を見回す。
TVをつけた。にぎやかな笑い声。
玲子はテーブルの椅子に座り、気を静めようと
する。

TVの音に混じって、
澄子の声「嫌よ、恥ずかしい」
玲子はたまらず耳を押さえた。
玲子「姉さん、許して。許して……！」

76　マンション・部屋（翌朝）

玲子がドアを開けると、町子が立っていた。
玲子の顔はやつれている。
町子は指でシッ！と合図。部屋に上がり込んだ。
玲子はおびえた顔で居間の方をこなす。
町子「（小声で）懐中電灯ある？」
玲子から懐中電灯を受け取り、居間を見回す。
やがてベッドの下に潜り込んだ。
何か見つけたらしい。玲子を手招く。
玲子もおそるおそる覗き込んだ。
小型スピーカーが見えた。
ソッと見交わす二人。

77　マンション・集会所

玲子がおびえた表情で座っている。

町子「澄子さんの彼氏っていう人、写真とか見つかったの？」

玲子はブルッと首を振った。

町子「まだ刑事には話さない方がいいわ。はっきりしたわけじゃないんだから」

そこに杉浦が顔を出した。

杉浦「や、どうも。……部屋ではこの件のこと、話してないね？　電話でも？」

町子「ええ。変な声が聞こえるとしか」

杉浦「けっこう。じゃあ上に上がりましょう。二人は普通にしゃべってもらって構わないけど、僕には話しかけないで。僕もしゃべりませんから。いいですね？」

三人はエレベーターに向かった。

78　マンション・廊下

三人が歩く。

杉浦「聞こえたのはどんな声です？」

玲子は言いよどんでいる。反応が少しおかしい。

町子「玲子さん」

玲子「……姉の声です。それと私の……」

杉浦「部屋の中でしゃべった声？」

玲子はうなずいた。

杉浦「じゃあ、間違いないな。録音してる」

79　マンション・部屋

杉浦がベッドの下のスピーカーを覗き込んでいる。

やおら立ち上がり、コンセントに当りをつけた。

玲子たちに何かしゃべれとジェスチャーする。

町子がアドリブでしゃべり始めた。

町子「やっぱりさあ、気のせいなんじゃないの。変な声がするなんて。気にしすぎなのよ。夜はよく音が響くしさ。隣のＴＶの声とか」

玲子は黙っている。

その間に杉浦はソッとコンセントの蓋を外してゆく。

やはりあったと、盗聴器を指さす。

玲子と町子はこわごわ覗き見た。

杉浦はコンセントの蓋を元に戻し……。

80 マンション・廊下

三人が出て来た。
杉浦「盗聴器はこのままにしておきます。お気持ちは判りますが、犯人はきっとこの近くに現れます。今夜からパトロールを強化させますから」
町子「じゃあ玲子さんをオトリに使うわけ?」
杉浦「犯人は自由に部屋に出入りしてたんです。たぶん合鍵を持っている」
玲子の顔がこわばった。
杉浦「今日中に鍵を替えた方がいいでしょう。鍵さえ替えれば、とりあえずは安全です。声がしたら、すぐ通報して下さい。そうだな、何か合言葉を決めといた方がいいな」
町子「(ため息)ウチのボディガードに頼む? 大工仕事得意なの」

81 マンション・部屋

秀一が鍵の交換をしている。

玲子と町子はテーブルで作業をボンヤリ見守っている。

町子は励ますように玲子の手を握った。

町子「きれいな肌。うらやましい」

玲子の腕をさすった。

町子「玲子さんは恋人いるの? いるわよねえ絶対。男がほっとくはずないわ。ねえ? あんただったらほっとかないでしょ?」

秀一「ええ?」

照れたように笑った。

玲子の顔はこわばっている。

秀一はドア外に廻り、ポケットの中のテレコのスイッチを押した。
ベッドの下から声が起こる。
玲子の声「お願い、姉さんのこと考えないで」
和之の声「判ってるよ」
玲子はガタッと立ち上がった。
町子が怪訝に見上げている。
玲子のあえぎ声が響きわたる。
玲子はキッチンから包丁を取り出し、居間に向かった。
町子「玲子さん！」
声はますます大きくなる。
玲子は小型スピーカーを引きずり出し、包丁でケーブルを断ち切った。
声が止んだ。
町子が包丁を取り上げた。
町子「どうしたのよ？」
玲子「聞こえたでしょう！」
町子「しっかりしてよ。何も聞こえなかったわよ！」
玲子は愕然となった。
玲子「……そんな」
眼から光が失われてゆく。
ズルズルと崩れた。
町子は冷然と見おろし、秀一とニタリ見交わした。

82　街（夜）

和之が公衆電話からかけている。
玲子の声の応答メッセージが流れる。
和之は怪訝な思いで電話を切った。

83　駅前（二、三日後）

休日なのだろう、普段着姿の和之が出て来る。
駅前の立て看板に気づいた。
澄子の写真。やはり眼が傷つけられていた。
嫌な予感がする。

84　マンション・廊下

エレベーターを降りた和之が慌ただしくやって来る。
部屋の前でギョッとなった。
二、三日分の新聞がたまっている。
チャイムを押した。返事はない。
不安がこみ上げる。
和之「玲子さん、玲子さん！」
ドアを何度も叩く。

85　マンション前

和之が困惑した顔で出てきた。
近くの公衆電話に向かう。
その様子をバンの中から秀一が見つめている。

86　農家・庭

檻の中の犬たちを玲子がボンヤリ見つめている。
眼がうつろだ。
いつのまにか隣に町子が立っていた。
町子「この子たちね、血の臭いを嗅ぐと興奮するの。そういう風に仕込んだの」
ナイフを取り出し、自分の指先を切る。
血がしたたり落ちた。
犬たちはふいに顔を上げ、激しく吠えかかる。
町子「(ニタッと) ね？　生理の時なんかうるさくてそばに寄れないのよ」
玲子はフラリとアトリエに向かった。

87　農家・アトリエ

玲子が入ってゆくと……
アトリエのテーブルに誰かが座っている。
澄子だ。
玲子「……姉さん」
澄子は写真で見た時と同じ服装、姿勢で眼を閉じたままジッとしている。

玲子「……何処に行ってたの？　ずっとここにいたの？」

ふいに澄子の首がグニャリとたれ、そのままズルズルとテーブルにつっ伏した。

玲子はおそるおそる近づいた。

澄子の首がゆっくりと動き、かすかに顔を上げた。

髪の間から覗いた眼は黒くツブれている。

×　　×　　×

玲子はビクッと眼を覚ました。

アトリエのテーブルにつっ伏していたのは自分だった。

テーブルには町子と澄子の並んだ写真が置かれていた。

フォークの先で澄子の眼が傷つけられている。

自動車の音がして、バンが庭先に入ってきた。

降り立った秀一が町子と何やら話しているのが見える。

町子がアトリエに入ってきた。

町子「玲子さーん」

玲子は不思議そうに顔を上げた。

町子「どうしたの、ボーッとして？　和之さん、ずいぶん捜してるみたいよ」

玲子「……あの人、妹と浮気したの。ひどいと思わない？」

町子はえ？と怪訝に見るが、
玲子「私の写真にも傷をつけて。あの娘、昔からそうだったの。私をやっかんでばかりいて」

町子「でも妹さんは悪くないと思うな。悪いのは男の方よ」

玲子「男……？」

町子「そうよ。さんざん人をつけ回しといて。トッチめてやりなさいよ。私だったらそうするな」

88　喫茶店

和之が杉浦と話している。

杉浦「参っちゃうよなあ。部屋にいろって言ったのに。犯人捕まえる気あんのかね。それで、実家の方には問い合わせたの？」

和之「いえ。また心配させるのも……」

杉浦「うん……。まあ、二、三日ならね」

和之「澄子さんの時だってそうだったんですよ」

杉浦「……あんた、玲子さんとはどういう関係なの？」

和之「（戸惑う）いえ、別に。協力してるだけですよ」

杉浦「何でストーカーのこと、俺に話さなかったの？」

和之「いや……、すいません、大したことないと思って」

杉浦「それはこっちが決めるんだよ！」

和之「すいません……」

杉浦の携帯電話が鳴った。

杉浦「はい。うん。（笑う）あ、そう。うん、そのまま巡回続けてくれ。（電話を切り）玲子さん、部屋にいるよ」

和之はェッとなった。にわかに信じられない。

杉浦「（ジロリ）何驚いてんの」

和之「いえ。すいませんでした、一人で騒ぎ立てて」

杉浦「うん」

和之「（気まずい）じゃ、これで失礼します」

伝票を手に立ち上がった。

杉浦は払わせて当然と思っている。

89　マンション前

和之が玄関に向かう。

立て看板が消えているのに気づいた。

90　マンション・廊下

和之はチャイムを押した。

返事がない。

ドアのノブを回した。鍵が開いていた。

91　マンション・部屋

和之は上がり込み、ギョッと息を飲んだ。
回収した看板が無造作に立てかけられている。
窓際に背を向けて女が立っていた。着ているのは看板で示された失踪時のワンピースだ。
振り返ったのは玲子だった。
和之「？　その服……」
テーブルの上に澄子のアルバムや写真類が広げられていた。
すべてがメチャクチャに切り裂かれている。
玲子「……どうしてあなたの写真がないの？　いくら探しても見つからない」
その声は異様に冷静だ。
和之「（無理に笑う）そうか。聞いてくれればよかったのに。……僕が持ち帰ったんだよ」
玲子「どうして？」
和之「つまり……、あんまり見られたくなかったんだ。ホテルでふざけて撮った写真でさ。彼女だってそんな写真、家族に見られたくないだろう？」
玲子「部屋に入ったのね？」
和之「……どうしたんだよ、一体？」
近寄ろうとするが、
玲子「姉さん、生きてると思う？」
和之「（ゾッと）止せよ、そんなこと考えるの」
玲子「姉さんが戻って来たら、私とどっちをとる？」
ジッと見つめる。
和之「……君だよ」
玲子「そう……」
不気味な笑いが広がった。ついに尻尾を捕まえた、そんな表情。
用心深く後ずさってゆく。
玲子「私、澄子よ。判らなかった？」
和之「おい、何言ってんだよ？……その服どうしたんだ？」
肩を抱きよせようとする。
玲子「嫌よ」

逃れる。

和之「何か誤解してるんだ！」

なおも迫る。

玲子「来ないで！」

うろたえ、傍らのバッグに手を伸ばした。

スタンガンを握っていた。バチッ！と音が弾け、

和之はビクッ！と跳ね、壊れた人形のように倒

れた。

玲子は呆然と見おろしていた。

92　マンション・部屋（夜）

明りもつけず、薄暗い室内。

相変わらず和之は倒れたままだ。

玲子は窓際で不安な顔のまま、待っている。

やがてドアが開き、町子と秀一が入ってきた。

秀一は大型のサムソナイトを手にしている。

町子「大丈夫よ。廻りに警察はいないから」

玲子「死んだの？」

町子「とにかくここから運び出しましょう」

秀一が慣れた手つきで和之を縛り、サムソナイ

トに詰めている。

和之のポケットから小型テレコを取り出して見

せた。

再生する。玲子のあえぎ声が漏れる。

秀一「やっぱりこいつだ」

玲子はまじまじと和之を見おろした。

93　マンション前（夜）

玲子と町子、秀一が出て来る。

秀一はサムソナイトをさすがに重そうに引き

ずっている。

サムソナイトと共に三人は乗り込んだ。

バンが走り出す。

94　郊外の道（夜）

バンが走る。

車内の玲子に不安な影がよぎる。

玲子「ね、和之さん、どうするの？」

誰も返事をしない。

やがて農家が見えてきた。

犬たちの吠え声がする。

95　農家・アトリエ（夜）

三人が上がり込む。

秀一がサムソナイトから和之を引きずり出した。

和之がうめく。

玲子「和之さん、和之さん！」

思わず駆け寄り、口からガムテープを剝がした。

気づいた和之はギョッと辺りを見回した。

和之「おい、どうなってんだよぉ……！」

町子「二股かけた男をトッチめるの。そうでしょ、澄子さん？」

玲子は困惑している。自分は何をしていたのか
……。

奥から秀一が解体用の大型ハンマーをブラ下げ現れた。

黒いビニール袋を和之の頭にかぶせ、袋の口を縛る。

玲子「何するの！」

町子が押さえた。

秀一はハンマーを一振り、和之の頭にボコッ！と打ち下ろした。まるで屠殺するように。

和之の両脚がピンと伸びきり、動かなくなった。

玲子は愕然となった。体がワナワナ震える。

町子「これであなたも私たちの仲間よ。始末するの手伝ってね。大丈夫よ、すぐ慣れるから」

玲子には理解できない。ただ震えるばかりだ。

やっとかすれ声を漏らした。

玲子「お願い帰して」

町子にすがりついた。

玲子「ね？　このこと誰にも言わないから。帰して！」

町子「もう仲間だって言ってるでしょ？　何も怖がること」
玲子「帰してよぉ！」
床に崩れた。
町子は冷然と見おろした。
町子「せっかく仲間にしてやろうと思ったのに」
秀一を振り返った。
町子「下の口ふさげば何とかなるかしら？」
秀一「さあな、やってみねえとな」
玲子の足をつかみ、引きずってゆく。
玲子「嫌……！　嫌ァーッ」
秀一「かわいがってやっから。女はラッキーだよなあ」
ズルズル奥へ引きずってゆく。
玲子が泣き叫ぶ。
町子が笑いながらついてゆく。

96　農家・奥の部屋（夜）

玲子はマットの上に投げ出された。

モニターに次々と映像が映る。

玲子と和之の情交。あえぎ声が流れる。

玲子は愕然となった。

モニターの一つにシチューを食べる玲子の姿が映った。カメラに向かって微笑んでいる。

町子が玲子の顔をグイと画面に向けた。

町子「ほら！　あんた、何喰ったか判ってんの！」

玲子は眼を見開いた。理解した。

やがて凄まじい悲鳴を上げた。

玲子「ウワアアアーッ！」

秀一が玲子を押し倒し、服を剥ごうとする。

玲子「殺して、殺して……！」

息も絶え絶えにあえぐ。

町子「ね、3Pしようか」

秀一「それもいいかな」

町子も服を脱ぎ始めた。

ふいに表で犬たちが騒ぎ出した。

町子と秀一がハッと見交わす。

秀一がビデオの音を消し、玲子の口をふさぐ。

すばやく服を着た町子が交替して玲子の口をふさぐと、秀一は引出しから拳銃を取り出し、表の様子を見にいった。

町子はジッと耳をすます。

町子「(ささやく)ね、私たち友達でしょ? 私もずっと一人だったのよ。一〇年間もつきまとわれて、誰も信用できなくて。判る?」

表で銃声が響いた。

町子はギョッとなった。続いてもう一発。

崩壊の予感がこみ上げる。

町子「ね、友達よね、私たち?」

玲子は思いきり、手に噛みついた。

町子が悲鳴を上げる。

玲子はアトリエに転がり逃げた。

97 農家・アトリエ

町子が追って来る。

玲子は追いつめられた獣のように、画材箱からナイフをつかみとった。

町子は余裕の笑いを浮かべた。

町子「そんなもので何が出来るの? ほらよこしなさいよ」

再び銃声が聞こえた。

町子の注意が一瞬それたスキに玲子は夢中で踏み込む。

ナイフを振り回し、つかみ合う。

町子はすばやく体を離した。

町子「(笑う)無駄だったら」

ふいに「え?」と異変を感じた。喉に手を当てる。

血が流れている。いつのまにか切れていたのだ。

血がダラダラと止まらない。

町子の眼がうつろになった。

表で銃声が響いた。

町子「秀一……、秀一!」

喉を押さえながらヨロヨロ表に出てゆく。
玲子は事態が飲み込めない。フラフラと後を追い……

98 農家・庭（夜）

檻の近くにやって来た。
庭の向こうをヨロヨロ歩く町子が見える。
地面に点々と続く血痕。玲子はハッとナイフを捨て、吠え騒ぐ犬たちに気づいた。
玲子はやにわに檻のドアに錠替わりにくくりつけた鎖を外した。
犬たちがうなりを上げて飛び出す。
玲子「（全身で叫ぶ）喰えッ！　喰えーッ！」
町子はギョッと振り向いた。
迫り来る犬たちが見える。
断末魔の声が上がった。

×　　×　　×

庭の別の一角では、杉浦がその悲鳴に顔を上げていた。
拳銃を握っている。
足元には秀一の死体が転がっていた。

×　　×　　×

杉浦がやって来た。
犬たちがむさぼり喰う惨状を無言で見つめる。
（惨状は音のみの表現でよいと思いますが）
やがて玲子の姿に気づき、近づいた。
玲子は檻の傍らに放心状態でしゃがんでいた。
杉浦「あいつら、別の事件でも浮かんでたんだ」
玲子は何も聞いてない。
杉浦は諦め、アトリエに向かった。

99 農家・屋内（夜）

和之の死体を見おろし、さらに奥に向かう。
マットレスの部屋のモニターには玲子と和之の

情交が無音で流れている。さらに一室のドアを開け、明りをつけた。

呆然と見つめ、ため息が漏れた。

杉浦「あいつら、何なんだよ……」

壁一杯の棚に犠牲者たちの遺品があふれていた。

まるでナチの収容所のように。いくつもの旅行鞄やサムソナイト……。その中に澄子の鞄もあった。

こうして稀代の怪物カップルは滅びたのである。

終

『蛇の道』

『蛇の道』（1998）

作・高橋　洋

【登場人物】

新島直巳
宮下辰雄（34）

大槻（38）　組織幹部
檜山（35）　組織幹部
有賀（36）　組織幹部
女（コメットさん）　大槻の愛人
少年（14〜15）　その弟
少女（8）　数学教室の生徒
岡林（17）　数学教室の生徒
絵美（8）　宮下の娘
教室の生徒たち
檜山の手下たち

1　車はある場所に向かっていた

フロント・ウィンドウに街並が流れる。

助手席の男、宮下（34）はガチガチに緊張している。顔は土気色に憔悴し、眼の下にはクマができている。

懸命に動揺を抑えようと体をこわばらせるが、手が勝手に動きイライラと顔を触ったりする。

ハンドルを握る新島がチラリと窺った。

新島「寝てないのか？」
宮下「いや……。少しは寝た」
新島「（気遣うように見て）今日は下見だけにしとくか？」
　宮下の心が動いた。弱気が起こる。
新島「俺のことは気にすんなよ。また都合つけるから」
宮下「いや」
　心とは裏腹に口をついた。
宮下「今日だ。今日やろう」
　新島はそれ以上言わなかった。
　宮下の眼がせわしなく動く。
宮下「間違いないのか？」
新島「え？」
宮下「違ってたら……！」
新島「どうせカタギの人間じゃない」
　その割り切った言い方が妙におかしい。そうだ、こういう男なんだよな。宮下は緊張をほぐそうとするようにクックックッと笑ってみる。

×　×　×

　車はとある住宅街に差し掛かった。
　窓外を見つめる宮下の眼が泳ぎだす。
新島「そろそろだ」
　念を押すように言った。
宮下「ちょっと待ってくれ」
　恥も外聞もない。
宮下「気分を落ち着かせたい」
新島「って、こんなとこじゃ……」
　困ったように見回す。
新島「とにかく、いるかどうか確かめないと」

2　近くの幹線道路

　電話ボックスのそばに車が停まっている。

　新島が気遣うように見ている。

　青ざめた顔でシートにもたれていた宮下は、ふいにすがりつくように後部座席から小型モニターを取り出した。

　スイッチを押し、画面に見入る。

　どうやらホームビデオらしい。カメラに向かってあどけなく微笑み、駆け回る少女。

宮下「絵美……！　もうすぐだから。もうすぐだよ

「……！」

もはや新島は視界に入っていない。

新島は痛ましく見つめている。

かすかな響きがする。遠くから聞こえる少女の悲鳴のような……（全篇の基調音となるＳＥ）。


新島「電話して来る」

車を降り、電話ボックスに入った。

電話をかける。


新島「あ、宅配便ですけど、お世話になります。大槻さん？　お届け物なんですが、伝票の住所が読み難くって……。二の九の六、はい、判りました。すぐ伺いますから」

電話を切り、車に戻る。

宮下は涙に濡れた顔で拳銃を握りしめていた。

新島「……大槻はいる。やるんだろ？」
宮下「……やる」
コクコクとうなずいた。

新島「じゃあ、そんなものしまえよ。まだいらないはずだ」
宮下はうなずき、おずおずと拳銃をダッシュボードに戻した。

3　大槻のマンション・外

車の中からマンションを窺う新島。

帽子を被り、宮下を振り返った。

宮下がかすかにうなずき、二人は車を降りる。

新島は小ぶりのダンボール箱を抱えている。

階段を上がり、新島がチャイムを押す。


新島「宅配便です！」

宮下はドアの陰に回りジリジリと待っている。

顔が青ざめ、硬直する。やがて気配が近づき、ドアが開いた。（ドアの背後の宮下には新島のやりとりが見えない）

新島の声「大槻さん？　すいません、ハンコを……」
ふいにドスッ、バタバタッと物音が起こり
宮下はドアを回り込み玄関に踏み込んだ。

　顔を押さえて倒れた大槻を新島が室内に引きずり込んでいる。
新島「早く！」

4　大槻の部屋

　宮下は取り出したスタンガンを慌てて取り落としそうになり、夢中で拾って、もがく大槻に押しつけた。バチッ！と大槻（38）は飛び跳ね動かなくなる。

　新島はダンボール箱からガムテープを放り投げた。

　受け取った宮下が大槻の口を塞ぎ、さらに両手両足を……。

　その間に新島は机回りを物色していた。

　鍵のかかった引出しがある。ダンボール箱からドライバーを取り出し、こじ開けた。

　拳銃と弾丸が隠されていた。

　新島は拳銃を取り上げ、シリンダーを外して指先でジージージー、回してみる。何処か遠い眼をしている。

宮下「……何やってんだよ？」

　新島は拳銃を示して
新島「カタギじゃない」

　無造作に懐に収めた。

5　大槻のマンション・外

　宮下が先導するようにドアから現れ、周囲を窺いながら手招きする。大槻を肩に担いだ新島がトトトンと素早く階段を降り、宮下が開けた車のトランクに放り込んだ。

　白昼堂々の拉致。二人は車に乗り込んだ。

6　車が走る（夜）

　宮下がうつろな眼で助手席にもたれている。

　ふいにドン！と背後の物音にビクッと振り返った。

ドン、ドン……。気づいた大槻がトランクの中でもがいているらしい。

宮下は不安そうに新島を見やる。新島もチラリと気にするが、構わず走り続ける。

7　隠れ家・車庫（夜）

車が入ってゆく。

新島がトランクを開け、大槻を引きずり出した。

大槻は眼を恐怖に見開き、もがいている。

宮下はダッシュボードから拳銃を取り出し、懐に収める。

新島を手伝い、大槻を引きずってゆく。

8　隠れ家（夜）

そこは廃業した肉屋かレストランの厨房か、とにかく打ちっ放しのコンクリートの殺伐とした空間。

大槻は壁に取り付けられた鎖につながれた。

（半径一メートル程、鎖を引きずり移動できる余裕がある。飼犬のように）

足を解き、最後に口のガムテープを乱暴に剝がす。

大槻はカーッ、ペッとタンを吐いてからおどおど二人を見比べた。


大槻「あんたら、誰なんだよ？　俺に何の用だ？」

宮下は奥のテーブルに拳銃を置くと、大槻の前にかがみ込み、食い入るように見つめた。

その病的な表情に大槻はゾッとすくむ。

新島は部外者のように奥に座り、傍らのスポーツ新聞を広げている。

宮下は部屋の奥から台車を押してきた。ＴＶモニターが置かれている。スイッチをつける。

例のホームビデオが映し出された。

宮下「俺の娘だ」
ブラウン管をなぞるように指さす。

宮下「殺された」

何やら報告書らしき書類を取り出した。

宮下「宮下絵美、八歳。日野市程久保付近の草むらにて遺体発見。死後約一週間経過。全身に一六箇所の刺し傷。右手小指、左手中指を損傷。いずれも生活反応あり。外陰部および膣部に著しい裂創、表皮剥奪、皮下出血無数。生活反応あり。死に至るまで長時間の拷問・凌辱を受けたと推定される。直接の死因、数回にわたる頭部への打撲。脳髄は三分の二を損失。顔は原形をとどめず、歯型より本人と確認する……」

怒りを抑えた上ずった声で読み上げてゆく。

大槻は困惑し、再び二人を見比べる。

大槻「だから何なんだよ？　俺に何の関係があるんだ？」

新島がチラリと顔を上げた。

宮下「……おまえが殺ったんだろ？　そうなんだろ？」

背後のホームビデオはエンドレスで同じ映像を繰り返している。

大槻「冗談じゃねえよ！　何で俺が……（ハハンと）あんたらサツか？　え？　手の込んだことして。芝居打ってんだろ？」

宮下はとっさにテーブルに引き返し、拳銃を手に戻って来る。

大槻はヒッ！と身をかがめた。

新島がすばやく駆け寄り、いきり立つ宮下を押さえた。

宮下「（大槻に）俺の娘だッ！」

新島の肩ごしに必死の形相で叫ぶ。

新島「焦るなよ」

宮下をなだめ、拳銃を取り上げた。

そのまま無表情に大槻に銃口を向ける。

大槻が「アアアッ……」と後ずさると、ギリギリに銃弾を撃ち込んだ。

ドン……！と銃声が響く。大槻は震え上がった。

新島「この部屋、防音だから。どんなにわめいたって聞こえない。（宮下に）そろそろ帰るわ」

宮下「(ハッと) そうか、時間か」

新島は宮下に拳銃を渡し、奥に向かう。

宮下も見送りについてきた。

宮下「(改まって) 新島さん。何て言っていいか……、本当にありがとう。結局あんたまで巻き込んじまって。後は俺一人でやるから」

新島「宮下、さっきのは……」

宮下「(笑う) カマシだよ、カマシ。すぐには殺さない」

新島「明日また顔出すよ。今日はもう休め」

宮下「うん……。ありがとう」

新島は立ち去った。

9　隠れ家・外 (夜)

新島は自転車に乗って……

10　近くの商店街 (夜)

とあるテナント貸しの雑居ビルに乗りつける。

新島が入ってゆき……

11　教室 (夜)

新島が現れると、黒板に数式を書きながら議論していたらしい生徒たちがバタバタ席についた。生徒といっても学生服姿の高校生、小学生、主婦、暇そうな親父といった小人数の混成教室である。

教壇に立った新島は黒板に書き散らされた数式を見やってニヤリと笑い

新島「(ノートを広げながら) さーてと、先週の証明問題。岡林、できた?」

岡林(17)と呼ばれた高校生が「一応……」とおずおず答える。

新島「(黒板に) 書いてみろ」

岡林が自分のノートを見ながら、黒板に難解な数式を書いてゆく。その間に新島は机を回り、生徒たちのノートを見てゆく。

小学生の少女のノートを覗き込み

新島「おーッ、完璧じゃん」

　頭をポンポン撫でる。少女はクスクス笑い、黒板を指さす。

新島「岡林ィ。それじゃゼロと無限大が等しいってことになるぞ。おまえ怖いこと書くよなァ」

　頭をかく岡林にクスクス笑いが起こる。

新島「こう考えてみろよ」

　何も見ずにダダダッと黒板に数式を書いてゆく。

新島「な？」

　岡林が眼から鱗のように、数式を見ている。他の生徒たちからも嘆声が上がっている。

　だが新島は自ら書いた数式に何かひらめいたらしい。

新島「ここからもう一つ、展開があるな……」

　少女が手を上げているのに気づいた。

新島「おお、やってみろ」

　岡林の数式を消して、サッとチョークを差し出す。

　受け取った少女がダダダッと書き始める。

新島「（眼が輝く）そうだよ、そうだよ……。それで、こうだ」

　続きを書き始める。

　岡林たちも興奮してノートをとっている。

　何だかまるで判らないが、超高度な数学世界に没頭してる人々らしい。

12　隠れ家（深夜）

　明りを消された室内で大槻が壁を蹴飛ばしわめいている。

大槻「おい！　トイレだよ！　トイレだって言ってんだろ！　聞いてねえのか！」

　奥は寝静まり何の反応もない。

大槻「おい！　おいッ！　いるんだろ？」

　声は虚しく暗がりに吸い込まれる。

　ウッ！と激しい便意が突き上げ、大槻は身をよじらせる。必死である。

大槻「なあ！　本当なんだよ！　大きい方なんだよ！　トイレぐらい行かせるだろ！」

×　　×　　×

奥の部屋の暗がりでは、毛布を被った宮下がクスクス笑っていた。

大槻の声「なあ！　あんたの気持ちは判るよ！　気の毒だと思うよ！　だけど俺は本当に関係ねえんだよ！　間違いでしたで済むことじゃねえだろ、これは！　な？　話し合おう！　話し合えば……、おい、こらあ！　何とか言え！」

宮下の笑いがますます高まる。

13　隠れ家（翌朝）

新島が顔を出した。
宮下はまだ眠っているらしい。
大槻はグッタリ座り込んでいた。

新島は異臭に気づいた。大槻のズボンが汚れ、足元に小便が流れている。
大槻は恨みがましい眼を上げた。

大槻「てめえら憶えてろよ……！」
ヤクザの本性をむき出した、本当の怒りが煮えたぎっている。
だが新島は無表情だ。

新島「洗ってやるよ」
ホースを取り出し、水道の蛇口につないだ。

新島「そのままじゃ病気になる」

大槻「おい、ちょっと……！」
一気に水をぶちまけた。大槻は悲鳴を上げて逃げ回るが、容赦なくホースの水が追いかける。

新島「ほら、尻を上げろよ」
とうとう大槻もガックリうなだれ、尻を洗ってもらう。
その騒ぎに宮下も起き出した。大槻の惨めな格好に吹き出している。

新島が朝食を作っている。

料理が三人分の皿に盛られるのを見て

宮下「あいつにも食わすのか？」

新島「うん？」

まあ、見てろと皿を手に大槻に近づいた。

「おおっと！」とわざとらしくつまずき、汚水に濡れたコンクリに料理をぶちまける。

見ていた宮下が手を叩いて笑う。

大槻は怒る気力も失せ、屈辱に呆然となっている。

× × ×

グワッ！とTVモニターが押し出され

例のホームビデオが繰り返され、宮下はブツブツと調書を読み上げる。

片隅で新島はスポーツ新聞を広げている。

大槻は憔悴し、泣きそうな顔になっている。

14　運河沿いの遊歩道（一年前）

新島が路面いっぱいにチョークで数式を書いている。

眺め、黙考する。

傍らに教室にいた少女がしゃがみ、見ている。

（遠くから聞こえる少女の悲鳴が漂っている）

ふと男の足が見えた。

男はグッタリしゃがみ込んだ。逃亡に疲れはてた顔の宮下である。

新島「……あんたも、興味あんの？」

宮下「ん？　いや……」

新島「ま、普通そうだよな」

チョークで書き続ける。

宮下はジッと少女を見た。

宮下「あんたの子か？」

（再び少女の悲鳴が波うつように……）

新島「いや。俺の教え子」
宮下「(少女に) いくつ?」
少女はチョークで8と書いてみせた。
新島「あんた、名前は?」
一瞬、虚を突かれ言いよどむが
宮下「宮下。宮下辰雄」
新島はしばし数式を書き続け
新島「俺は新島直巳」
それが二人の出会いだった。

15 隠れ家

新島と宮下がそれぞれ別のスポーツ新聞を広げている（一面記事はいずれも野球関係）。
宮下がチラリと新島の様子を窺う。
新島がバサバサッと新聞を閉じた。二人は申し合わせたように新聞を交換し、また広げる。
宮下「何かさあ……、スポーツ新聞って書いてあること同じだよなあ」
新島「それがいい」
紙面から眼を離さない。
宮下「どっちが勝ったって負けたって、どうでもいいって思わない?」
新島「それがいい」
宮下は何となく納得したように紙面に眼を戻すが
宮下「……前から聞きたかったんだけどさ」
新島「うん」
宮下「数学って何の役に立つわけ?」
新島が初めて顔を上げた。
新島「何の役にも立たない」
宮下「……そうだよな」
二人は紙面に眼を戻した。
新島「それがいい」
奥から「おーい」と声がする。大槻だ。
宮下はおや?と腰を上げ、奥に向かった。
大槻はジッとうつむき、待っていた。

大槻「あんた、宮下っていったよな?」
宮下「そうだ」
大槻「だったら檜山って男、知ってるはずだ」
宮下はギクリとなった。
背後に新島も顔を出した。
大槻「知ってんだろ?」
宮下「何が言いたい!」
ヒステリックに蹴り上げようとする。
大槻「殺したのは俺じゃねえ! 檜山だ!」
宮下「(恐怖に駆られる)デタラメ言うな!」
新島が宮下を取り押さえた。
大槻「あんた、檜山を売ろうとしたんだろ! 殺られるのはあんたのはずだったんだ。娘を殺るなんて、俺は聞いちゃいない、あんなヒドいこと……。全部あんたのせいだろうが!」
宮下「何だと……!」
さらに大槻を蹴り上げる。
大槻「助けてくれよ! 俺じゃねえんだって!」

新島が宮下を突き放した。
宮下「新島さん、あんたが見つけてきたんだろ! 何言い出すんだよ、こいつ!」
新島が奥へと眼で促した。
宮下はふいに青ざめ、大人しく新島に従った。
新島「檜山って誰だ? 俺は聞いてない」
宮下「……昔の仲間だ」
新島「売ろうとしたのか?」
宮下「いや! あいつがデタラメ言ってんだ。もうちょっと痛めつければ白状するさ」
新島「(ジッと見つめる)隠し事はナシって言ったはずだ」
宮下は眼に見えてうろたえた。
宮下「今度のことには関係ないと思ったから……」
新島「じゃあ何で逃げ回ってた?」
宮下「(困惑する)誤解なんだよ! もしかしたらと思って……! 檜山さんが俺のこと疑うわけないんだ!」

新島「向こうはそう思ってない」
宮下「……あんた、檜山さんのこと判ってんのか？　本物なんだよ！　……誤解なんだ。檜山さんに説明すれば……」
　オロオロ歩き回り、助かる算段に没頭しようとする。いや、殻に閉じ込もりたいのだ。
新島「説明してどうする？」
　宮下がおびえた眼を上げた。
新島「殺された娘はどうなる？」
　宮下の眼がうつろになった。憎しみと恐怖の間で揺れ動いている。恐怖が勝ったらしい。無理に笑ってみせた。
宮下「どっち道、これ以上、新島さんを巻き込むわけにはいかない。ヤバ過ぎるよ」
新島「あんたはどうしたいんだ？」
　追いつめられる。
新島「あんたがやる気なら、俺は手伝う」
　宮下は不思議そうに見た。
宮下「あんた何なんだ？　どうしてそこまで……」
　ギョッと新島の眼に気づいた。何を考えているのか判らない底知れない冷たい眼……。少女の悲鳴が甦る。
新島「（笑う）やってみたかったんだよ。こういうこと」
　宮下は呆然となった。
新島「……それとも俺は邪魔か？」
宮下「（ブルッと首を振る）いや……」
新島「あんたに何もしてやれないのか？」
宮下「そんなことない……！」
新島「檜山の居場所は？」
宮下「……知ってる」
新島「明日教えてくれ。下見をして来る」
　立ち去った。

16　街（翌日）

　二台の車が連なって停まり、後ろの車から檜山（35）らしき男が現れる。降り立ったヤクザ風の男たち四人が檜山をガードしている。

もう一人の手下はゴルフバッグをトランクから下ろしている。どうやらゴルフ帰りらしい。

一緒に車を降りた女がいる。愛人なのか？　杖をつきビッコを引いている。もう一人一四、五歳くらいの少年が従っている。

通りの反対側に停めた車から新島がジッと見つめていた。

檜山は機嫌が悪いらしい。ゴルフバッグを落としそうになった手下をドヤシつけている。

一行は事務所があるらしいビルに消えていった。

17　隠れ家（数日後）

大槻が怪訝な顔で見つめている。

新島が壁に新しい鎖を取り付けていた。

大槻「どうするつもりなんだよ？」

新島「仲間が増える。あんたの話が本当かどうか、檜山と突き合わせるしかないだろ」

大槻「正気かよ、おまえら……！」

新島は黙々と作業を続ける。

大槻「殺されるに決ってんだろ！」

新島「そうなったら、あんたも飢死にだな」

大槻はギョッと焦るが
そこに料理を手にした宮下がやって来た。

宮下は大槻をジロッと一瞥、料理にペッと唾を吐き床に置いた。この手の恥辱にはもう慣れっこらしく、大槻はウンザリ見やるだけだ。

宮下は部屋の中央に立つとやにわに拳銃を抜き、壁に向かって撃った。一発、二発……。不慣れなへっぴり腰。どうやら練習しているらしい。

大槻はやれやれと料理に顔を近づけ、犬のように食う。

大槻「檜山を狙うんならゴルフ場だ」

新島が作業の手を止め、振り返った。

大槻「あいつド下手なんだよ。しょちゅう林に打ち込む」

18　ゴルフ場・林の中（数日後）

新島と宮下が茂みに隠れ、ジッと待っている。

宮下は緊張に青ざめている。

ボールを弾く音。「ナイス・ショット！」と手下の声が上がり……、ボールはポトンと新島たちの近くに落ちた。

「どこがナイスなんだよ、ああッ？　探して来い！」と檜山らしき怒鳴り声が聞こえる。

新島が手を伸ばし、ボールをポケットに収める。宮下を眼で促し、すばやく茂みを移動する。

手下が現れた。「ったくよお！」とふてくされ、ボールを探すが見つからない。いらだち、さっきまで二人が隠れていた茂みの辺りをかきわけたり、はいつくばって覗いたり。

新島たちはジッと息を殺している。

やがて、檜山たちがやって来た。杖をついた女と少年も一緒にいる。

檜山「ああ？　何処だァ？」

手下「それが……」

檜山「しっかり探せェ！」

他の四人の手下たちもボールを探しに散る。

女は一人、油断なく周囲を見回し、少年に手話で何やら指示を送った。警戒を促している雰囲気。少年はうなずき、歩き去る。周辺のチェックに向かったらしい。

新島はその様子をジッと見つめていた。この女が一番ヤバイと感じている。

檜山「あったかァ？」

と叫ぶ。「ありませーん」「こっちもです」と手下たちの声が応える。

檜山はイラだち、自ら林に入ろうとする。女がアッと止めようとするが、腕を振り切り入ってゆく。

新島は茂みに隠れながら、檜山の後を尾ける。

反対側から宮下も近づいてゆく。

新島がポケットのボールを転がした。コロコロッと転がり止まったボールに檜山が気づいた。


檜山「あるじゃねえかよ……」

とボールに近づいたトタン、宮下が決死の形相で茂みから飛び出した。一瞬眼が合い、キョトンとする檜山にバチッ！スタンガンが弾け、檜山はガックリ倒れた。

新島が隠していた寝袋を引きずって来る。


宮下「ざまみやがれ！」

二人で檜山を寝袋にくるんでゆく。

ガサガサッと茂みの動く音に、宮下がビクッと拳銃を抜いた。

新島「宮下！」
と制するが、宮下はすっかり興奮している、音の方に走り出してしまった。

茂みから現れたのは女だった。宮下と眼が合い、すくんでみせる。宮下もホッとしたのか、口に指を当てシッ！と合図。

女はおずおずとうなずくが……

追って来た新島はとっさに危険を感じた。

新島「宮下！」
と叫び、宮下を地面に引き倒した。瞬間、仕込杖の白刃がひらめき、宮下の頬にスッと血が走っている。

新島「逃げろ！」

呆然とする宮下を突き飛ばす。宮下はツンのめるように逃げながら、拳銃を撃ってしまった。

手下たちが気づく、しまった！と思った新島に、シャッ！と女の白刃が肩口を斬りつけた。

新島は傷口を押さえ、転がるように逃げる。

拳銃を構えて少年が駆けつけた。女の示す方角に突っ走る。（女は足が悪く走れない）

「おい、どうした！」と手下たちの声が上がる。

少年「こっち、こっち！」

　思わぬ人間狩りにハッラッとして走る。

　一方、新島と宮下は斜面に向かって寝袋を蹴転がし、自分たちも転がるように下ってゆく。

　眼下に自動車が待機している。

　手下たちの叫び声が頭上に迫る。

　新島は寝袋を抱え、後部座席に飛び込んだ。

　宮下がエンジンをかけ、スタートさせた。

　斜面から転がり落ちた手下たちの姿が遠ざかってゆく。罵声と銃声が虚しく響く。

19　走る車内

　宮下はミラー越しに新島の肩口から流れる血に気づいた。

宮下「大丈夫か？」

新島「大丈夫だ」

　荒い息で寝袋を抱きかかえている。

宮下「やったな！　とうとうやったな！　ええ？」

　眼を輝かせ、何度も振り返る。

　新島も苦し気に笑ってみせた。

20　隠れ家

　檜山が鎖につながれている。

　大槻は信じられないという顔で見ていた。檜山と眼が合い、ペコリと頭を下げる。

　檜山は怒りを通り越し、開き直ったような落着きを見せている。なるほど大槻とはひと味違う大物ぶりではある。

檜山「……それで？　何の用だ？」

　新島の手当を手伝っていた宮下が振り返り、ゆっくりとTVモニターを押して来た。

大槻「ああッ」

　ウンザリ顔を背ける。

　例のホームビデオが映し出される。

宮下「俺の娘だ」

　ブラウン管をなぞるように指さす。

宮下「おまえが殺した」
檜山「(ポカンと口を開け) ああ?」
宮下「こいつがそう言った」
　檜山が怪訝に大槻を振り返った。
大槻「いやいやいや、俺はそうは言ってないだろ。あんたが檜山さんを売ろうとした、そう言ったに過ぎないわけで」
檜山「売る……?」
宮下「俺はあんたを売ってない! 売ろうとしたこともない!」
檜山「そうだよ。おまえは俺んとこでよく働いてくれたよ。感謝こそすれ……」
宮下「そ、そうですよね?」
檜山「そうだよ。俺を売るなんて……」
大槻「檜山さん、それはちょっと違うんじゃない? 宮下のタマとって来い!って言ってるの俺、聞いたんだから」
檜山「宮下はこの通りピンピンしてるだろうが。俺がタマとれって言って生きてた奴は……」
大槻「だから娘が殺されたって!」
　檜山はフッと虚空をにらみ、地の関西弁になった。
檜山「……大槻、おまえが絵描いたんか?」
大槻「違います! 俺はこいつらに連れてこられて(辛かったことを思い出し涙ぐむ)……、大変だったんスよお、もう」
　檜山は鼻で笑い、宮下をにらみつけた。
檜山「俺も極道の看板上げてんだ。いつでも死ぬ覚悟は出来ている」
　その言葉に新島が冷たい眼を上げた。
檜山「その傷、コメットさんにやられたんか?」
　宮下がハッと顔の絆創膏に手をやった。
檜山「ははは。九重佑三子にちょいと似てるからコメットさんだ。あの女に面見られたらオシマイだ。俺の体抜きじゃ生きていけねえからな。エグいことやるぜえ(笑う)」

宮下はゾッと青ざめ、おずおず新島を振り返った。

新島が立ち上がり、近づいて来た。手に拳銃をブラ下げている。

檜山「おめえは何処のチンピラだ！」

ハッと新島の眼に気づいた。氷のように冷たい底知れない眼。少女の悲鳴が……。

ゾクッと悪寒がした。

新島はエンドレスのビデオを消した。

新島「今日はこのくらいにしよう」

奥に下がってゆく。宮下もおずおず従った。

檜山「何だあの野郎……？」

大槻「さあ……？」

21　街

学校帰りらしいランドセル姿の少女が歩いてゆく。

向こう側の通りに、車が二台停まった。

檜山の手下たちが降り立ち、最後に女と少年が現れた。

（決してヤクザ風の物々しさではなく、地味な聞込みでも始める雰囲気）

女が少年に手話で指示を出す。少年が手下に通訳し、各人チラシを手に街に散ってゆく。

その様子を少女が見つめている。

22　隠れ家（夜）

明りの消された室内で檜山がわめいている。

檜山「トイレだっつってんだろ！」

大槻「無駄ですよ」

檜山「そんな馬鹿なことがあるか！」

大槻「無駄なんです」

檜山「おい！　（グッと便意が突き上げ、身をよじる）……今なら、今なら考え直してやってもいいぞ！　聞いてんのか、こら！　おい！」

×　×　×

奥の部屋の暗がりでは、毛布を被った宮下が息を殺していた。

不安に眼を見開き、拳銃を握りしめている。

檜山の声「……てめえら、ブチ殺す！　ブチ殺すぞーッ！」

23　隠れ家（翌朝）

檜山がホースの水を浴びている。

プライドをズタズタにされ、ガックリ肩を落としている。

ふと見ると、大槻はすっかり適応したらしく、口を大きく開けてホースの水を飲んでいる。

大槻「飲んでおいた方がいいですよ。水は貰えませんから」

檜山は絶望的な気持ちになる……。

24　街

少女がジッと見ている。

少年が壁にチラシを貼っていた。

宮下の写真。「この人を探しています」の文字と連絡先の電話番号。

少年が振り返り、微笑む。

少年「この人、知ってる？」

少女は首を振った。

少年「もし見かけたら電話してね」

チラシを手渡し、歩き去った。

25　隠れ家

新島がスポーツ新聞を読んでいる。

宮下はやつれた顔で座っていた。手元から拳銃を離さない。

宮下「……新島さん。あんまり出歩かない方がいいんじゃないか？」

新島「そうもいかないよ。仕事がある」

宮下「あんただって顔見られたんだろ?」
新島「そん時はそん時さ」
宮下「でも、あいつらが尾けてきたら……!」
新島「その時は二度とここには顔を出さない」
宮下の顔がグシャッとなった。自分の身勝手さを恥じている。
新島は肩を叩いた。
新島「覚悟の上でやってんだ。そうだろ?」
宮下は自分に言い聞かせるようにうなずいた。
宮下「そうだ、傷は?」
新島「うん。だいぶいいよ」
宮下「あんた、命の恩人だ。ごめん、ずっと言おうと思ってて……」
すがるように手を握る。
新島「よせよ」
笑って手を振り払った。
宮下「あんた、凄いよ。全然ビビってなくて」
新島「……このままじゃ持たないぞ。(奥をこなして)あいつらと根比べだ」
宮下がうなずいた。

× × ×

またもやグワッ!とTVモニターが押し出され、いつものホームビデオ。宮下がブツブツ調書を読み上げる。
大槻も檜山もただウンザリ聞き入るばかりの儀式のような単調さ。のめり込んでいるのは宮下一人で、新島は相変わらずスポーツ新聞を広げている。

26 教室(夜)

新島が少女と黒板で対決している。
新島「ちょっと待てよ、こうだろ?」
と数式を書き連ねる。
少女は数式を眺め、首を振り、プラスの記号を一つだけマイナスに直す。

新島「（見て）あぁッ……！　そうか！」

何やら大発見らしく、さらに数式を書き始める。

他の生徒たちも教壇の前に集まり、夢中で数式をノートにメモしている。

27 商店街（夜）

雑居ビルの前で「じゃあねー」と新島が生徒たちと別れている。少女も手を振り走り去ってゆく。

一人、自転車にまたがった新島が生徒たちの消えた商店街を振り返る。

そこに闇が広がっている。少女の悲鳴が漂う。

新島は自転車を漕ぎ出す。

28 隠れ家・外（夜）

新島の自転車がやってきて……。

29 隠れ家（夜）

新島が入って来る。

ソッと窺うと、宮下はさすがに疲れ果てたらしく眠っていた。

新島は奥に向かう。

暗がりの中に二人の囚人がうずくまっていた。

新島「よ」

檜山と大槻が濁った眼を上げた。

新島は口に指を当て、声をひそめた。

新島「実は相談がある」

檜山も大槻もピンと来て、身を乗り出した。

新島「……俺も行きがかり上手伝ってるけどさ。正直ウンザリしてんだ。適当な所で手を打たねえか？　悪いようにはしない」

檜山と大槻がすばやく見交わした。

檜山「どうする？」

新島「俺にとっちゃさ、誰が娘を殺したかなんてどうでもいいわけ。だからさ、適当に誰かデッチ上げられない、犯人を？　二人で口裏合わせて。そうすりゃ、あいつも信じるだろ?」
檜山「……俺たちはどうなる?」
新島「居場所はあんたらしか知らないことにしてさ。案内するように俺が仕向けるから。それでスキを見て……(逃げろ)。俺だってこれ以上ことを荒立てたくないわけ」
檜山「判った。あんたのことは忘れる」
新島「誰か適当なのいない?」
檜山と大槻が見交わす。
大槻「……有賀ですよ。有賀ならちょうどいい」
檜山「有賀……、ああ!」
新島「居場所は知ってる?」
大槻「知ってる、知ってる!」
檜山「俺は知らねえぞ!」
新島「シッ! 困るよ、二人で話合わせなきゃ」
檜山「俺にも教えろよ!」
大槻「今度の件、水に流して貰えます?」
檜山「流す、流す。このクソダメから出られりゃ、何でも流す」
新島「じゃあ、後は二人に任せますから。明日。いいですね?」

30 隠れ家(翌日)

宮下がビデオを消し、真剣な表情で二人を見つめた。

どうやらどちらかが口火を切ったらしい。

宮下「有賀……?」

檜山「……勘違いしないでくれよ。俺たちはあくまで片隅では、新島が二人の芝居を窺っている。

あんたを殺れって命じたんだ。な?」

大槻「そう。俺もその場にいたし。命令はあんた一人だったんだ。それなのに有賀の野郎……、ありゃ病気だよ。いくら俺たちだってあんなことは……」

檜山「俺たちの間でも問題視してたんだ。案の定この騒ぎだろ。あんたが怒るのは当然だよ。無理もない。どの道、有賀には責任とらせようと思ってたんだ」

大槻「だから俺たちが案内するからさ。有賀を片付けてお互いスッキリしよう。な？」

檜山「もちろん誤解だと判ったんだ。あんたの件もチャラにする。娘さんは気の毒だったが、埋め合せは十分させて貰うよ。出来る限りのことはする」

嘘をつくのが平気な連中の絵に描いたように誠実な口ぶり。

宮下は困惑した。まともな時なら嘘と見抜けたかも知れない。だがこのゲームから一刻も早く降りたい今はあまりに誘惑的だ……。途方に暮れ、新島を振り返った。

新島は立ち上がり、宮下の肩を叩いた。

新島「決着つけよう」

その一言にすがるように宮下はうなずき、ヨロヨロと奥に消えた。

檜山と大槻は新島にニヤリ笑みを送った。

新島はふいに拳銃を抜き、外したシリンダーをジージージージー、指で回し続ける。少女の悲鳴が……。

檜山と大槻が怪訝に見上げる。

新島「あんたらも決着つけろ」

弾丸を一発だけ込め、二人から等距離に拳銃を置いた。

新島「連れてくのはどっちか一人だ」

歩き去る。

大槻「おい……？」

檜山「てめえ！」

ハッと拳銃を見た。瞬間、二人は鎖を引きずりダッシュする。

× × ×

新島は硬い表情で座る宮下の手をポンポンと叩き、コーヒーをカップに注いだ。

奥から激しくもみ合う音がする。やがて泣き声のような悲鳴が上がり、乾いた銃声が響いた。

宮下は思わず腰を上げるが、新島は制して、カップを手にしたまま様子を見にゆく。
檜山が肩で息をしながら拳銃を握っていた。
大槻は部屋の隅に頭を隠すような不自然な格好で死んでいた。
にらみつける檜山に新島は手を差し出す。
檜山は一瞬、拳銃に未練があるが、無駄と知って、床に放り捨てた。
新島がゆっくり拾い上げる。
檜山「約束は守るんだろうな？」
新島「俺を信じるしかないだろ」

31　車が走る

服もヨレヨレ浮浪者のような檜山が手錠をかけられ後部座席に座っている。
隣の宮下は携帯モニターを膝に抱え、ホームビデオにブツブツつぶやいている。
宮下「絵美、もうすぐだからね。今度こそ、本当だから……」

檜山が薄気味悪く見つめる。
新島「それで？」
道を尋ねる。
檜山「○○通りに入ってくれ」
新島がハンドルを切った。

32　工場街

道が悪い。檜山はゴトゴト揺れながら道路地図を懸命に見ている。
檜山「そこを右の、はずだ」
車が入ってゆくと……、そこは空き地だった。
新島が怪訝に振り返る。
檜山「（動揺し）ちょ、ちょっと確かめさせてくれ！」
車を降り、懸命に周囲を見回す。新島がやれやれという感じでついてゆく。
やがて電柱の住所表示に走り寄った。
食い入るように表示を見て
檜山「大槻の野郎、嘘の住所を……！（新島に）あの野郎、一人だけ出し抜く気だったんだ！」

新島は冷然と見ている。

ふっと檜山の背後を見た。宮下がうつろな眼でスーッと拳銃を向けている。

檜山も新島の視線に気づいた。振り返り、ヒィイッ！と逃げ惑う。

檜山「止めろ！　止せ！」

地面にはいつくばり、必死で頭をかばう。宮下がゆっくり近づく。

檜山「(新島を指さす) 俺はあいつに……！」

ドン！と宮下は撃った。ノロノロと近づき、残りの銃弾を撃ち込む。檜山はピクリとも動かなくなった。

もうどうでもいい、宮下は泣きそうな顔で立ち尽くしている。

新島は何事もなかったかのように檜山の死体を引きずり、トランクに放り込んだ。

宮下「……どうしたらいい？」

新島はジッと見て
新島「有賀って奴を探そう」

こともなげに言った。

新島は車に乗り込んだ。

宮下もトボトボと車に近づく。

33　住宅街

車が走る。

宮下は後部座席にボンヤリ座っていた。

宮下「……どこにいくんだ？」

新島「大槻のとこだよ」

そう聞いても何のことか判らない。

宮下はふいにギクリとトランクを振り返った。

宮下「今、ゴトッっていわなかったか？」

新島「……いいや」

宮下「そうか……」

放心したようにシートにもたれた。

窓外に見覚えのある街並が流れる。

それを見つめる宮下の眼の光は尋常ではない。まるで冒頭と同じ場面が繰り返されているような奇妙な反復感が彼の神経をギリギリ引き絞る……。

34 近くの幹線道路

以前と同じ電話ボックスで新島が電話をかけている。

呼び出し音が続く。新島は車の中の宮下を見やった。

トランクの方をビクッと振り返ったりしている。

ふいに誰かが出た。

新島「あ、宅配便ですけど。大槻さん？　お届け物なんですが、伝票の住所が読み難くって……。二の九の六、はい、判りました。すぐ伺いますから」

話している間に宮下は車を降り、トランクを開け、ジッと見つめている。

新島は慌てて電話を切るとボックスから飛び出し、トランクを乱暴に閉じた。

35 大槻のマンション・外

車の中から新島が様子を窺っている。

宮下は不安そうに眼を泳がせている。恐怖が彼の神経をいくぶん立ち直らせたようだ。

新島が拳銃を抜いた。シリンダーを外し、ジージージー、指で回転させる。それが思い詰める時の癖なのか。

新島「運転席にいてくれ」

宮下がハッとなった。

新島「何かあったらすぐ逃げるんだ。俺に構わず」

宮下はブルッと首を振った。

宮下「あんたを置いていけないよ……」

新島はジッと見つめた。

宮下「俺はここにいるよ。あんたを待ってる」

そう言って幾度もうなずきながら、シートをポンポンと叩く。後部座席を離れたくないらしい。

新島はやむなく車を降り、階段に向かった。

チャイムを押す。

新島「宅配便でーす！」

やがてドアが細目に開き、少年が顔を出した。

新島はやにわに拳銃を突きつけ、押し入ってゆく。

36　大槻のマンション

奥の部屋ではゴルフ場にいた手下の一人が飯を食っていた。

慌てて立ち上がるが、ドン！新島が撃ち、手下は口から飯を吹き出し動かなくなった。

新島は少年に拳銃を突きつける。

新島「有賀は？　有賀は何処にいる？」

少年は泣きそうな顔になった。

少年「……奥」

新島「？」

怪訝に顔を上げた。そういえばさっきからシャワーの音がする。

新島は少年を盾に引立て、バスルームに向かった。

シャワーカーテンを開けると
猿ぐつわを噛まされた有賀（36）が浴槽の中で手錠をかけられ、水を浴びていた。必死の哀願の眼で新島を見上げる。

新島もジッと見つめた。

新島「有賀か？」

有賀がうなずいた。

新島「（少年を拳銃でこづき）何でここにいる？」

少年「大槻が消えたから、居場所を吐かせようと思って……」

新島「（有賀に）助けに来た」

少年に聞かせるために言った。やにわに少年を壁に叩きつけると、拳銃の台尻で殴り倒した。

37　大槻のマンション・外

拳銃を抜いた宮下がおずおずと車から降り、勇気を奮い起こして、階段を一気に駆け上がる。

38　大槻のマンション

新島は猿ぐつわを外した有賀を居間に連れ出そうとしていた。
すると突然、玄関のチャイムが連打される。
新島は慌てて隠れた。
ドアを乱暴に叩く音。

宮下の声「……新島さん？　新島さん！」
ほとんどパニック状態らしい。
新島「（有賀に）あいつはあんたを殺す気だ。狂ってる」
有賀「何で俺を……！」
新島「言う通りにするんだ。（強調する）おまえは有賀じゃない。（声を上げる）大丈夫だ！」
宮下が飛び込んで来た。
傍らの死体に呆然とし、現れた新島たちにギョッとへっぴり腰で拳銃を向ける。
新島が手で制し
新島「有賀の手がかりが判った。こいつが居場所を知ってるそうだ。な？」
有賀「（慌ててうなずき）知ってる……」
宮下は怪訝に拳銃を下ろした。

39　車が走る

有賀は合鍵で手錠を外そうと苦闘している。
有賀「まったく、あいつらムチャクチャなんだよ。大槻が消えたからって、俺は関係ないってのに」
新島「檜山も消えたんだろ？」
有賀「そうなんだよ。それであいつら頭に血昇って……」
ハッと気づき、隣に座る宮下と運転席の新島をこわごわ見る。
有賀「あんたら……」

宮下「有賀は何処にいる?」
有賀「いや、何処って……」
　新島を窺うが
有賀「(宮下が怖い) 電話して、みようか?」
　思わずポケットを探るが、携帯は拷問の時に奪
　われたのだろう、持っていない。
有賀「あ、ないや……(力なく笑い) でも……、たぶ
　ん今、留守だ」
新島「ところであんた誰なんだ?」
有賀「え……(とっさに答えられない) 誰、なんだァ?」
　ジッと疑惑の眼で見ていた宮下がいきなり笑い
　出す。何故かウケたらしい。新島も笑う。
　有賀もひきつりながら笑うしかない。

40　隠れ家・車庫 (夜)

　車から降りた有賀がゾッと凍りついている。
　新島がトランクから檜山の死体を引きずり出し
　ていた。

宮下「来いよ」
　有賀を奥へとこづく。有賀はパニックに陥った。
有賀「(新島に) おい、何とかしてくれ!」
　半泣きでオタつきながら、こづかれてゆく。

41　隠れ家 (夜)

　壁際に追いつめられ腰を抜かした有賀が鎖につ
　ながれた。
　宮下はTVモニターを押しやり、ホームビデオ
　をつけた。
　怪訝に見入る有賀。
　そこに新島も入って来た。
宮下「……有賀が殺したのか?」
　有賀は戸惑い、新島を窺う。
　新島は話を合わせろと合図する。
有賀「……そうだ」
宮下「(顔を近づけ) 有賀が殺ったのか?」
有賀「(おびえるが) そうだよ」

宮下は笑顔で新島を振り返った。

宮下「やっと見つけた！」

新島「そうだな」

宮下は喜び勇んで奥に向かい、電話器を持ってきた（コードを引きずる旧式タイプ）。

有賀の前にガチャッ！と置き

宮下「電話しろ」

有賀「え？」

当惑し、新島を窺う。

宮下「電話するって言ったろ」

有賀「……電話してどうすんだよ？」

宮下「電話するんだろ！」

蹴り上げる。

有賀「だから今いないって……」

宮下「じゃあ何処にいる！　知ってるんだろ！」

さらに蹴り続ける。

有賀「助けてくれッ！」

新島に向かって泣き叫ぶが

新島は冷酷な眼でジッと傍観している。ゾッとするような冷たい眼。有賀の悲鳴に、少女の悲鳴が重なる……。

新島はふと腕時計を見た。

新島「そろそろ行くわ」

宮下が荒い息で振り返った。

宮下「そうか、時間か」

再び蹴り上げる。暴力に歯止めが利かなくなっている。

有賀「助けてくれよォ！」

悲鳴が響きわたる中、新島は立ち去った。

42 教室（夜）

新島「はーい、じゃあ次の問題ね」

黒板に数式を書いてゆく。

少女がチラリと廊下を見やった。

ドアの窓越しに宮下がジッと少女を見つめていた。

少女は眼をそらした。
窓を叩く音に新島も気づいた。宮下が話があると合図する。
新島「(腕時計を見て)一〇分で解いてみて」
一斉にペンを走らせる生徒たちを残して、廊下に出る。

43 教室・廊下(夜)

新島「どうした?」
宮下「授業中すまない。(はにかむ)いや、あんたにどうしても言っときたくて」
新島「(笑う)何だよ?」
はにかみ歩く宮下の足元を見た。
靴跡に血がついている。
新島「あいつはどうした?」
宮下「大丈夫だよ、殺しちゃいない。あんたになら話すってさ。やっぱり新島さんの人徳かな?(笑う)それより……、俺、昼間逃げなかったろ? 銃声聞いてビビったけど、あんた命の恩人だしさ。逃げなかったろ?」
新島「うれしかったよ」
肩を叩いた。
宮下「何か俺、ふっ切れたよ。ここまでやれるなんて思ってなかった。全部あんたのおかげだ」
新島「もうひと息だよ。明日こそ決着つけよう」
宮下の顔が引き締まり、うなずいた。
宮下「いよいよだな」
新島「うん」
宮下「それだけ、言いたかったんだ」
教室から少女が出て来た。
新島「もう終わったのか?」
少女はうなずき、新島に手を振って歩き去った。
宮下がジッと見送る。
宮下「……絵美もあれくらいだった」
新島は痛ましく宮下を見た。
宮下「(ハッと)じゃあ。明日……」

手を握り、歩き去った。

44　商店街（夜）

雑居ビルから宮下が出て来る。

歩き出そうとすると、反対方向の路上を少女が歩いていた。

少女も気づき、振り返った。

宮下は微笑み、手を振った。

少女も手を振り返した。

それが嬉しかったらしい、宮下は顔をクシャクシャにして幾度も少女を振り返りながら歩き去る。

少女がジッと見ていた。

45　隠れ家・外（翌朝）

新島がサーッと自転車でやって来る。

自転車を停め、中に入ってゆく。

その様子を車内からジッと見つめているのは女と顔にアザの出来た少年だった。二人とも眼に冷たい憎悪がこもっている。

「どうします?」と運転席の手下が尋ねた。

女が手話を送る。

少年「（通訳して）檜山の安全を確かめるまで動くな」

46　隠れ家（朝）

新島が食事を運んでくる。

有賀はガックリ鎖につながれていた。

床に食事を置く音でわずかにアザだらけの顔を上げた。

新島が黙って見つめる。

有賀「……どうしたらいい?」
新島「あんたはもう行く場所がないんだ」
有賀はうなだれ聞いている。
新島「問題はコメットさんだろ?」
有賀は悲し気な眼を上げ、ふいに吹き出した。
有賀「全然似てない……」

泣き笑い。滑稽さがかえって絶望感を深める。
新島「おびき出せ。場所は後で言う」
有賀「……見捨てる気じゃないよな?」
新島「今まで何人裏切った?」
その冷酷な眼に有賀はゾクッとなった。
食事をひっくり返し、新島は立ち去った。

47　特徴的な風景の場所

上に鉄道の高架が走っているとか、北千住とか。

車が停まっている。

運転席と後部座席それぞれの窓からプレートが突き出され、その上にジャンク・フードがのっている。

女、少年、手下二人がそれぞれの席でバクバク食っている。

ふいに携帯電話が鳴り、少年が出た。

少年「……はい。有賀さん! ……いえ、そんなこと思ってませんよ。心配してたんですよ。今、どちらです? ……え? そうですか、判りました。ええ、すぐに向かいますから。(切る)工場だって……」

怪訝に女を見やる。

女はモグモグ口を動かしながら、眉をひそめた。手話を送る。

少年が携帯の番号を押す。

48　隠れ家・外

車内から手下二人が監視している。

一人が携帯電話を受けている。

手下「……ええ。(気づく!)ちょっと待って下さい」

隠れ家から車がゆっくりと現れた。

手下「車が出て来ました」

もう一人の手下がエンジンをかける。

49　特徴的な風景の場所

女は食べ物を頬張ったまま、声をたてずに笑った。いきなり食いかけのジャンク・フードを窓から投げ捨てる。手話を送った。

少年「(携帯に)すぐ工場に回れ! 先回りだ!」

手下たちも慌ててジャンク・フードを投げ捨て、プレートを路上に落としたまま、車は走り出した。

50 車が走る

手錠をかけられた有賀が後部座席で揺られていた。

隣の宮下は晴やかな恍惚とした表情で座っている。

「もうすぐだよ、もうすぐ……」そんなふうに口元だけが動いている。眼から一筋涙が流れた。

新島がジッとハンドルを握っている。

少女の悲鳴が甦る……。

51 廃工場・外

新島たちの車が近づいてゆく。

窓外に見える建物に宮下はギョッとなった。急に落ち着きを失う。

車が停まった。

新島が降り立つ。

おずおずと車から降りた宮下はゾクッと建物を見上げ、新島と有賀を窺った。明らかにこの場所を知っている。

新島は一人、ズンズンと先に入ってゆく。

宮下は有賀を引立て、おずおず後に従う。

52 廃工場

昼なお薄暗い内部。

新島がズンズン歩く。

周囲には三脚に固定されたビデオカメラ等の機材が無造作に置かれている。カメラのすぐそばにマットレスがポツンと……。秘密の撮影会でもする場所なのだろうか、あちこちにモニターが設置され、拷問部屋のような異様な雰囲気が漂っている。

遅れて入ってきた宮下が先をゆく新島を見やる。

宮下「新島さん……！」

返事はない。足音だけが高く響く。

宮下「何でここなんだ？」

遠く影法師のような新島が振り返った。

新島「あんたの娘もここで撮影されたんだろ？」

宮下はゾオッと周囲を見回した。

宮下「絵美を……」

有賀を振り返った。

宮下「……そうなのか？」

有賀「(ギョッと) 知らない」

と後ずさる。

宮下「そうなのか？」

拳銃を抜いていた。

有賀「殺したのは檜山と大槻だ。俺は知らない！」

新島の人影は消えていた。

有賀は転がり逃げ惑う。

× × ×

二階の暗がりの中に女と少年が潜んでいた。

少年の拳銃が眼下の宮下に狙いをつける。

× × ×

銃声が起こり、宮下がつまずいたように倒れた。

銃弾がかすめたらしい。床に転がった拳銃を必死で拾おうとする。

天井から新島の声が響き渡った。宮下がハッと見上げる。

新島の声「宮下絵美、八歳。日野市程久保付近の草むらにて遺体発見。死後約一週間経過。全身に一六箇所の刺し傷。右手小指、左手中指を損傷。いずれも生活反応あり……」

× × ×

女と少年も声に見上げている。いくつにも反響し、何処から聞こえるのか判らない。少年はおびえたように女を見た。女もただならぬ空気を感じとっている。少女の悲鳴……。幽鬼漂う忌まわしい気配が人々に迫っている。

×　×　×

ふいにフロア各所のモニターに映像が現れた。

宮下のホームビデオ。

宮下はフラフラとモニターに近づいてゆく。

新島の声「外陰部および膣部に激しい裂創、表皮剝脱、皮下出血無数。生活反応あり。死に至るまで長時間の拷問・暴行を受けたと推定される……」

宮下「絵美……！」

モニターにすがりつく。

×　×　×

逃げ惑っていた有賀もモニターの映像を不思議そうに見つめている。
新島の声「直接の死因、数回にわたる頭部への打撲。脳髄は三分の二を損失。顔は原形をとどめず、歯型より本人と確認する……」

×　×　×

ドン！　ドン！　銃声が起こった。

モニターにすがりついていた宮下の表情に怒りが甦る。

宮下「有賀ァ！」

拳銃を手に銃声の方向に走り出す。

悲鳴を上げ、倒れた手下がいた。

宮下「有賀か！」

手下「違う！　違う！」

宮下は射殺し、血に狂ったように走る。

宮下「有賀ァ！」

ふと別のモニターにいきなり別の画面が現れた。

見たこともない少女の姿。

宮下「？（見入る）」

新島の声「俺の娘だ。ここで殺された。俺の娘だ。ここで殺された（機械的に繰り返す）」

宮下は呆然と見入っていた。

宮下「あんたも……、そうだったのか……」

涙があふれてくる。

宮下「有賀ァ！」

動いた人影に銃弾をブチ込む。手下が悲鳴を上げて倒れた。

× × ×

デッキを操作していた新島が気配に身を隠す。

ヨロヨロとやって来たのは有賀だった。

有賀「おい、何処いったんだよ！」

ゾッと見た。

女と少年が上がって来た。

ドン！と何処かで銃声と悲鳴が響く。

少年「檜山さんは？」

有賀「死んだよ……」

絶望の表情で薄く笑った。

有賀「みんな死ぬんだ……」

首から血潮を吹き上げ、空気が抜けたように崩れてゆく。

白刃を握った女は有賀に見向きもせず、周囲に眼を走らせる。

少年「ああッ！」

一角に向けて銃弾を放つ。

新島が撃ち返しながら転がり逃げる。

少年が追い、女もビッコを引きながら続く。

× × ×

新島が倒れ込んだ場所には奇妙な道具が転がっていた。おそらくは拷問用の解剖道具……。

シリンダーを外した。弾丸が尽きている。ポケットから弾丸を取り出そうとすると、少年が迫って来た。

そこに宮下が駆け上がって来た。

宮下「新島さん！」

弾丸を放ちながら身を挺するように飛び出した。

少年「姉さん！」

叫びながら倒れてゆく。

新島はギョッとなった。反対側から女の白刃が迫っていた。

間一髪かわし、道具類の上に倒れ込む。手に触れた大型鋏で振り下ろされた白刃をはねのける。

バランスを崩した女の首に新島の突き出した大型鋏が迫り、ドッとバケツでブチまけたような血潮が壁に飛び散った。

血の海の中で女の足が壊れた人形のように動いている。

新島は無惨に見おろした。

宮下「新島さん！」

笑顔で駆け寄って来た。

怪我を確かめるように、新島の体をあちこち叩く。

宮下「俺、新島さんを助けたろ？　恩を返したんだ！　そうだよな？」

解放感に輝いている。

新島は無言で歩き、有賀の死体に近寄った。

新島「こいつが有賀だった」

宮下「こいつが……？　何が今は留守だ、なめやがって！」

死体を蹴り上げる。

新島は床に転がる鉄パイプに歩み寄り、拾い上げた。

新島「気が済んだか？」

宮下は荒い息で向き直った。

宮下「何もかもあんたのおかげだ」

新島「残るはあんた一人だ」

宮下「？」
新島は鉄パイプを振り下ろした。

53 隠れ家

宮下は呆然と鎖につながれていた。

新島が食事を持ってやって来た。

宙で手を放し、床にブチまける。

新島「最後の食事だ」

宮下「（必死で笑みを作り）なあ、冗談だろ？　なあ？」

新島「あんたら、同じ商売してたんだろ？」

宮下はゾクッと部屋の隅を窺った。

大槻、檜山、有賀、三人の死体が仲良く並んで座り、うつろな眼をこちらに向けている。

宮下「いや、俺は……。俺は販売を担当してただけだ。ビデオの中身だってよく知らなかったんだ！」

新島「（うなずく）あんたは売っただけだ」

宮下「俺だってあんたと同じ目に遭ったんだ。だから俺を助けてくれたんだろ？　一緒に仇を討ったんだろ？」

新島はTVモニターを押して来た。

カセットテープを示す。

新島「あんたの娘が殺されるビデオだ。見るだろ？」

デッキにセットする。

宮下「止せ……！」

おぞ気をふるい壁に飛び退いた。

宮下「止めてくれッ！」

顔を背ける。

新島「宮下……」

宮下がおそるおそる眼を上げた。あの底知れない冷酷な眼が自分を見ていた。少女の悲鳴が聞こえる。

新島「……俺は見たよ」

宮下は凍りついた。

テープの回り始める音がする。

宮下「何で、何で俺にだけこんな！　こんな仕打ちを……！」

死体の三人がジッと叫びを聞いている。

新島「……あんたが一番嫌いだ」

そう言って立ち去った。

宮下「助けてくれッ！　新島さん！　新島さん！　嘘だろ！　嘘だーッ！」

宮下の絶叫が残った。

54　隠れ家・外

新島は自転車にまたがり、走り出す。

55　商店街

新島の自転車が走る。

通りの反対側を学校帰りの少女が歩いていた。手を振っている。

新島も手を振り返し……

ふと前方を見た。

路傍にしゃがんだ男がよおと手を上げている。まるで知合いに会ったかのように。

新島「？」

怪訝にスピードを落し、近づくと男の顔は明らかに狂人だった。

新島は無視して走り去る。

×　　　×　　　×

自転車を降りた新島が鍵をかけている。顔を上げようとしたトタン、狂人に殴り倒された。

狂人「シカトしてんじゃねえ、この野郎！」

ヒステリックに何度も何度もハンマーを撃ち下ろした。

終

『ソドムの市』

『ソドムの市』（２００４）

作・高橋　洋

【登場人物】

俎渡海市兵衛・市郎　ソドムの市
テレーズ　特捜部刑事（三〇〇年前の腰元）
俎渡海キャサリン　市郎の妹（同じく腰元）
マチルダ五月　ソドムの愛人（宮廷の女）
蛇吉　特捜部刑事（宮廷の従者Ａ）
俎渡海典子　市郎の母（針縫いのお婆）
尼僧　なぜか典子そっくり
花嫁　市兵衛・市郎の婚約者
ドクトル松村　神経外科医（宮廷の侍医）
近藤　ソドムの手下
安里　ソドムの手下
菅沼　ソドムの手下

大九（Ｓ４号）　特捜部の密偵
渋谷教授
黄少年　テレーズの兄
黄少年の母
氏原
北岡さん
結婚式の司会（宮廷の司祭）
そば屋のおばさん
極貧の一家
看守
出前持ち
初老の夫婦
その娘
柴野

駅員
山本巡査
松本署長
ウォルフ
新谷　謎の野人
小寺　謎の野人
工員
その同僚
通行人
襲ってくる出前持ち
テレーズの上司
刑事
ガイラ飛行隊・石住
ガイラ飛行隊・宮田
ナレーター
従者B

ガイラ飛行隊隊長

謎の老人

1　荒野にポツンと墓標

ヒュウウウと土煙がたなびき……。
いきなり画面左右から卒塔婆が突き出し、制作クレジットなど。
ドォン、カッ、カッと物々しい付け拍子入って。
（O・Lして）

2　そびえ立つ十字架

外光が白くまぶしく後光のように差し込み、聖歌「怒りの日」が流れる。
ここは何処か、中世の修道院のような空間（ミニチュア合成）。
キャメラゆっくりパンダウン。
字幕「18世紀　組渡海市兵衛の居城」
奥から純白のウェディング・ドレス姿の花嫁が

現れる。

反対側から黒いローブをまとった市兵衛がやってきて、ほれぼれと花嫁を見る。従者や宮廷の女が従っている。

司祭「これより徂渡海市兵衛婚礼の儀を執り行う」

市兵衛「おお、何と美しい……！　そなたが私の花嫁に。私は何という果報者じゃ」

従者や女たちが口々にお追従を言う。

「旦那様おめでとうございます」

「ほんになんとまあお美しい」

市兵衛「さあ、こっちへ」

花嫁は歩み寄ろうとしたトタン、ウッと立ち止まり、口からダラダラと血を吐いてくずおれる。

「お嬢様！」「お嬢様！」

愕然と立ちすくむ市兵衛。

3　奥の部屋

花嫁は従者たちに担がれ、奥の部屋にしつらえたベッドへ。
侍医が脈をとるがすでに花嫁はこときれていた。首を振る侍医。
運命の転変にただ呆然とする市兵衛。
すると従者Aが枕の下から何かを見つけた。
従者A「旦那様、これを」
それは花嫁の絵姿にびっしりと針を打ち込んだものだった。
市兵衛「これは……！」
従者A「紛れもない、調伏の印」
市兵衛「調伏！　何者かが呪いをかけたと申すのか？」
従者A「いかにも。この部屋に出入りが出来ますのは、お嬢様の腰元二人のみ……」
市兵衛「テレーズとキャサリン……！　二人を引き立てい！」
テレーズとキャサリンが女と従者Bの手で引き立てられてきた。

テレーズ「旦那様！　私たちに身に覚えは！」
キャサリン「お嬢様を調伏など、もってのほかでござります！」
従者A「（絵姿を突きつけ）では他に誰がこのようなものを！」
テレーズ「（途方に暮れる）私たちには……！」
市兵衛「（ジッと見つめ）どうしてもシラを切るか。ならば体に聞いてみるまでだ」

4　拷問部屋

女と従者Aがテレーズ、キャサリンに鞭を打ち、二人の悲鳴が響き渡る。
市兵衛「おのれ、まだ言わぬか！」
テレーズ「旦那様！」
キャサリン「私たちは無実にござります！」
市兵衛「ええい、釘じゃ、釘をもて！」
テレーズ、キャサリンの体に次々と釘を打ち込んでゆく。
絶叫を上げ、身をよじる二人。
市兵衛「どうだ！　白状せい！」
テレーズ、キャサリンの眼はしだいにうつろになっていた。
テレーズ「もう、死ぬ覚悟は出来ております……」
キャサリン「されど、身に覚えのない調伏の罪では……」
テレーズ「あまりに口惜しい……、死ぬに死ねませぬ……！」
市兵衛「おのれ業腹な奴らめ！　井戸じゃ！　井戸に放り込め！」

5　地下室の窓から

雪が寒々と吹き込んでくる。
テレーズとキャサリンのか細い歌声が聞こえる。
「十にもたらぬみどり児が

賽の河原に集まりて
父上恋し母恋し
恋し恋しと泣く声は
この世の声とは事変わり
悲しさ骨身を通すなり」

雪が舞い落ちる先は深い井戸。
井戸底にテレーズとキャサリンの頭が見える。
（ミニチュアと井戸底は合成）
二人は氷の張った水面から首だけを出し、死相の浮き出た顔で途切れ途切れに地獄歌を歌っている。

「一つ積んでは父のため
二つ積んでは母のため
三つ積んではふるさとの
兄妹我が身と回向して」

そこに市兵衛と従者A、女が入ってくる。
市兵衛「何、ついに口を割るのか？」
女「最期に旦那様に言い残したいことがあるとか」
市兵衛「（井戸底を見下ろし）申せ！」
テレーズとキャサリンが眼を上げ、ギラギラと市兵衛をねめつけた。
テレーズ「命はくれてやる。したが……」
キャサリン「たとえ主であっても、この非道許されまいぞ」
テレーズ「怨みの一念、必ずや報いて」
キャサリン「あら無念や、口惜しや……」
二人はこときれた。
市兵衛「ふん。くたばりおったか」
さすがに寝覚めの悪い様子。
そこにひょっこり、針縫いのお婆が顔を出した。盲目である。
お婆「市兵衛殿、何をしておいでじゃな？」
市兵衛「おお、お婆、里に帰ったのではなかったのか？」

お婆「はは、それが婆は大切な針刺しをお屋敷に忘れてまいりましてな」
市兵衛「針刺し？」
お婆「確か花嫁の絵姿にびっしりと刺し置いて、さて何処にしまい忘れたのか……」
従者Ａ「ひょっとして、これ？」
例の調伏の印を手渡すと
お婆「はいはい、これでございます。やれやれやっと見つかりました」
とさっさと帰ってゆく。
市兵衛は足下から怖気に震え、井戸を振り返った。もはや取り返しがつかない。
ゾッと傍らの鏡を覗く（何故か鏡の前にはロウソクが二本灯されている）。
市兵衛「（鏡を見つめながら）ああ！　ああ！」
眼が焦点を失ってゆく。それと共に周囲の照明が落ちて、ロウソクの光が際立つ。
市兵衛「ああ！　眼が見えない！　眼が！」
振り払う手がロウソクを倒す。
その様子を恐ろしげに見守る従者Ａと女。

6　市兵衛はさまよいながら

十字架が見下ろす広間に出た。
市兵衛「許してくれ……、許してくれ……！」
すると床に落ちた十字架の影がするすると動いて、市兵衛に迫る。
その影に体が触れたトタン、ジュッ！と煙が上がり、市兵衛は悶え苦しんだ。
司祭や従者は遠巻きに見ながら、恐れおののく。
司祭「おお、呪いが！　神に見離されたのだ！」
悶え苦しむ市兵衛の足下に、二匹の蛇がうねっている。
するとその地面からヌッと仕込み杖が生えてきた。
盲目のまま、その柄を握る市兵衛。
「旦那様！」「市兵衛様！」駆け寄る従者たちに、

いきなり剣を抜いて斬りかかる。
するとキャメラはパン。何故か壁に描かれた「両婦地獄」の地獄絵を映し出し、鮮血が飛び散る。
そこにメイン・タイトル
『ソドムの市』がドーンと出て、音楽。

7　市兵衛の殺戮

飛び交う悲鳴がアクションとストップ・モーションでたたみかけられながらクレジット。

8　ある暗闇へ

まるで監視モニターのように、市兵衛の殺戮の様子や、今後、劇中で起こる出来事が複数のモノクロ画面で闇の中に浮かび上がっている。その様子をジッと見つめているらしい、いかめしい老人の姿……。
クレジットが続き、さらに次のような地獄歌が流れる。

「六道輪廻の生を受け
いずれの世にか救われる
眼に入るものはただ炎
いかなる罪や科なりや
血潮の池に泣く声は
八万地獄に響くなり
巡る因果に果てもなく
哀れ名もなき花となりて
永劫かけて香るべし」

闇の中にぎらつくモノクロの映像。それを映写している（ウソだが）8ミリ映写機のリールが、因果応報の理を表すかのようにきしりながら回転している。

一つの映像にキャメラは近づく。それは空き地に置かれた空き缶の映像。

9 ただの空き地を（ここからモノクロ画面）

字幕「３００年後」

荒野のように捉えたローアン。空き缶が一つ。

土煙がなびく。


組渡海市郎が空き缶を切り口の方を上に置き直している。

字幕「組渡海市郎　10才」
（設定上は子供だが本人たちが平然と演じる）

市郎「こうした方がかっこええんちゃうか？」

傍らでコクコクうなずく黄少年。

テレーズとキャサリンは少女らしく、缶蹴りには参加せず、ただボンヤリと眺めている。

一人、氏原少年が何か嫌な予感がしたらしく眉をひそめる。

土煙がなびく。

市郎「行くで」

と、市郎が思いっきり缶を蹴ると、「うわああっ！」とうずくまった黄少年の顔に缶が刺さっている。

アッと立ち上がるキャサリン。隣のテレーズは固まったまま動けない。

「黄君！　黄君！」氏原少年たちが駆け寄る。

市郎は心配気に見るキャサリンをチラリと見て、そのままあたふたと逃げてゆく。

10 霊安室

黄少年の遺影。棺の上には何故か問題の空き缶が。

線香を上げ、手を合わせる市郎。傍らには市郎の母、典子（つねこ）（あのお婆と同一人物）が付き添っている。

立ち去りかけると、黄少年の母親と妹のテレーズがもの凄い眼でにらんでいる。

市郎はふとその眼に吸い寄せられ、何かが取り憑いたように

市郎「イーヴル・アーイズ（邪眼）」

とつぶやいてしまう。

典子「何、馬鹿なこと言ってんの！」

と市郎の頭をはたき、引き上げようとするが、黄少年の母親はワナワナと市郎の胸ぐらをつかんでくる。

市郎「お母さん、落ち着いてください、落ち着いて……」

ともみ合っている足下がもつれ、思わず倒れた市郎は母親を巴投げにしてしまった。

宙を舞った母親の眼前にあの空き缶が迫り、凄まじい悲鳴が……。

11　市郎の部屋（夜）

雨音がしている。

市郎が眠っていると、襖の向こうからキャサリンの声がする。

キャサリンの声「お兄ちゃん、お兄ちゃん……」

市郎「（起きて）何や、キャサリン」

襖が開いて、キャサリンが眠そうに眼をこすっている。

キャサリン「トイレ」

市郎「またかい。ほんま恐がりやな」

と布団から起き出し

12　二人は廊下を歩き（夜）

13　トイレに向かう（夜）

キャサリン「入ってる間、手握っててくれる？」

市郎「ああ、いいよ」

キャサリン、ドア越しに手を握ったまま、用を足し始める。

市郎「なあ、キャサリン」

キャサリン「何？」

市郎「俺、まだ一〇歳やん。それなのにもう三人も人殺してる」
キャサリン「四人よ、お兄ちゃん」
市郎「まだ子供だから許して貰えてるけどな。このまま成長したら、俺、どんな人間になってしまうのか、それ考えると怖くて怖くて仕方がなくなってくるんや。いや、何より心配なのは、キャサリン、俺、結婚できるんやろうか？　誰からも相手にされず独りぼっちになるんやないやろか？」
キャサリン「大丈夫や。もし誰とも結婚できへんかったら、ウチがお嫁さんになったげる」
市郎「ほんまか、キャサリン」
キャサリン「ほんまよ。ウチがお嫁さんになったげる。お兄ちゃんを守ったげる」
　二人の握り合う手にギュッと力が入る。
　キャメラが二人の手元に寄って、雨音の高まりと共にカラー画面になる（以降はカラー）。

14　披露宴会場

　礼服姿の市郎がウキウキと招待客らと談笑している。

字幕「20年後」

　やがて純白のウェディング・ドレス姿の花嫁が現れる。

　三〇〇年前と同じ微笑み。「怒りの日」の歌声がかすかに……。

　ほれぼれと見ている市郎。

　その様子をジッと見ていたキャサリンはスッと人目を盗んで、シャンパンの瓶の栓を抜き、何やら粉末を注いで急いでシェイクする。

　そこに北岡さんが怪訝そうな顔で近づくが、キャサリンはハッと瓶を戻して
キャサリン「ウチ、何もやってへんよ」

　聞かれてもいないことに応えて素早く立ち去る。

　北岡さんは怪訝に見送りつつ、シャンパンを手

に取り、招待客に注いで回っている。

市郎も注いで貰うが、いったんテーブルに置いたグラスをキャサリンが素早くすり替える。

司会（三〇〇年前の司祭とそっくり）がグラスを上げて
司会「では、みなさん、お二人の結婚を祝して、乾杯！」

花嫁たちが一斉にグラスを飲み干すのを、キャサリンはジッと見ている。

客たちが一斉にクラッカーを鳴らす中、市郎は腕を広げ、さあと花嫁を迎え入れようとする。

しかし、花嫁は歩み寄ろうとしたトタン、ウッと立ち止まり、口からダラダラと血を吐いてくずおれる。客たちも一斉に苦しみうめき、倒れてゆく。

そのトタン、照明が落ちて、ただくずおれてゆく花嫁の姿だけが闇に浮かび上がる。

愕然と見る市郎。

すると闇の奥に、三〇〇年前の黒衣の市兵衛の姿が半透明に浮かび上がる。

市兵衛が近づいてくる（歩くのではなく、ジッとしている市兵衛にキャメラがトラックアップするのを合成して）。

市兵衛は腕を突き出し、仕込み杖を差し出している。何か口元が動き「クシャクシャクシャ……」聞き取れぬ異語をつぶやいている。

市郎が思わず仕込み杖を受け取った瞬間、市兵衛は黒くつぶれた眼をクワッと見開いた。

市郎「（見た瞬間）あああ！　眼が！　眼が！」

髪の毛までがバサバサッと市兵衛のごとき長髪に変じた。

キャサリン「お兄ちゃん、どうしたの！」

と駆け寄るキャサリンを、市郎の剣がバッサリと斬る。

キャサリン「ああ！」

そのままグッタリと市郎の腕に倒れ込み、息絶えた。

市郎「（ハッと顔に触り）キャサリン！　キャサリン！」
抱きしめ、膝をつく。

15　荒野

大きな墓石の前にたたずむ二人の姿がある。

テレーズと相棒の蛇吉。

（蛇吉は宮廷の従者Aとそっくり）

ヒュウーッと土煙がたなびく。

墓石には「組渡海家代々之墓」。

ジッと見つめるテレーズ。その背後に黄少年の遺影が合成で浮かぶ。

テレーズ「兄さん……」

典子「ちょっとあんたたち、人の墓で何してんの！」

の声に見ると、市郎の母、典子が猜疑心に満ちた眼でこちらを見ている。どうやら墓参りに来たらしい。

テレーズは黙って警察手帳を示す。

蛇吉「警察だ。文句あるのか？」

テレーズの強い視線にウッと気圧される典子。

テレーズ「組渡海市郎は何処にいるの？」

典子「ふん、あたしが知るもんかね。あんな疫病神とはとっくに親子の縁を切りましたよ」

その時、風に舞って新聞紙が飛んでくる。

パッと捕まえ、広げるテレーズ。

そこには「結婚式で大量毒殺」の大きな見出しと凄惨な現場写真が。

「まるで帝銀事件」などの見出しの隣に市郎とキャサリンの写真が載っている。「行方不明の組渡海兄妹」とキャプションがある。

テレーズ「ついに姿を現したのね……！」

蛇吉「テレーズ、じゃあこいつが……！」

テレーズは新聞記事を放ると、やにわに拳銃を抜き弾丸を墓石にぶち込んでゆく。

典子「あああ、止めて、止めて！　先祖代々の墓を！」

構わず全弾ぶちこむテレーズ。

墓石が不気味にきしむ。

テレーズ「必ずこの手で……。蛇吉、行くよ！」

蛇吉「合点だい！」

と立ち去ってゆく。

典子はヨロヨロと落ちていた新聞記事を手にした。

典子「（読んで）あああッ！」

絶望のあまり墓石に頭突き。墓石がゴオッと崩れ、下敷きになる。

16 同じく荒野

棺桶がズルズルと引きずられてゆく。

引きずっているのは黒衣の姿となった盲目の市郎。

仕込み杖をつき、黙々と歩く。

ふと気配に市郎は立ち止まった。

憔悴した男、近藤が荒野にうずくまり震えている。

市郎「……腹が空いているのか？」

近藤はコクコクとうなずく。

17 そば屋

ガラッと入ってくる市郎。後ろに棺桶を担いだ近藤がいる。

市郎「カツ丼三つ」

× × ×

近藤が夢中で二杯目のカツ丼をかき込んでいる。

市郎はとうに食べ終わっている。

市郎「もういいのか」

近藤はうなずき、水を飲む。

市郎「お勘定」

おばさん「二四〇〇円です」

市郎、いきなりおばさんを斬る。

他のテーブルの客も斬る。

近藤は壁にへばりつき愕然と見ている。

18　荒野

近藤が棺桶を引きずり、市郎の後についてゆく。

ふと気配に市郎が立ち止まる。

憔悴した女、安里（ドカジャンを着ている）が荒野にうずくまり震えている。

市郎「……腹が空いているのか？」

安里はコクコクとうなずく。

19　そば屋（前と同じ店でよい）

ガラッと入ってくる市郎。後ろに棺桶を担いだ近藤と安里がいる。
市郎「カツ丼四つ」

×　　×　　×

安里が夢中で二杯目のカツ丼をかき込んでいる。


市郎と近藤はとうに食べ終わっている。

市郎「もういいのか」

安里がうなずく。近藤は黙って水を飲む。

市郎「お勘定」

おばさん「三二〇〇円です」

市郎、いきなりおばさんを斬る。

他のテーブルの客も斬る。

安里は壁にへばりつき愕然と見ている。

近藤は慣れた感じでレジに向かい、金を懐に入れ、さらに倒れている人の財布もうかがう。

するとジャーッと水を流す音。

トイレからいかにも蓮っ葉風の女が現れた。マチルダ五月（宮廷の女とそっくりの人物）である。

マチルダは転がっている死体にしばし愕然とするが、やがて奇妙な恍惚に囚われたらしい、ヌッと立つ市郎を見つめ、なまめかしくすがりついた。

市郎「（クンクンと臭いを嗅いで）俺が気に入ったか」
マチルダ「あなたのためなら何でもするわ」
市郎「ふふふ。はははははは」
　市郎が初めて上げる邪悪な笑いだった。
　すると壁に立てかけた棺桶の中からいきなりドンドンと音が鳴り、市郎たちはビックリする。

20　字幕

「こうして狙渡海市郎は悪逆非道の限りを尽くし、いつしか〝ソドムの市〟と呼ばれ、社会に混乱と恐怖をまき散らした」

　印刷工場の騒音が迫って……

21　印刷工場

　印刷機の騒音の中、密偵Ｓ４号の大九が潜んでいる。

　ハッと人の気配に拳銃を抜き、物陰に隠れる。

　近藤、安里、菅沼たちがやってきて、何やら新聞を広げて話している。その新聞にはドクトル松村の顔写真。

「恐怖の生体実験」「松村博士、明朝処刑」と見出し。

　物陰の大九は拳銃を抜くが、ハッと足下の一万円札に気づく。安里が新聞の影からジッと見ている。身を隠す大九たち。

　近藤たちはうなずき合い、散ってゆく。

　大九はソッと一万円札に手を伸ばし、しめしめと懐にしまうが、もう一度よく光に透かして
大九「偽札……！」

22　警察署

「特捜課」のプレート。

　テレーズは映写機の隣に立って、何やら映写を見つめている。すると階下から蛇吉の声。

蛇吉「テレーズ、Ｓ４号から連絡だ！」

　テレーズは素早く階段を降りて、受話器を握る。

テレーズ「S4号!」

23 電話ボックス

大九「警部。ソドムの隠れ家を突き止めました。いいですか、よく聞いてください」

× × ×

テレーズ「いいから早く言いなさい」

× × ×

大九はハッと背後を見た。マチルダが立っている。

大九「(とっさに世間話を始める)」

× × ×

テレーズは世間話に事態を察し

テレーズ「逆探知!」

蛇吉が慌ててヘッドホンをつけて、逆探知を始める。

24 電線を素早くパンするカットが畳みかけられ

25 電話ボックス

相変わらず世間話を続ける大九。

背後のマチルダがスーッとしゃがむ。

× × ×

イライラ聞いているテレーズ、すると大九の声がにわかにゲホゲホ咳き込んだ。

× × ×

電話ボックスの下から毒ガスが流し込まれている。

大九はもがきながらガラスを叩き、受話器をぶら下げたまま、マチルダを振り切って、表に飛び出した。

マチルダはボックスに入り、受話器を戻す。

× × ×

あッと蛇吉がテレーズを見上げる。

テレーズは舌打ちして受話器を置いた。

26

大九が走る

倉庫らしき場所を駆け抜け、ふと立ち止まると、按摩の笛の音が聞こえた。いったい何処から流れてくるのか……。大九は次第に薄気味悪くなり、一気にダッと駆ける。すると眼の前にあまりに異様な車、ソドム車が現れた。エンブレムには「S」のソドム・マーク。

後部座席のソドムがあらぬ方向を指さしているが、隣の安里が修正し、それに合わせて屋根上の砲塔がグィーンと大九に向かって旋回してくる。

砲塔の先端から炎が吹き出した。


大九は絶叫を上げながら火だるまになる（画面手前に火炎、及び等身大の人形を燃やすだけ）。

路上に落ちた一万円札が燃え尽きてゆく……。

（O・Lして）

27

死刑囚・独房

鉄格子の影が壁に色濃く落ちている。

松村は懸命にメモを書いていた。

（松村は宮廷の侍医とそっくり）

28

字幕

「神経外科医、松村は人間の狂気を克服しようとするあまり、自分の患者で人体実験を繰り返していた」

29

独房

松村はメモを書き続ける。それは神経系統の図解らしい。

松村「(ハッと)そうだ。この神経を刺激すれば……」

ドイツ語で図解に書き込んでゆく。

するとカツンカツン……、足音が迫り、看守がやって来た。

看守「時間だ」

背後にはカソリックの神父姿のソドムと尼僧のマチルダ。ブツブツと祈りを唱えている。二人とも胸から垂らしている十字架は逆さま。明らかなアンチ・クリストである。

松村「もう少しでもう少しで研究が完成するんだ!」

看守「続きはあの世でやりな」

松村に手錠をかけ、引き立ててゆく。

するとソドムがカッと黒眼を見開き看守を見つめた。

看守は夢見るような目つきになり、そのまま松村を引き連れてゆく。

マチルダは松村のメモを素早く懐にしまった。

30 刑場

松村たちが歩いてゆくその足下をキャメラは横移動で追ってゆく。
やがて奥に処刑の立会人たちが座っているのが見えてくる。
ソドムは祈りを唱えている。看守は松村に目隠しをしている。
するとソドムが看守の耳元に
ソドム「あの世へゆくのはおまえだ」
看守は松村を突きのけて、おもむろに自分の首にロープをかけ、飛び降りた。
立会人たちがああッ!と悲鳴をあげる中、首を吊る看守の影が壁に落ちる。
ソドムは煙玉を周囲に投げつけ、煙幕の中、松村を連れて逃げる。

31 長い階段を降りてゆくソドムたち

地上からは印刷機の騒音が響いているが次第に

遠ざかる。

先頭のマチルダの手には古めかしいランプ。

松村の眼下に地下室の光景が広がる。

地面には魔法陣が描かれ、その中央にはキャサリンの棺が安置されていた。白装束のキャサリンが横たわっている。

カツ丼を食べていた手下たちが眼を上げる。まさに地下世界の住人たち……。

ソドムがキャサリンの棺に歩み寄った。

ソドム「この女に触ってみろ」

松村は言われるままにキャサリンの頬に触れ、ゾッと手を引く。

松村「死んでいる……!」

すると「すいません、二四〇〇円になります」の声。

岡持をぶら下げた出前持ちが立っていた。

ソドムはいきなり出前持ちを斬る。

出前持ち「うああッ!」

ギョッとなる松村。

ソドム「見ろ」

流れ出す血潮にソドムが仕込み杖を浸すと、妖刀はみるみる血を吸ってゆく。

松村はキャサリンを見た。顔に血色が戻ってゆく。

松村「(頬に触れ)そんな……、生気が戻っている!」

ソドム「私の黒魔術とおまえの科学、二人が手を組めば世界は意のままに出来る。独りではダメだが」

松村「世界を意のままに……」

ソドム「そうだ。おまえと私が手を組めば出来ないことはない。独りではダメだが」

マチルダ「ねえ、ソドム、私たちは?」

ソドム「(言い捨てる)何人いても一緒!」

シュンとなるマチルダたち。

その傍らには大量の岡持ちが転がっていた。

32 同じく地下室

明かりを消し、一同寝入ってるらしい。松村も眠っている。

すると「先生……」「松村先生……」の声。

松村がハッと眼を開けると、魔法陣の上に幾組もの布団が敷かれ、顔に白布をかけた遺体が横たわっている。

枕元には線香が供えられ、煙がたなびいている。

チーンと鈴の音。

やがて遺体は白布をかけたまま起き上がり始めた。

「先生……」「松村先生……」「どうして助けてくれないんです……」「助けて……、助けて……」

松村「(恐怖に身をすくませ) 違う、違う! 僕は人類を救うために……!」

やがて棺の中のキャサリンがヌーッと身を起こした。

松村の絶叫が響き渡る。

33 テレーズは

ふと気配に立ち止まった。

雨音と同時にサッと眼の前が陰る。

「テレーズ……」と苦しげなキャサリンの声。

見ると、戸口の外は暗闇。白装束のキャサリンが雨に打たれながら助けを求めるように見えない壁を叩いている。

テレーズ「あなたは……!」

とっさに拳銃を抜くとまたもや連射!

一転してキャサリンの姿はかき消え、外は昼間の世界に戻り、
通りがかった乳母車を押す女と男が倒れる。乳母車だけが転がって、赤ん坊の泣き声が尾を引く。

しかし、テレーズはそういうことを気にしてないらしく、ただ職業的に弾丸を詰め直している。

蛇吉「(駆けつけてきて) テレーズ、どうした!」

テレーズはキャサリンが見えた辺りにふっと足を進め、手を伸ばす。

まるでキャサリンの手を握るようにつかむ仕草。

テレーズ「(つぶやく) 私たち、つながってる気がする……」

34　地下室

キャサリンは棺の中に横たわっている。

その傍らの机で松村は眼を中空に据えたまま、猛烈なスピードでメモを書き飛ばしていた。お筆先状態である。

マチルダたちが怪訝そうに近づき、メモを手に取る。

ソドム「マチルダ。こいつは何を書いてる?」

近藤「何だか外国語みたい」

安里「たぶんドイツ語です」

ソドム「何で判る?」

安里「医者だから」

納得のソドムであった。

35　新聞記事

渋谷教授の写真。「渋谷教授、ドイツより帰朝」の見出し。

ガシュガシュと機関車の音が迫って

36　駅頭（らしき場所）

蒸気の煙がたなびき、機関車の音が続いている。

渋谷教授が旅行鞄を足下に置いた。

渋谷「(見回し) 何や、誰も迎えに来とらんのか。私を誰だと……」

そこに尼僧姿のマチルダが近づいてゆく。

マチルダ「(婉然と) 渋谷先生ですね?」

渋谷「おおッ。そうですが」

マチルダはいきなり注射針を渋谷の首に。

渋谷の悲鳴が鋭い汽笛にかき消される。

37　看板「Dr. MATSUMURA　松村神経外科」

38　字幕

「生体実験の舞台となった松村神経外科は訪れる人もなく、幽霊屋敷と呼ばれていた」

39　その看板に

マチルダが「マチルダ心霊研究所」と札を掛ける。ソドム、近藤、安里、菅沼が周囲を見回しながら、建物に入ってゆく。ソドムが方角を間違えるが、安里に直される。

40　マチルダ心霊研究所

円卓には初老の夫婦と霊媒姿のマチルダ。
夫婦が涙ぐみながら娘の写真を差し出す。
父親「一カ月前から行方知れずで、警察の方もさっぱり……」
母親「もうここしか頼るところがないんです」
マチルダ「拝見します」
写真に手をかざし、トランス状態に入ってゆく。ガクンと頭が垂れたトタン、ふいに野太い声が天井に響いた。
ソドムの声「安心するがよい。娘は生きている」
父親「(天井を見回し) 生きている！ 本当ですか？」
母親「娘は何処にいるんです？」
マチルダが顔を上げた。彼女の口がソドムの声に合わせて動いている。
ソドムの声「近くだ。おまえたちの近く……」
父親「近く……？」
ソドムの声「もうすぐ帰ってくる。すぐそこだ。すぐそこに娘が！」
マチルダがドアを指さすと隣の部屋から娘が現れた。
ワッ！と歓喜の声と共に娘に抱きつく両親。
両親「ありがとうございます。ありがとうございます」

涙にくれながらマチルダにペコペコ頭を下げる。

だがそんな両親を見下ろす娘の眼はもはや人間ではない。

41 マジック・ミラー越しに

近藤が泣きくれる夫婦の様子を監視していた。スイッチでミラーを消し、ビデオに向かう。そこには首筋に針を打たれた娘が白目をむいている様子が映し出されていた。

近藤は松村の描いた神経系統図を手に実験台の柴野の首筋を探り

近藤「今度は、こうっと……」

針を打つなり、柴野は白目をむき、泡を吹いて痙攣し始めた。

柴野「ウーッ！」

と暴れ出すのを近藤、菅沼が懸命に押さえつけ、安里が注射を打つ。床には失敗したらしき実験台が何体か転がっている。

42 一方、地下室では

松村がお筆先状態でメモを書き続けている。渋谷は和文タイプでメモを翻訳していた。チラと背後を窺い、怖気をふるう様子。

狂ったようなドイツ語のメモが映し出され、タイプの音と共にO・Lして同じように狂ったような日本語のメモに変わる。

N「松村のメモには恐るべき犯罪計画の数々が記されていた」

そのメモの一部。「線路に置き石。新幹線を転覆させる」

（O・Lして）

43 線路

線路に置かれた小石。キャメラ、移動してゆくと並べられた石がダンダン大きくなり最後は岩石が置かれている。

ソドムが線路に耳をつけている。

新幹線の迫ってくる音。

ソドムの合図で一味は一斉に草むらに隠れるが、ソドムだけが反対方向に向かおうとして安里に連れ戻される。

線路上の石から素早いパンで（実はカットつないで）迫ってくる新幹線が見える。

草むらの中のソドムが気配に気づいた。

駅員らしき男が石に気づき、慌てて新幹線に知らせようとする。

ソドムは一気に飛び出して駅員を追い、新幹線が通過する瞬間、駅員を斬る！

草むらのマチルダたちの眼前で列車は転覆した（模型を使ったスクリーン・プロセス）。

ヒャッヒャッと歓声を上げる一同。

44 またも松村のメモ

狂ったようなドイツ語が日本語に。

「銀行の現金輸送車を襲撃、偽札にすり替える」

45 ひなびた道

現金輸送車が走ってくる。

助手席の銀行員がギョッと身を乗り出した。

銀行員「ああッ、何だあれは！」

前方にヌッと立ちはだかるソドム。

そのまま車はソドムを轢いてしまった。

銀行員と運転席の警備員が慌てて駆け寄る。

銀行員「大丈夫ですか！」

バンパーの下からソドムの黒眼がカッと見開かれた。

銀行員と警備員はフラフラと魅入られ、警備員がトランクを開ける。

そこに草むらから近藤たちが走りより、トランクの中のジュラルミン・ケースを同型のものにすり替え、走り去ってゆく。

（O・Lして）

46　日本語のメモ

「銀行自体が偽札をばらまくのだ」

（O・Lして）

47　銀行カウンター

偽札を広げて数える女子行員。

印刷機の騒音がゴオーッと高鳴って

（O・Lして）

48　新聞記事

「デフレ一転してインフレ禍に！」

「一家心中相次ぐ」

「竹平大臣、刺殺さる」

49　そば屋

おばさんが黒板のメニューの値段を書き直して

いる。かけそばが三〇〇万円。

ガラッと戸が開いて、極貧の一家がヨロヨロと入ってくる。

夫らしき男がブルブル震える手で札束を取り出す。

男「これだけある。かけそばを一杯だけ」

おばさん「生憎(あいにく)だね。それじゃ足りないよ」

男、腑抜けたようにおばさんを見つめ

男「ウワーッ！」

札束を宙に放ると出刃包丁を抜き、おばさんを突き刺した。

ぶち切れた妻と子供たちも絶叫を上げて包丁を抜き、奥の客たちに襲いかかってゆく。

札びらが舞い落ちる中、男はカランと包丁を取り落とし

男「誰が！　誰がこんな世の中にしたんだ！」

（O・Lして）

50　地下室

札束が降り注ぐ中で高笑いしているソドム。

ハッとソドムの表情が素に戻り、背後のキャサリンの棺を振り返る。

51　ススキが原を（夕刻）

ソドム、マチルダ、近藤、安里、菅沼が歩いてゆく。

血のような夕陽が差し込み、カラスの鳴き声がする。

マチルダ「ねえ、ソドム、私もう歩くの疲れちゃった。今夜はあそこで休んでかない？」

指さす先にはどう見てもウソのような地蔵堂が建っている。

ソドム「少し休むとしようか」

マチルダは嬉しそうにソドムの腕をとる。

一行は地蔵堂に向かう。

52　地蔵堂

中は真っ暗闇。
マチルダがロウソクをつけて壁を照らすと、思わずヒッと悲鳴。
壁に「両婦地獄」の地獄絵が描かれている。
「どなたじゃな？」と暗がりから声がする。
尼僧がうずくまっていた（何故か典子にそっくり）。
ソドム「おお、これは先客がござったか」
尼僧はついと手を伸ばし、顔を触った。
尼僧「そなた、眼が見えんのじゃな？」
ソドム「そういうあなたも」
尼僧「はい。実の息子に眼に醤油をさされて、それ以来……」
ソドム「ひどい息子もあったもんだ」
尼僧「されど、盲いていても、そなたにはこの壁の絵が見えるはずじゃ。私には判る。業深き者には見えるのじゃ」

ソドムは壁の絵に触れてみる。ハッとなる。

尼僧「これは〝両婦地獄〟といっての。二人の女の激しい嫉妬と憎しみに永遠に苦しみ続ける男の姿を描いたものじゃ」

ソドム「二人の女……」

尼僧「そう、一人は冷たい雨の中で叫び続けておる」

ふいに別の壁に雨の中で叫び続けるキャサリンの姿が映し出される。

ソドムは思わず、その映像にすがりつく。

カタカタカタと映写機の音。暗がりから8ミリ映写機がキャサリンの映像を映しだしている。

その傍らには老人の姿がある。

尼僧「いま一人は憎悪に燃えて血の池をさまよっておる」

映像が切り替わり、テレーズが燃え上がる炎を背景に、ジッとこちらを振り返る。

画面からおずおずと身を引いてゆくソドム。

マチルダたちもゾッと見ている。

尼僧「二人の女は男を苦しめるだけでは足りぬ、大勢の者を巻き添えに、因果の闇は果てしなく……」
ソドム「それで？」
尼僧「続きを聞きたかったら一人一〇〇円」
と手を出す。
ソドム「叩き出せ」
近藤と菅沼が尼僧を乱暴に外に追い出す。
ソドム「……あの女、知りすぎている」
安里、うなずいてついと立ち上がる。

53 ススキが原（夕刻）

尼僧がブツブツ言いながら歩いてゆく。
その後を尾けてゆく安里（以下、歩きながらの芝居を一気に移動で追う）。
安里「……落としましたよ」
尼僧「え？」
安里「落としましたよ」
尼僧「何を？」

安里「これから落とすんだよ」
尼僧「何を？」
安里「命をさ！」
　一気にナイフで尼僧を刺す。悶絶する尼僧。安里は素早く走り去る。カラスの鳴き声。

54　マチルダ心霊研究所の看板

　テレーズと蛇吉がやって来る。
蛇吉「テレーズ、ここは確か……」
テレーズ「何かありそうね。蛇吉行くよ！」
蛇吉「合点だい！」
　建物に向かう。

55　マチルダ心霊研究所

　「いらっしゃいませ」と出迎えたのは柴野だった。
蛇吉「実は探してる人がいましてね」
柴野「どうぞ」
　円卓にはマチルダが座っていた。客を迎えようと立ち上がり、ギョッとテレーズを見る。
マチルダ「……ようこそ。お連れの方は別室でお待ち下さい」
　蛇吉は怪訝にテレーズを見るが
柴野「どうぞ」
　と促されて、隣の部屋に入ってゆく。

56　柴野の案内で

柴野「こちらになります」
　蛇吉が示されたドアをおずおず開けると、眼に飛び込んできたのは死体の山。ギョッと振り返ると、安里がバットを振り上げ、蛇吉を殴り倒した。

57　マチルダの円卓

テレーズ「（キャサリンの写真を差し出し）この人を霊視して欲しいんです」

マチルダはハッと写真を見て手をかざした。
マチルダ「お気の毒ですが、この方はもう亡くなって
います」
テレーズ「そんなことは判ってるわ。何処にいるかが
知りたいの」
グッとにらみ合うテレーズとマチルダ。
テレーズ「あなた、霊媒師じゃないわね」
マチルダ「あんたはポリ公の臭いがするわ！」
テレーズ、マチルダが席を飛び立つと、奥から
ヌッとソドムが現れた。
ソドム「キャサリンなら雨の中で叫び続けているよ」
テレーズ「ソドム……！（拳銃を構えるが）」
ソドム「俺には拳銃は効かない」
テレーズ「そうね。あなたも死んでるのね」
ギョッとソドムを見るマチルダ。
テレーズ「だったらこの手があるわ！」
テーブルの燭台をつかむと、窓のカーテンを開
け、ガチン！　燭台を十字に組み合わせた。十
字架の影がソドムにかかり
ソドムは煙を吹き出し、悲鳴を上げる。
柴野や近藤、安里が驚き駆けつける。
煙を吹き出し苦しみ悶えるソドム。
テレーズ「地獄へ墜ちろ！」
なおも十字架を突きつける。
マチルダがとっさにオープン・リールのスイッ
チを押した。
柴野の耳のイヤホンにソドムの声が流れる。
ソドムの声「目覚めよ。目覚めよ、柴野！」
聞いた瞬間、柴野の表情が夢見るように一変、
奇声を発し、テレーズに襲いかかった。
グイッと持ち上げられるテレーズ。もの凄い怪
力。
テレーズがボコボコに床に叩きつけられている
（もちろん人形です）隙にソドムたちは部屋を
飛び出してゆく。
テレーズは転がりながら拳銃を構え、何もそこ

までというくらいくどい連射。さしもの柴野も倒れ、テレーズはソドムを追って飛び出す。

58　路上

ソドムたちの乗り込んだ車（尾根に砲塔）がまさに発車しようとしている。

駆けつけたテレーズはとっさにジャンプ！

59　車内

助手席で一息のマチルダがギョッと運転席を見た。

マチルダ「何でソドムが運転しているわけ！」

ハンドルを握っているのはソドムであった。

パニックに陥る車内であったが、さらにリアウインドウにはテレーズが張りついていた（テレーズの等身大の写真を切り抜いて貼っただけ。髪の毛ぐらいは風になびくようつけておくか？）

安里「ひーッ！」

60　走る車

その後部にテレーズが張りついている。

（テレーズの衣裳に詰め物と鬘（かつら）をつけただけのダミー人形）

61　車内

近藤と安里がリアウインドウを叩いている。
安里「死ね死ね！」
ソドム「（懸命に運転しながら）え、何、何？」
マチルダ「早く振り落として！」

62　路上

車が蛇行するが

63　車内

なおも張りついたままのテレーズ。

マチルダ「死ね、このアマ！」
ソドム「だから何がどうなってるんだ！」
マチルダ「いいから、そこカーブ！」

64 ついに車は急カーブを切って

テレーズを振り落とした。

65 テレーズは路上に転がりながらフレーム・イン

素早く拳銃を抜いて、走り去る車に向かって全弾を撃ち尽くすが、巻き込まれた通行人が倒れるだけ。
テレーズは職業的に弾丸を詰め替える。

66 マチルダ心霊研究所

テレーズが拳銃を構えて踏み込む。
中はもぬけの空。
散乱したメモを拾い上げる。
神経系統の図解や特殊な銃器の設計図。

テレーズ「ニードルガン……！」

67 ソドムの車が停車した

やはりエンブレムは「S」のマーク。
ソドム「……死ぬかと思った」
マチルダ「(息をつき)どうする、ソドム。警察に嗅ぎつかれたよ」
ソドムは黙っている。
すると「市ちゃん！」の声。幼なじみの氏原が駆け寄っていた。
氏原「市ちゃん！　市ちゃんじゃないか！」
ソドム「その声は氏原」
氏原「そうか、市ちゃん眼が見えなくなったんだね」
ソドム「うん……」
氏原「大変だったね……。(気まずく)じゃあ」
と立ち去ってゆく。
その後ろ姿を狙ってまたも砲塔が旋回するが操作する安里をソドムが止めて

ソドム「氏原！」
　氏原が立ち止まり、振り返る。
ソドム「おまえ、今から警察に行くんだろ？」
氏原「そうだよ。それが市民の義務だ」
ソドム「おまえは正直者だからな。一つ、頼みがあるんだ」
氏原「何？」
　とやってくる。
ソドム「（包みを取り出し）これを警察に届けてくれないか」
氏原「警察に？　判った届けるよ」
　と立ち去る。

68　警察署内

　松本署長のデスクにテレーズが詰め寄っている。
テレーズ「（メモを示し）ソドムは人間を自由にコントロールするつもりなんです。たった一言で化け物みたいに凶暴化する人間を」
松本「たった一言で？」
　するとそこに蛇吉が姿を現した。眼の下が黒ずみ明らかな悪相。
テレーズ「蛇吉……！」
　鼻にテープが貼られている。

69　回想

　マチルダ研究所の隣室で、菅沼がベッドに寝かされていた。
　壁には鼻をテーピングされた蛇吉が気絶して鎖でつながれている。
　相変わらず眼を中空に据えたままの松村が手術着姿で現れる。
字幕「（揺らめくような文字で）造顔術」
　松村がガス吸入器を取り出す。
菅沼「何のガスです？」
松村「皮膚を柔らかくするガスです……」

吸入器を菅沼の口にあて、頃合いを見て皮膚をつまんでみる。

松村「顔型」

渋谷が洗面器のような顔型を取り出し、菅沼の上にかざす。

松村が強引に顔型を菅沼に押しつけて、猛烈にもがく菅沼を渋谷と二人がかりで押さえる。

その騒ぎに捕らわれた蛇吉が顔を上げた。

ガクッと抵抗が止んだところで、松村が顔型を持ち上げる。

現れたのは眼の下にクマのある見るからに悪そうな蛇吉。

起き上がり、不敵な目線で薄笑いを浮かべると、愕然と見る本物の蛇吉に近づいた。鼻のテーピングをビリッと剥がし、自分の鼻に貼り付ける……。

70　警察署内

ニセ蛇吉「いやあ、危ないところでしたよ」

テレーズ「(署長に) 各所轄署に緊急手配をお願いします」

松本「(メモを手に) 判りました。とにかくこれは重要な証拠書類です。私が責任をもって保管します」

テレーズ「蛇吉いくよ！」

いつもの蛇吉の返事がないのを一瞬、怪訝に思うが、そのまま廊下に出ると、入れ違いに山本巡査に連れられた氏原が包みを抱えてやってくる。

山本「(敬礼) 署長、こちらの少年が」

氏原「大人ですけど。(包みを差し出し) これを警察に届けてくれって」

松本「ほう。誰からですか？」

氏原「書いてあります」

松本署長が包みに添えられた封筒を開けると「ソドムより」。

松本「ソドム……！」

包みを開け始める。そこに電話のベルが鳴り
山本「(出る) はい、警察署」
その瞬間、署長の眼鏡に強い光が。画面が静止して包みがピカッ！と発光。

71 電話ボックス

(爆音にかぶって)

受話器を握ったソドムが呵々大笑している。

(ボックスのガラスに爆発を映し込む合成)

「悪」の音楽に乗って。

72 ソドムの犯罪にいよいよ拍車がかかる

完成したニードルガンを近藤が構え、眼下に狙いをつけている。

ブシュ！と発射。

針が宙を飛び通りがかった人に刺さる (その瞬間、ストップ・モーション。神経系統に針が刺さった絵とかぶる)。撃たれた人は一瞬、ウッとなるが、そのまま何事もなかったかのように歩き去る。

安里もニードルガンを発射。

同じことが繰り返される。

ソドムもニードルガンを構え、安里に方角を決めて貰いながら発射。

犬に刺さって犬のストップ・モーションに神経系統の絵がかぶる。

安里が「外れーッ」といった感じで笑っているが、ソドムの表情は暗い。

73 字幕

「ソドムには犬や猫、花や樹の姿は見えるのだった。ただ人間だけが見えなかった」

74 窓外のニューヨークのビル街

字幕「ニューヨーク」
白人、ウォルフが携帯のメールを見ている。

N「さらにソドムの犯罪は国際化し、アメリカにまで
指令は発せられていた」

ウォルフが英文のメールを読む。

ウォルフ「(英語で)スミソニアン博物館を襲撃。ある物を奪取せよ。ある物(SOMETHING)って何だ?」

するとと携帯の画像にソドムの顔が現れる。

カッと見開いた眼。

ウォルフの眼が夢見るようになる。

ウォルフ「アイ・シー……。アイ・アンダスターンド……」

75 地下室

渋谷は鳩の足にメモを括り付け、明かり取りの
窓から飛ばそうとしていた。
渋谷の独白「僕はもうこれ以上、ついていけん。この恐ろしい計画を早く知らせねば」
鳩を空に放った。

するとと「渋谷先生」とマチルダの声。
振り返ると、マチルダが拳銃を構え、立っている。
マチルダ「もう松村博士の仕事は終わったわ」
見れば、松村のお筆先はストップし、放心状態になっている。
マチルダ「つまり先生の仕事も終わったの」
渋谷はとっさに逃げようとするが、パァン!
マチルダの発砲にくずおれる。渋谷は最期の断末魔の中で
渋谷の独白「頼む。誰か気づいてくれ……」
ガクッと事切れる。

76 鳩が飛んでゆく

77 林

新谷と小寺がやってくる。
頭上の羽音にハッと顔を上げ、およそ人間とは
思えない奇声を発しながら、石礫(いしつぶて)を投げる。

まんまと鳩は落ちてきた。

喜びの声を上げながら、鳩に駆け寄る新谷と小寺。

×　×　×

鳩が焚き火で丸焼きになってゆく。

二人は争うように肉を奪い合い、渋谷がメモを括り付けた足までが新谷の口の中に消えるのだった。

(どこかドキュメンタリーのようにシミジミと撮る。「もうこういう暮らし長いんですか?」などインタビュアーの声が入るが新谷たちの視線は林の中の別の物に向けられているように動き、ふいの水音で河に飛び込んでゆく)

78　警察署・部屋(夜)

ニセ蛇吉がドアを開けて入ってくると、ドッと快活な笑い声が起こっている。同僚たちが冗談を言っていたらしく、珍しくテレーズも笑いながらニセ蛇吉を振り返る。

上司「あ、蛇吉君」

まだ笑いを引きずりながら、声をかけた。

上司「そうだ。この間貸した千円だけどね。そろそろ……」

ニセ蛇吉「あ、そうでしたね」

とっさに財布から千円を出し、上司に渡した。

そのトタン、なごやかな部屋の空気は一変した。

上司が恐ろしい形相で蛇吉を見つめている(しかし千円はチャンとしまう)。他の同僚たちもテレーズも。

同僚の一人「金を返さない蛇吉が……」

戸惑う蛇吉。

テレーズ「あんた、蛇吉じゃないわね」

蛇吉がグッと詰まる。

テレーズ「ソドムは何処にいるの? 言いなさい!」

ふいに蛇吉は高笑いを始めた。

蛇吉「俺が言うと思うか。俺はソドムに忠誠を誓ったんだ！」
たちまち同僚たちが取り押さえる。
テレーズの目配せで
蛇吉は壁際に連れて行かれ、床に座らされた。
テレーズ「右？　左？」
蛇吉「ええ？」
テレーズ「右か左か選びなさい」
蛇吉「いったい何の……」
テレーズ「（同僚たちに）右！」
同僚たちは蛇吉のズボンを脱がせる。
テレーズは傍らのデスクに近寄り、引き出しをわずかに開ける。
蛇吉「（ギョッと見て）おい、何を……」
同僚たちは抵抗する蛇吉をデスクの上に抱え上げ、右の睾丸（もちろん作り物）を引き出しに挟む。
蛇吉「ちょっと！　ちょっと待ってくれ！」

テレーズは壁際に下がり、一気に引き出しを蹴った。
蛇吉「ぎゃあああぁッ！」
激痛に身もだえする。
テレーズ「どう、左側もつぶされたい？」
蛇吉「言う、言うから……！」
するとふいにキーン！とマイク・ノイズが天井に響く。
ソドムの声「はははははは、おまえたちに警告する」
テレーズ「（見上げ）ソドム！」
ソドムの声「よーく聞け。三月一〇日を警戒せよ。三月一〇日に恐ろしいことが起こる。はははは」
テレーズはハッと蛇吉の上着をめくった。小型テレコからソドムの笑い声が流れている。するとカチカチカチと時を刻む音。
蛇吉「ひぃいいいい！」
とっさに部屋を飛び出すテレーズ。
上司やニセ蛇吉がピカッと発光し、爆発音。

テレーズが廊下に倒れ込み、煙が吹き込む（合成）。
テレーズ「（ヨロヨロと立ち上がり）三月一〇日……」

79　港

貨物船の汽笛が響き
ウォルフがやって来たソドムと握手を交わしている。
近藤、安里たちが大きな荷物を運んでゆく。
（港の実景は一つだけで後はスクリーンプロセスという手か）

80　看板「ガイラ航空」

ソドムと近藤がやって来る。

81　どう見てもカウンター式の飲み屋

飛行帽をかぶったガイラ隊長がカウンターの中でコップを磨いている。

背後の壁には様々な航空機の写真が貼ってある。

ガイラ「……で、何を操縦するわけ？」

ソドムの隣では近藤がギッシリ札束の詰まったアタッシュ・ケースを開けている。

ソドム「今、組み立てている。とても大きい」

ガイラ「（ギロッと眼を上げ）とても大きい……」

と見やると、カウンターには飛行帽をかぶった宮田、石住たちガイラ飛行隊員がズラッと並んでキッと振り向く。

82　町工場

マスクをかぶった工員が火花を散らし溶接作業に追われている。
同僚「いったい何作ってんだ？」
工員「（マスクを上げ）いやあ、大きすぎて何だか判んないんだけど、この不景気に大口の注文だしねえ」

83　テレーズが街中を歩く

ソドムの声が甦る。

「三月一〇日に警戒せよ。三月一〇日に恐ろしいことが起こる」

テレーズはいきなり通行人の胸ぐらをつかんだ。

テレーズ「ちょっと、三月一〇日って何の日?」

通行人「そんなこと急に言われても……」

テレーズ「何か意味があるはずなのよ」

道路の反対側を岡持をぶら下げた出前持ちが歩いていた。

その耳にはイヤホンが仕込まれている。

ソドムの声「あの女を殺せ。我々の力を見せてやれ!」

出前持ちは岡持からショットガンを取り出し、撃ってくる。テレーズはとっさに通行人を盾にして反撃、そのまま連射しながら道路を突っ切り、異様な至近距離で出前持ちを撃ち殺す（当然、通行人は巻き添えで倒れる）。

テレーズ「（見下ろして）出前持ち……」

84　とある部屋（夜）

テレーズが新聞記事を調べている。

「出前持ち失踪」を告げる数々の記事。

壁に貼った東京の地図にピンでマーキングしてゆくと……、思い切り一カ所に集中している。

（O・Lして）

85　テレーズがやってくる（夜）

そこは大九が連絡をしてきた電話ボックスのそば。

テレーズが辺りを見回す。

すると顔に赤い光が……。

ハッとテレーズが見ると、手前に炎が。路上に火柱が立ち、その中で大九がうつむいている

（ここは炎の合成、大九の眼には絵に描いたような目玉が貼りつけてあること）。

テレーズ「Ｓ４号……！」

大九はゆっくり腕を上げ、電話ボックスを指さした。

テレーズが電話ボックスに駆け寄り、中を覗き込むと
（キャメラはボックス内からテレーズを捉える）

ガラスにひっかき傷で「Ｓｏｄｏｍｅ」の文字が（大九がガスでもがいている最中に書いたのである）。

やにわに背後からテレーズはバットで殴られた。

86　地下室のとある部屋（夜）

「テレーズ、テレーズ」の声にハッとテレーズは意識を取り戻す。
本物の蛇吉が呼びかけていた。
テレーズ「蛇吉！」
テレーズは後ろ手に縛られている。ハッと見ると、松村博士も後ろ手に縛られうなだれていた。蛇吉だけが縛られていない。
テレーズ「何であんただけ縛られてないのよ」
ふと爪先で蛇吉の股間に触ってみる。
テレーズ「……あるわね。だったらさっさと解きなさいよ！」
松村「実は、これには事情があって。この男には神経系統の刺激でトリガーが仕組まれてるんだ。（天井のスピーカーを見上げて）もうすぐあのスピーカーからメッセージが告げられる。それを聞いたら、こいつは僕たちに襲いかかる」
蛇吉「そうなんですよ」
テレーズ「だったらなおのこと早く解きなさいよ！」
蛇吉「そんなことしたら、二人は僕を殺すでしょう」
テレーズ「いいえ。決してそんなことはしません」
蛇吉「する！　絶対にする！」

テレーズ「要するにあんたは自分だけ助かりたいわけね」
松村「すべては僕が作り出したんだ。自業自得だ」
テレーズ「私は関係ありませんからね！」
いきなり、キーン！とマイク・ノイズが響き渡った。
ソドムの声「ははははは。とうとうおまえたちにも最期の時が来た」
蛇吉はテレーズたちに「ごめん」と手を合わせている。
テレーズはハッと地面の石ころに気づく。
ソドムの声「いいか、蛇吉、よーく聞け」
テレーズ「蛇吉、石！」
蛇吉もハッと気づき、石をつかんでスピーカに投げた。
ソドムの声「ウィー・ハブ・オン……」
ボコッとスピーカーは砕け、地面に落ちて静かになった。あっけなく見る三人。

テレーズ「今のがメッセージ？」
松村「（うなずき）危ないとこだった……」

87　ドアを突き破り（すでに朝）

テレーズたちが飛び出してくる。
テレーズ「蛇吉みたいのが東京中に大勢いるって言うの！」
松村「そうだよ。彼らがあのメッセージを聞いたら……！」
テレーズ「蛇吉、行くよ！」
蛇吉「合点だい！」
と行こうとすると、ふいに背後に雨の音。
キャサリンの声「テレーズ……」
振り返ると、魔法陣の中央にキャサリンの棺がある。
テレーズは棺に近づき、横たわるキャサリンを見つめる。
テレーズ「キャサリン……。私たち何をしてたの？」

蛇吉の声「テレーズ！」
テレーズ「（我に返り）今日は何日？」
蛇吉「（やってきて）三月一〇日だよ」
　テレーズはハッと壁に掛けられた日めくりカレンダーを見る。
「三月九日」になっているのを、近づいて破り捨てる。
するとし「三月一〇日」。下の欄には「東京大空襲」と書かれている。
テレーズ「東京大空襲……！」
「悪」のテーマ曲高まって

88　格納庫のような場所

　威圧的にそびえる巨大な翼の下を、ガイラ飛行隊が走ってゆく。
　スピーカーからソドムの声が響いている。
ソドムの声「総員、搭乗せよ。総員、搭乗せよ」

89　機内

　操縦席についたガイラ、宮田、石住らがグイッと親指でサインを交わす。
ガイラ「発進！」

90　プロペラが回り、機体がゆっくりと動き出す

　操縦席から旗を振って誘導する工員の姿が見える。
　キャメラ前を通過してゆく巨大な胴体に「B-29」の文字。

91　工員が旗を振りながら見上げている

工員「うわーッ、こいつは凄いよ……」

92　格納庫から

　巨大なB-29が姿を現す。
（写真で構成した格納庫から模型を登場させる）

93　**車の傍らで**

ソドム一味が見ている。

マチルダ「凄い、凄い！」

興奮してソドムにしがみつく。

94　**B－29は轟音を上げて離陸した**

（スクリーンプロセスで背景を流しながら模型を吊り下げる）

95　**ソドム一味が**

「やったーッ！」と飛び跳ねる。

ソドム「飛んだか、飛んだか？」

「飛んだ、飛んだ！」とはしゃぎ回る手下たち。

96　**夕陽の中をB－29が飛んでゆく**

見上げて騒ぐ人々。

97　**東京上空（夕陽の中）**

中央線の軌道近くに飛来するB－29。

（航空写真の上に模型を動かす）

98　**機内（夕陽）**

ソドムからの交信をガイラが受ける。

ガイラ「ガイラ飛行隊」

ソドムの声「中央線が見えるか？」

ガイラ「ああ、まっすぐ見える」

99　**走る車内（夕刻）**

ソドムが無線マイクを手にしている。

ソドム「中央線の軌道に沿って中心部に侵入せよ」

100　**機内（夕刻）**

ガイラ「ラジャー」

101　**テレーズと蛇吉がやってくる（いきなり夜）**

ウォーン！と空襲警報のサイレンが響き始めて

る。
テレーズと蛇吉は何故か防空頭巾をかぶっている。
テレーズ「（蛇吉の耳元に）耳栓はつけた？」
蛇吉「ええ？」
テレーズ「（怒鳴る）耳栓はつけた？」
蛇吉「何だって？」
テレーズはもういいと走り出て夜空を見上げる。

102　機内（夜）

サーチライトがB-29の巨大な機体を夜空に照らし出している。
魅入られたように見上げるテレーズ。

ガイラ「スピーカー降ろせェ」
石住「スピーカー降ろせェ」

103　機体のハッチがゆっくりと開き（夜）

四基の大型スピーカーが姿を現す。

104　見上げるテレーズ（夜）

テレーズ「あああぁッ！」
とっさに近くに停車中の車に走り寄り、拳銃を突きつける。
テレーズ「クラクションを鳴らして！」
運転手「えええ？」
テレーズ「早く！」
運転手がクラクションを鳴らす。
テレーズが蛇吉に手を振り、二人は通りを走り出す。
二人「クラクションを鳴らせ！　クラクションを鳴らせ！」
通りからクラクションの音が上がり始める。
訳も判らずつられて鳴らしている人々。
交通渋滞の実景などにクラクションをかぶせる。

105 **機内（夜）**

ガイラは下の騒ぎにカチンと来た様子だ。

ガイラ「うるさいなあ、もう」

石住「うるさいっすねえ」

ガイラ「音量、めいっぱいに上げろ！」

宮田「はッ！」

とボリュームをめいっぱいに上げる。

キーン！と凄まじいマイク・ノイズ。

106 **激しいノイズに（夜）**

思わず身をすくませるテレーズたち。

107 **機内（夜）**

ガイラ「流せ！」

宮田、緊張した顔でオープン・リール・レコーダーのスイッチを押す。

108 **ガーガーと金属音が響き渡り（夜）**

ソドムの声「ウィー・ハブ・オンリー・マスター・ドクトル・マツムーラ」

絶望的に夜空を見上げるテレーズ。

蛇吉を振り返ると、懸命に耳を押さえている。

ソドムの声はキーン、キーンとノイズを発しながら、機械的に繰り返される。

ふいに通行人の一人がテレーズに襲いかかってきた。

「うわあああッ！」

ただちに射殺するテレーズ。

するとまたもや暴徒が襲いかかる。

テレーズと蛇吉は背中合わせに発砲し続ける。

109 **ソドムの声が空から連呼される（夜）**

遠くから怒号や悲鳴、銃声が響く中

娘が一人、コロコロとケーブルを引いている。

娘「ウィー・ハブ・オンリー・マスター……」

背景にはガスタンクが黒々とそびえている。

娘はケーブルを起爆装置につなげると、ハンドルを押した。

ガスタンクが大爆発する（合成）。

110 **ある通り（夜）**

あちこちで火が燃えさかっている。

その中を松明（たいまつ）を手に完全にイッた眼の暴徒たちが駆ける。

傍らには犬に襲われている男もいる。

犬の吠え声があちこちから上がっている。

111 **ソドム一味は（夜）**

車の中から暴動下の街を見物していた。

（スクリーンプロセス）

高笑いをするソドム。

マチルダたちは呆然と窓外を見ている。

血まみれの男が助けを求めて窓にへばりつき、くずおれてゆく。

112 **機内（夜）**

宮田が眼下の炎上する東京を青ざめて見ている。

宮田「……やっちゃいましたよ！」

ガイラ「次はアメリカ行くかあ、アメリカ」

宮田「（キッパリ）無理です」

ガイラ「無理かな」

宮田「そんな航続距離があったら、わざわざサイパン落としません」

ガイラ「じゃあ、足立区」

宮田「行きましょう」

グォーンと旋回音に合わせて、体が傾く。

113 **ソドム一味は（夜）**

ソドム「さあ、魔法陣へ帰ろう」

安里「（外を見て）あの女！」

テレーズがいる。
テレーズ「(気づいて)ソドム……!」
銃弾を放つ。
ソドムの車がキキキッ!と発進する。

114 夜の並木道を

キャメラが走り抜ける。

115 その車中(夜)

マチルダ「あの女、まだ生きてやがったのかい!」
ソドム「(ハッと)キャサリンは! 急げ!」

116 電話ボックスの辺り(夜)

暴動の喧噪が聞こえ、炎の照り返しが届いている。
松村が赤く光る夜空を見上げていた。
B-29が飛んでいる。
ソドムの声「ウィー・ハブ・オンリー・マスター・ドクトル・マツムーラ」
機械的に連呼される自分の名前を、松村は恍惚として聞いていた。
そこにパトカーのサイレン音が迫り……
「松村博士ですね」の声に振り返ると、
刑事と制服警官が立っていた。
松村「そうです」
刑事は化け物を見るように見つめている。
松村「何だかずっと夢を見ていたような気分です」
刑事「犯罪者はよくそう言うんですよ」
松村「いや、やりたいことは全部やりました」
連行されてゆく。その足下に首吊りのロープの影が落ちている。
そこにダダダッと走り込む足音。
テレーズの声「市! ソドムの市!」

117 そこは地下世界(闇)

テレーズの声に、ソドム一味が振り返り、身構える。
テレーズと蛇吉がこれまで殺された人々を引き連れて、にじり寄って来る。
ソドム「そんなに斬られてえのか。斬られると痛いぞお」
テレーズ「かかれ!」
大九、氏原、黄、出前持ちやら殺された人々が斬りかかるが、ソドムは次々と叩き斬ってゆく。斬り伏せながら、引いてゆくソドム一味。背後のキャサリンの棺が見えてくる。
横たわるキャサリン。
キャサリンの声「テレーズ……」
物陰に身を潜め、拳銃を構えていたテレーズはハッとなり、そして地獄歌を歌い始める。
「六道輪廻の生を受け
いずれの世にか救われる
眼に入るものはただ炎
いかなる罪や科なりや
血潮の池に泣く声は
八万地獄に響くなり
巡る因果に果てもなく
哀れ名もなき花となりて
永劫かけて香るべし」
その歌声にハッと聞き入るソドム。

118 B-29機内

ガイラたちも地獄歌を歌っている。

119 地下世界(闇)

マチルダがギョッと気づく。
マチルダ「ソドム……!」
棺の中からキャサリンがヌーッと起きあがって

くる。
キャサリンも地獄歌を歌っている。
ソドム「キャサリン……！」
ハッとソドムの眼が開いた。
ソドム「眼が！　眼が見える！」
キャサリンが怨みの眼でソドムを見つめている。
ソドム「キャサリン、どうしたんや、キャサリン！」
ふいに銃声。キーン！とソドムの妖刀が折れた。
ソドム「ああッ！」
テレーズ「今だ、撃て！」
一斉銃撃にソドム一味もキャサリンも倒れてゆく。
マチルダ「ソドム！」
倒れたマチルダたちがソドムににじり寄ろうとする。
近藤「ソドム！」
安里「ソドム！」

ソドムも懸命に手を伸ばすと、ハッと地表の異変に気づいた。

何本もの仕込み杖が地中からヌーッと生えてくる。

ソドム「地獄が、地獄が戦えと言うとるんや！」

ギョッと立ちすくむテレーズ。

その背後に、さっき斬られたはずの死者たちが剣を手に現れる。

テレーズ「かかれ、かかれ！」

ソドムたちは一斉に仕込み杖を抜くと、かかってくる亡者たちと斬り合いを始める。

キャサリンも剣を抜き、テレーズに襲いかかる。

血飛沫が飛び交うが、テレーズも蛇吉もソドム一味も死者たちも血の海の中で転げ回りながら決して死ぬことはなく、ただひたすら殺し合いを続ける……。

この阿鼻叫喚からキャメラいきなりパンアップして、地下室の階段へつなげる。

階段上には老人と花嫁が立ち、殺し合いを見下ろしている。

画面手前には炎が揺らめき、絶叫が続いている。

花嫁「これで終わりね……」

老人「そうだ。終わりがずっと続く。他には何もない。何もない。（ドイツ語で）何もない！」

キャメラ、一気にパンアップして

120　夜空

殺し合いの絶叫は続いている。

B-29がゴオンゴオンと旋回し続けている。

かすかに8ミリ映写機の音が聞こえる。

そこにエンドタイトル、「合掌」とドーンと出る。

合掌

『狂気の海』

『狂気の海』（2007）

作・高橋　洋

【登場人物】
首相夫人
真壁晋太郎　日本国首相
近藤リサ・ライス　FBI特命捜査官
精神科医
首相秘書官
アナウンサー

女王（首相夫人と二役）
家来（精神科医と二役）
神官
その妹
自衛隊隊長
自衛隊員たち
家来たち

1　ヤシの木が見える海岸

太平洋が広がっている。
波音が響く。
字幕スーパー「ハワイ」
（オーバーラップして……）

2　ポツンと浮き輪が置かれている（とある部屋）

波音が聞こえる。
神官のN「……私の名前はヘイマー」
浮き輪からパンすると、古代エジプト風の衣装を着た男（神官）が机に向かい書き物をしている。
神官のN「ヘイマー・アル・アメンホテプ……。エジプト人かって？」

ふいに顔を上げキャメラ目線で
神官「違う」
目線を下げ、書き物に戻る。
神官のN「エジプト人は我らの偉大なる一神教文明を
模倣したに過ぎない」
神官が記しているのは日本語とはほど遠い異様
な文字、神代(じんだい)文字であった。
神官のN「この聖なる文字を見れば判るだろう。そう、
我ら富士王朝こそは」
文字のアップ。
字幕スーパー「富士王朝」
神官のN「かつて全世界に号令を発し、一夜にして太
平洋に没した、あのムー帝国の末裔なのだ」
グッと無念の表情に。
神官のN「だが今や……、富士王朝の血を引き継ぐ者
は、私たった一人」
そこに同じく古代エジプト風の衣装を着た女
(神官の妹)が入って来て
妹「お兄ちゃん」
お茶を置いてゆく。
神官のN「たった二人になってしまった。私は今ここ
に、書き記さねばならない。富士王朝を破滅に導
いたあの恐ろしい災厄を。太平洋の西の端で起こっ
た未曾有の悲劇の顛末を……!」
文字を書き継ぐ手が震え……。

3 海

ドカン!と神代文字のメイン・タイトルが飛ん
で来る。
字幕スーパー「狂気の海」
続いて、キャスト・スタッフのクレジットが出
て……。
(夫人の眼が深くオーバーラップしてくる)

4 夫人の眼は何かを思い出しかけているような……

夫人「……先生、私、時々妙な夢を見るんです」

キャメラがゆっくりと引いてゆく。

夫人「薄暗い洞窟のような場所に、気味の悪い大きな何かが聳えていて、私はその前に立って、大勢の人にかしずかれている……」

そこは精神科医のオフィス。

医師はやや離れた場所に座り、メモをとっている。

医師「その大きな何かとはなんです?」

夫人「(思い出そうとするが)判りません」

医師「いや、無理に思い出そうとする必要はありません」

夫人「憶えているのは、その女の激しい憎悪です」

医師「憎悪?」

夫人「ええ、大勢の人にかしずかれているのに、女の心は少しも満たされていない。何か激しい憎悪に煮えたぎっている。いったい何なんでしょう? 自分の中にこんな恐ろしい感情があるなんて。まるで……」

医師は立ち上がり、夫人の前に座った。

医師「まるで?」

夫人「前世の因縁のような……」

医師「前世を信じますか?」

夫人「いいえ」

医師「(うなずき)そんな感情に襲われるのは、夢の中だけですか?」

夫人「そうだわ富士山に行った時……、でもこれは違う」

医師「いいえ、構いませんよ」

夫人「富士山に行った時……」

5 富士山・裾野

夫人が広野に立ち、はるか向こうに聳える富士山を不思議そうに見やっている。

(ここで富士王朝のテーマ曲が流れる)

夫人の声「あの山を見るたび、懐かしい場所に来たような……。まるで……」

医師の声「前世の因縁のような?」
　女は誰かに話しかけられたように振り向き
夫人「私はそんなもの信じないわ」

6　首相官邸・実景

字幕スーパー「首相官邸」

7　総理室

　夫人が入って来る。
　首相の真壁が振り返った。
真壁「マッチー、憲法改正の草案がやっとまとまった」
字幕スーパー「日本国首相　真壁晋太郎」
　夫人が草案を受け取る。
真壁「これが国会で可決されれば、いよいよ国民投票だ。日本は普通の国に一歩近づく」
　夫人は不思議なものを見るように、真壁を見つめていた。
夫人の声「不思議だわ。この男に初めて会った時、私は激しい嫌悪に襲われた。まるで毒虫に触れたような……。でも私は結婚した。こんな愛もあるというの……?」
真壁「マッチー?」
夫人「ダーリン、今日の新聞の世論調査を見た?」
真壁「いや」
　傍らの新聞を手に取り、開いた。
真壁「(読む)〝憲法を改正すると何かよくないことが起こりそうな気がする〟八〇パーセント、〝そんなはずはない〟五パーセント、〝よく判らない〟一五パーセント、何だこれは、完全に誘導してるじゃないか!」
夫人「ええ、でも本質は突いてるわ。国民は、憲法を変えれば何かよくないことが起こると思っている」
真壁「国民をバカにしていないか?」
夫人「ダーリン。ダーリンはずっと、国民を一つにするものが必要だって言ってたわね?」
真壁「そうだよ」

夫人「国民を一つにするものって何？」
真壁「それは（一瞬、戸惑う）、文化とか伝統とか」
夫人「天皇とか？」
　真壁は押し黙る。
夫人「明治政府が作り出した一神教はとっくに失効したわ。それに替わったのが……」

8　字幕

字幕「日本国憲法　第九条」
　（字幕はソビエトのプロパガンダ映画のようにガツン！と画面いっぱいに出す。憲法九条のテーマ曲流れて）
　憲法九条の全文が映し出されてゆき「国際平和」「戦争」「永久に」「放棄」「戦力」「交戦権」「認めない」などの文字が次々とアップになる。
夫人の声「憲法は〝平和憲法〟と呼ばれた時、宗教になった。そして死んだの。一神教が滅んで、野蛮な迷信が甦った」

9　総理室

夫人「今、国民は迷信にすがって一つになってるのよ。自分たちが何で戦争を始めたか、判らなくなっているから。いつまた同じことを繰り返すか不安でならないから」
真壁「そんな状態をこれからも続けるのか？」
夫人「愛国心を煽ったって、薄っぺらなナショナリズムしか生まれないわ。そしてアメリカに利用されるだけ」
真壁「それは言い過ぎだぞ」
夫人「ダーリン、今まで黙っていたけど……」
　そこに秘書官が飛び込んで来る。
秘書官「総理！　アメリカからＦＢＩが！」
真壁「ＦＢＩ？」
　黒い革ジャンを着た秘密警察風の女がヌッと入って来て、身分証を突き出してみせる。

字幕スーパー「特命捜査官　近藤リサ・ライス（日系四世）」
ライス「おお、やだ。日本は何処に行っても魚臭いわね」
　ガムをクチャクチャ噛んでいる。
夫人「あなた、日本人にしか見えないわよ」
ライス「私は魚なんか食べたことないわ」
真壁「それで、何の用件でしょう、特命捜査官？」
ライス「日本人はテレビばっかり見てるって聞きましたけど」
　真壁がピンと来て秘書官に
真壁「おい」
　秘書官がテレビをつける。
　一同がテレビを覗き込み、アナウンサーの声が流れて来る（画面は見せない）。
アナウンサーの声「今日午後、ロサンゼルス市内で寿司バーの視察に訪れていた大統領は、突然意識を失い、市内の病院に運び込まれました。いまだに意識は戻らず、重篤な状態が続いている模様です」

真壁「大統領が……！」
ライス「死にました。まだ発表されてませんけど」
真壁「死んだ……」
　愕然となる。
真壁「（秘書官に）すぐアメリカ政府に弔電の手配を。葬儀の日程を確かめろ！」
秘書官「はッ！」
　出て行こうとするが
ライス「アメリカ政府は日本国首相の参列を望んでおりません」
　真壁はギョッと見る。
真壁「どういうことだ？　まさか、寿司を食べたから……！」
夫人「ダーリン、落ち着いて」
　ライスはウンザリ見て
ライス「大統領の死に方は普通ではありませんでした。もう一度、私のＩＤをよくご覧になって下さい」
　身分証を突き出す。

秘書官がとくと見ると
リサの身分証には「PSYCHIC　NATIONAL　DEFENSE」とある。
秘書官「サイキック・ナショナル・ディフェンス……！」
ライス「そう、私の管轄は〝霊的国防〟」
字幕「(大きく) 霊的国防」
ライス「アメリカ政府は日本に対して巫蠱の疑惑を抱いております」
字幕「(大きく) 巫蠱」
ライス「すなわち呪殺」
字幕「(大きく) 呪殺」
ライス「巫蠱の使用は、毒ガスや生物兵器同様、国際条約で禁じられているはずです」
真壁「そんな条約……？」
ライス「さっき作りました。もはや国際常識です」
秘書官「じ、事後法じゃないか！　東京裁判と同じやり口だ！」

その反論を夫人は空しく聞いている。

ライス「太平洋戦争末期、あなた方はルーズヴェルト大統領を呪殺しましたね。表向きは病死ですが、普通の死に方じゃなかった。(笑う) 日本人はバカじゃないの？　原爆を落としたのは副大統領だったトルーマンよ」

真壁「アメリカ人までがそんな迷信を。そんなことが出来たら、我々はとっくに北の……」

夫人「(制止する) ダーリン！」

ライス「シッ！」

ライスはふいに何かを感じたらしく、室内を歩き回り霊視を始めた。

真壁たちが怪訝に見つめるなか、ライスは机に近づき、一気に引き出しを開けた。

引き出しに呪い釘の人形が入っていた。

ライスは取り出し、突きつける。

ライス「動かぬ証拠ね」

人形をテーブルの上に置き、椅子に座った。

ライス「あなた方はまたやった」
　真壁たちは信じがたく見交わした。
真壁「あり得ない。いったい誰が……！」
ライス「たぶん今度は大統領一人じゃ済まない。そうでしょ？（笑う）副大統領は就任を怖がって、ジョンベンちびっているわ。でも日本と違って、アメリカに権力の空白は許されない」
　（ここに、ケネディ暗殺直後のジョンソン副大統領宣誓式の写真を入れる。傍らのジャクリーン夫人のコートの血のアップ）
真壁「ちょっと待ってくれ、我々には何のことか……！」
ライス「副大統領はどうなろうが就任させるわ。そしてミサイルは日本に向けられる。死にたくない一心でボタンを押すかもね」
　真壁たちはゾッと凍りついた。
ライス「それが嫌なら、犯人を見つけ出すことね」
　ライスはヒラヒラと手を振り、部屋を出て行った。
夫人「ダーリン……！」
真壁「いや、これは何かの間違いだ。すぐ副大統領にホットラインを！」
秘書官「はッ！」
　部屋を飛び出してゆく。

10　字幕

字幕「副大統領は」

「電話に出なかった」

　画面いっぱいに出た字幕が次第に小さく遠ざかってゆく。

11　総理室（その夜）

　薄暗い室内。真壁と夫人はガックリと座り込んでいる。テーブルの上には呪い釘の人形が置かれたまま。

真壁「あいつら、俺たちをベトコンとしか思ってない……」
夫人「じゃあ、どう思われたかったの？」
　真壁はゲッソリした顔でヨロヨロと立ち上がる。
真壁「信じられない。さっきまでこの部屋で日本の未来を語り合っていたのに、今は破滅の淵に立っている……。マッチー、どうやって犯人を捜し出す？　いや、時間がない。俺が犯人だって名乗り出れば！」
夫人「たとえ誰を差し出したところで、同じことを考える日本人は無数にいる、彼らはそう考えるわ。彼らの恐怖心が際限なくそう思わせる……」
真壁「じゃあ日本はどっちみち……！」
夫人「(立ち上がる) ダーリン、本当のことを言うわ。私たち……」
真壁「(ハッと) 子供が生まれるのか？」
夫人「(首を振り) 私たち……、もう核兵器を持ってるの」
真壁「(愕然) 何だって？」
夫人「黙っていて悪かったけど、もう作ってしまったの。最近、地震が多かったでしょ。地震国日本だから出来た離れ技よね」
真壁「何で首相の俺が知らないんだあ！」
夫人「とても、恐ろしいことを考えていたの」
真壁「恐ろしいこと……？」
夫人「核ミサイルを横須賀の米軍基地に撃ち込む。何処かの国のせいにして。三度目の核攻撃を受ければ、国民はついに目覚める。あなたの思った通りの政策が実行出来る」
真壁「マッチー、おまえ……！」
夫人「あなたには信じられないでしょ？　でも政治の世界では誰も信じられないことをやった方がうまくいくの」
　真壁はガックリ膝をついた。
　夫人は歩み寄り、真壁の頬を撫でる。
夫人「ダーリン、今こそあなたの決断が必要よ。世界に向かって核保有を宣言するの。そうすれば、アメリカも手出しが出来なくなる」

真壁「国民への裏切りだ！」

夫人「計画とは違ったけど、これで国民は一つになれる。今しかないの。やるのよ！」

ハッとテーブルの人形を見た。

夫人「これは！」

つかみ上げ、裏側を見る。盗聴器が仕掛けられていた。

隣の部屋からウワッ！と悲鳴、バン！と銃声が起こり、ドアからヨロヨロと秘書官が倒れて出てくる。

拳銃を手にしたライスが入って来た。

ライス「(耳からイヤホンを外し)やっとゲロったわね」

素早く真壁を引き立て、こめかみに拳銃を突きつけた。

ライス「さっそくそのミサイル基地に案内して貰うわ」

夫人「……そういうこと」

手にしていた人形を捨てる。

ライス「大統領が食中毒で死んだのは本当よ。寿司なんか食べるから」

真壁「マッチー、絶対こんな奴に教えちゃダメだ！」

夫人「ええ、教えないわ」

ライスは拳銃で殴りつけ、真壁は気絶した。

夫人に拳銃を向けるが

夫人「核を持った以上、どう脅されようが立場は対等よ。国に帰ってそう伝えなさい。あんたの仕事は終わり」

ライスは不敵に笑って、拳銃をしまった。

ライス「あんた、大したタマね」

背を向け、戸口に去りかけて。

ライス「普通の国になって、日本はどうするつもり？」

夫人「そんなものになる気はないわ」

ライスは怪訝に見返す。

夫人「(ふと遠くを見て) 私たちには憲法九条の理想があるわ (憲法九条のテーマ曲流れる)。戦争が生み出した、狂った理想……。私たちは九条の理想を裏切ったその時に、自分たち自身の上に核を落とすの。眼の前に死をぶら下げて、私たちはやっと一つになれる……。私たちは普通の国になんかもうなれないの」
ライス「……いいこと教えて上げるわ。あんたがたの気象衛星、あれ、アメリカが打ち上げてやったの。本当は気象衛星じゃないわ」
夫人「どういうこと？」
ライス「あんたがたがバカなこと始めたらいつでも天罰が下せるように、とっくに頭の上に用意されているのよ。傑作よ。衛星にはあんたがたの神様の名前をつけておいたわ」
　夫人はハッと天井を仰ぐ。

12　星空にキャメラがガッガッガとポン寄りを重ね
　衛星が見えて来る。
　その胴体には「AMATERASU」の文字。

13　総理室（夜）
　ライスがポケットから注射器を取り出し、夫人の腕に突き立てた。
　夫人が悲鳴を上げる。
ライス「（耳元に）自白剤よ」
　夫人はガクッとくずおれた。

14　車中（夜　いわゆる停め撮り）
　夫人がハッと眼を覚ました。
　手錠を後ろ手にかけられ、後部座席に寝かされている。
　真壁がハンドルを握り、ライスは助手席から拳銃を突きつけていた。
夫人「……私、何もかも話したの？」
真壁「ごめんよ、マッチー。僕はどうしても君を犠牲に出来なかった」
　夫人は背中に触れるものを感じた。

ソファの隙間に携帯電話が挟まっている。
夫人は身を起こし座り直す。
ライスが警戒して見ている。
夫人「……知られた以上はしょうがないわ、ダーリン」
後ろ手につかんだ携帯をカチカチと操作していた。
その画面は
「標的　横須賀からワシントンD.C.に変更」

15　車道（朝）

車が走ってゆく向こうに、富士山が聳えている。

16　車中（朝　停め撮り）

ライスが富士山を見やる。
ライス「あんた、妙なこと話してたわね。自分がどこかの国の女王になってるとか」
夫人は身を起こし、不思議そうに富士山を見やった。

夫人「女王……」
（富士王朝のテーマ曲が流れる）
ライス「本当はこの男が毒虫のように嫌いだとか」
夫人「（胸を突かれて）ダーリン……！」
真壁「マッチー、いいんだよ。僕は結局、君を裏切ってる」

17　茂みの近く

車が停められ、一行は茂みの中に入ってゆく。
夫人と真壁がそれぞれ手錠姿で前を歩かされている（手錠は後ろ手から前に直されている）。
夫人「ねえ、ライス」
ライス「何？」
夫人「アメリカは何でそんなに日本を恐れるの？」
ライス「別に恐れてるわけじゃないわ。当然の手を打ってるだけ」
夫人「原爆を落としたのが後ろめたいんじゃない？」
ライス「（笑う）後ろめたい？」

夫人「そうよ、あなた方は自分たちが作った幻影に怯えているだけ。そんなに幻影が怖いのなら、一度、自分の国にも落としてみたらいいんじゃない？」
ライス「もう黙って」
夫人「きっと、その時私たち判り合えるのよ」
ライス「（英語の発音で）ＳＨＵＴ　ＵＰ！」
夫人はわざとよろめいて、真壁にもたれた。
夫人「（ささやく）車の中に発射スイッチがあるわ」
真壁がギョッと見た。
夫人「スイッチはダーリンにしか押せないの。お願い」
真壁は真意を悟り、青ざめる。
夫人「私たちの子よ……！」
真壁はグッと気圧された。

18　ミサイル基地・内部

一行が手すりの前に出て、見上げると眼の前に巨大なミサイルが聳えていた。
ライス「たいそうなもの作ってくれたわね」
夫人「私たちも名前もつけたのよ、アメリカ流に。傑作よ、知りたい？」
ライス「興味ないわ。じゃあ、残念だけど（拳銃を向けると）」
やにわに真壁は夫人をライスに突き飛ばした。
とっさにライスは発砲するが、狙いが逸れ、真壁は逃げる。
逃げようとした夫人も撃たれ、ライスはなおも真壁を追って撃ち続けるが、取り逃がす。
ライスが戻ってくると、夫人は傷口を押さえ荒く息をついていた。
ライス「まあ、いいわ。他の奴に始末させる。けっこうな亭主をもったわね」
夫人「（苦しい息で）あんたは逃げないの？　あとはアマテラスが始末するんでしょ？」
ライス「アマテラスにも一つ欠点があるの」
夫人がえッと見る。
ライス「標的がいる所にしか撃てないのよ」

夫人「標的？」
ライス「私が標的」
夫人「……とんだ神風ね」
ライス「そう、とんだカミカーゼ」
　腕時計からアンテナを伸ばし、叫んだ。
ライス「アマテラス！」

19　軌道上

　衛星アマテラスがガクン！と音を立てて変形を開始してゆく。

　羽根のようなものが広がり、太陽光線を受けてギラギラと光り始めた。

　眼下に日本列島が見える。

20　ミサイル基地

　夫人がハラハラと見守っている。

　ライスの腕時計から機械の声が流れる。

機械の声「パスワードを入力して下さい。パスワードを入力して下さい（反復が続く）」

　ライスはいらだちながら懐から文書を取り出した。「ＴＯＰ　ＳＥＣＲＥＴ」と記された封がしてある。

　封を破るライスの背後で、夫人がヌッと立ち上がり、迫ろうとしていた。

　ライスがふいに拳銃を抜き、振り返る。

　釘付けになった夫人の眼に憎悪が光った。

　銃声が響き、夫人はその場にくずおれた。

　ライスはパスワードが記入されたカードを取り出した。カードには
「ＴＨＥ　ＰＯＷＥＲ　ＯＦ　ＣＨＲＩＳＴ　ＣＯＭＰＥＬＳ　ＹＯＵ」

字幕スーパー「キリストの力が汝を倒す」

　ライスがフッと嘲笑を浮かべた時、轟音が起こった。

　ミサイルが上昇し始めていた。

夫人の声「ははははは！　ははははは！」

夫人のこと切れた表情に、何故か笑い声だけが響き渡る。
ライスが信じ難く見ると
上昇してゆくミサイルの胴体には「LINDA BLAIR 1」の文字。
字幕スーパー「リンダ・ブレア1号」
ライス「(腕時計に向かい) ザ・パワー・オブ・クライスト・コンペルズ・ユー!」
機械の声「発音が違います」
ライス「(ギョッと焦って) ザ・パワー・オブ・クライスト・コンペルズ・ユー!」
機械の声「発音が違います」
ライス「何で? 私は生粋のアメリカ人よ!」
機械の声「発音が違います」
その間にも、ミサイルは上昇してゆく。
夫人の声「ははははは! ははははは!」
手錠されたままの腕に笑い声が響き渡る。
ライスはミサイルを見上げながら、息を吸い瞑目した。カッと眼を見開き、腕時計に叫ぶ。
ふいに得体の知れぬ老人の声とかぶって
ライス「ザ・パワー・オブ・クライスト・コンペルズ・ユー!」

21 軌道上

ふいにアマテラスが起動、レーザーが発射された。

22 富士山・裾野

真壁が飛び立ってゆくミサイルを見上げていた。
(足下には発射装置らしきアタッシュ・ケースが転がっている)
やにわに空からレーザーが降り注ぎ、基地のあった場所から爆発が起こる。
真壁「マッチー……!」

23　字幕

字幕「その時」
　「富士山麓はるか地下」
　「富士神都では」

24　富士神都

巨大な神像の前で祭祀を行っていた女王がふいに胸を押さえ、家来たちがざわめいた。
(女王は夫人とそっくりである)
家来「女王様！」
(家来は精神科医そっくり)
神官の妹「いかがなされました！」
女王「わらわの胸から、今何かが……！」

25　軌道上

アマテラスがさらに複数のレーザーを発射した。

26　富士山・裾野

幾本もの光の柱が着弾、裾野一帯で爆発が起こり、真壁は転び逃げ惑う。

27　富士神都

突然、洞窟全体に震動が響き渡り、土砂がこぼれ落ちる。
女王「何事か！」
神官が馳せ参じて来た。
(何故か肩から浮き輪をかけている)
神官「申し上げます！　ただ今、富士山麓にて大規模な攻撃が始まった由にございます！」
女王「さては、今しがたのは、その兆し……！」
神官「御意！　ついに我らが富士神都の位置が地上に知れたかと」
女王「おのれ！(呪い釘の人形を手に取り)わらわが呪殺の企てに早くも気づきおったか！(人形を捨てスッと指さす)富士を噴火させよ」

神官「女王様、そのような！　地下のマグマがいかなる誘発を起こすか！」
女王「構わぬ！　地上の者どもに我らが力の偉大さを見せてくれん！」
家来「（青ざめ首を振り）女王様……！」
女王「レバーを下げよ！」
　家来は、恐る恐る傍らにあったマグマ制御用のレバーを握り、ゆっくりと下げてゆく。レバーの途中に「富士山噴火」のディンジャラス表示が（神代文字で）されている。
字幕スーパー「富士山噴火」

28　富士山が大噴火した

29　字幕

字幕「その時」
「自衛隊は」
「演習中だった」

30　富士山麓・裾野

　呆然と噴火を見上げていた真壁に、木の枝で迷彩した自衛隊員たちが近づいて来る。
真壁「（怪訝に見て）森が動く……」
「ふん！」と手錠をぶち切っていた。
隊長「総理！　総理ではありませんか！　どうしてこのような所に？　早くお逃げ下さい！」
　真壁は富士山を指さした。
真壁「撃て……」
隊長「え？」
真壁「あの山を黙らせろ！　山の形が変わるまで、ありったけのミサイルぶち込んだれーッ！」
隊長「（無線マイクに）撃てーッ！」

31　富士山に集中砲火が浴びせられ

　ますます噴火は激しくなる。

32　富士神都

激しい震動に見舞われている。

神官「女王様、これ以上は！」

その妹「どうか、お止め下さい！」

女王「ええい、もっとじゃ！　もっとレバーを下げよ！」

だが、家来はビクついて、レバーを下げることが出来ない。

女王「判らぬか！」

思わず拳銃を抜き、踏み出そうとした。

神官「おやめ下さい！」

神官が女王の腕を取ろうとする。

女王「放せ！」

神官は銃口を自らの額に向け

神官「まず私めを、ヘイマーをお撃ち下さい！」

女王「ほざくなーッ！」

神官、いきなり銃口を外し、家来が銃弾にのけぞる。

しかし女王も神官も気づかず、なおももみ合う。

女王「死ね！　おまえだけは死ね！」

神官「お許し下さい！　お許し下さい！」

妹「ああッ！」

と気づいて指さす。

女王と神官もあッと見る。

倒れた家来がレバーにもたれ、レバーを最下部まで押し下げていた。

レバーの最下部には「フォッサ・マグナ分断」のディンジャラス表示が！

字幕スーパー「フォッサ・マグナ分断」

女王の顔色が変わった。

33　富士山は大爆発を起こして飛び散った

34　富士神都

激しい震動の中

女王は恍惚の表情で神像を見上げていた。

その前に巨大な神像が崩れ、倒れかかってゆく……。

35　**日本列島**

フォッサ・マグナに巨大な亀裂が走り、激しいフラッシュが炸裂する。

巨大な渦の中に日本列島は呑み込まれていった。

神官のN「こうして偉大なるムーの末裔はまたも太平洋に没した。ついでに日本も……」

渦の中に小さな点が見える。

近づくと、それは浮き輪につかまった神官と妹だった。神官は妹を突き放そうと見苦しい……。

36　**冒頭の部屋**

神官が記録をつけている。

神官のN「ひょっとして私のせいだろうか？　いや、それは思い過ごしというものだろう」

筆を置き、お茶を一口飲む。

再び筆を手に取り

神官のN「私に残された使命は、富士王朝の血を絶やすことなく……」

ふいにブッ！と吐血し、机に突っ伏し動かなくなる。

妹がその様子を冷然と見ていた。

妹はお茶を盆に戻し、立ち去ってゆく。

キャメラ、パンすると世界地図が見える。

妹のN「こうして日本列島は……」

37　**日本海の地図（英語）が映し出される**

妹のN「世界の地図から消えた」

地図から日本列島の姿が消え、「JAPAN SEA」の文字のみが残る。

妹のN「国際地理学会では、「JAPAN SEA」に代わって「KOREAN SEA」の名称が検討されたが、韓国側はこれを拒否。いつしかこの海は、誰が言うともなく「SEA　OF　MADNESS」と呼ばれ、いかなる国の船も立ち入ろうとしなかったという……」

「JAPAN　SEA」の文字が「SEA　OF　MADNESS」に変わる。

神代文字の「おわり」が迫る。

字幕スーパー「終」

終

『恐怖』

『恐怖』（2009）

作・高橋　洋

【登場人物】

太田かおり（23）
太田みゆき（26）　かおりの姉

間宮悦子（49）　女医

本島和之（30）　大学病院医師
雅美（35）　悦子の助手
服部（30）　悦子の助手
久恵（40）　悦子の助手
平沢（50）　刑事
太田行雄（40）　かおりたちの父親

理恵子（22）　被験者
和志（28）　被験者
拓巳（26）　被験者
向かいのマンションの男
松井　若い刑事
悦子の助手たち
警官たち
記録フィルムの被験者・医師たち
白人の女
少女時代のかおり（6）
少女時代のみゆき（9）

1　薄暗い部屋へ（17年前）

悦子（49）が16ミリ映写機にフィルムをかけている。

夫の行雄（40）が背後に現れ、錆び付いたフィルム缶を見た。その傍らには古びたガリ版刷りの資料。

悦子「取り壊した病棟の地下室で見つけたの」

行雄は資料をめくり、悦子を見やった。

悦子「あなたも見て」

行雄は悦子を見つめ返し、スクリーンに向った。

映写が開始された。

古い傷んだモノクロフィルム。冒頭に示されたボードには、実験番号や病棟名らしきものが手書きで記入されている。

悦子「戦前の、満州で撮られたフィルム」

病室らしき場所でアジア系の男たちと白人女性が一人、医師たちと談笑している（サイレント）。

悦子「被験者は満州族、白系ロシア人、日本人も混ざっていた」

行雄の顔に嫌悪が浮ぶ。

被験者一人一人の顔が映し出される。

場面が変わって、手術台。

頭蓋骨の一部を外され、脳組織をむき出しにした被験者たちが横たわっている。

被験者たちの表情はいくぶんこわばっているが、マスクをつけた医師たちに笑顔で受け答えしたりしている。

脳組織の側面がアップになる。

「シルビウス裂」と古風な字幕スーパーが出ると同時に、ブツブツと古い録音のノイズが走り

実験者の声「側頭葉、シルビウス裂」

行雄はジッと見入っている。

脳組織に電極が当てられる。

当てられているのは白人女だ。

「あー、あー、あー」と白人女の調子外れの歌声が響いた。

白人女は医師たちと何か言葉を交わしているが、よく聞き取れない。

別の日本人らしき男は、ひきつった顔で虚空を見ていた。

男「先生！　私が、外にいます！　私を見下ろしてる！」

悦子が資料を手に行雄の隣に座った。

行雄「体外離脱の幻覚を起こしている。幻覚体験に過ぎない」

悦子「ええ、ここまでは」

蜘蛛が足を広げたような奇妙な器具の図面を示した。

行雄がギョッと悦子を見る。

悦子「彼らは私たちと同じことを考えた」

実験番号を記した別のボードが示される。

サイレントの画面。廊下の奥から頭に包帯を巻いた先ほどの白人女がやってくる。微笑んでいるが、眼つきに何かゾッとする感じがある。


とある部屋。白人女が椅子に座る。傍らには、やはり頭に包帯を巻いた男二人が腰掛けている。

三人は部屋の一隅をジッと凝視し始めた。白人の女がこめかみに手を当てる。

悦子「何かを見ている……。私たちに見えない何か」

被験者三人が見つめる部屋の一隅が、三人の背後から映し出されている。

次第にその一隅に、白く発光する何かが現れた。

驚きの眼でスクリーンに見入る行雄。

悦子が行雄の手を強く握った。

悦子「幻覚じゃない。キャメラが捉えた現実よ！」

白く発光する何かは明滅を繰り返しながら、次第に大きくなり、悦子たちを照らし出す。

背後に物音が起こった。

悦子がギョッと振り返ると、起き出したらしいかおり（6）とみゆき（9）の姉妹が部屋に入って来ていた。

少女のみゆき「お母さん……」

　姉妹の眼がスクリーンの白い光に奪われた。

悦子「(立ち上がって) ダメよ！　ベッドに戻りなさい！」

　遮ろうとする。

　立ち上がった行雄に白い光が照り返している。

悦子「みゆき！　かおり！」

　姉妹は白い光の明滅に釘付けになっていた。

　かおりの瞳に深くオーバーラップして……。

2　現在のかおりの瞳に（かおりの夢）

　そこはとある部屋。

　喪服姿のかおり(23)が窓辺に立っている。

　ふっとこめかみを押さえる。

　かおりは怪訝に室内を振り返った。

　机の上のパソコン。

かおりの声「この部屋……？」

　急に時計の音が際立ち、机の傍らのデジタル時計の日付（◯月◯日）に吸い寄せられる。

　窓外で光が動いた。

　ベランダの向こうの建物に光が反射し、異様にギラつきまたたいている。

　かおりは不安に駆られてくる。

かおりの声「姉さんに電話しないと……！」

　寝室の方へ向かおうとする。

3　マンション・みゆきの部屋

　置かれたままの携帯電話が鳴り続けている。

　壁にかけられた鏡が寝室を映し出している。

4　みゆきがボンヤリと立っている

「みゆきさん、ですか?」と声がする。

みゆき(26)がハッと我に返ると、眼の前に三人の若者が立っていた。いずれもバックパックを背負った軽装。そこは人気のない郊外の駅前。

みゆき「ええ。そうです」

三人は笑顔になって
和志「どうもカズシです」
拓巳「タクミです」
理恵子「リエコです」
みゆきも曖昧にうなずく。
和志「心配しちゃいましたよ。ホームに降りたら三人しかいなくて。ハットリさん、一人でも欠席なら中止にするって言ってたから」
みゆき「すいません。一本早い電車で来ちゃって」
そこにワゴン車が乗りつけて来た。
窓から服部(30)が顔を出した。
和志「あ、カズシです」
服部「ハットリです。どうも」
みゆきたちがワゴン車に乗り込んでゆく。

5　ワゴン車が山道を走る

6　車内

誰かが冗談を言ったらしく、みゆきたちが笑い崩れている。

7　車道から外れた細い道に

ワゴン車は入り込み、その奥まった空き地に乗りつける。

8　空き地

ワゴン車が停車した。

服部が一同にうなずき、拓巳(26)がドアを開け、降りてゆく。和志(28)たちが続く。

服部たちが周囲の景色を見ながら、伸びをしている。

理恵子(22)が見ると、みゆきは一人、茂みの中に入って行った。

理恵子がみゆきの傍らにやって来る。

みゆきは森の奥を不思議そうに眺めていた。

みゆきも理恵子に気づいた。

理恵子「何を見てるんですか？」
みゆき「子供の頃を思い出して」
　ふっと理恵子は寂しい眼になる。

×　　×　　×

　みゆき、理恵子、拓巳が手分けをして、窓ガラスに目張りのテープを貼ってゆく。

　服部と和志はトランクを開け、シートに包まれていた練炭コンロを運び出してゆく。

　練炭コンロが、服部のいる運転席、和志、拓巳のいる二列目、みゆき、理恵子のいる最後部にそれぞれ設置されてゆく。

和志「閉めるよ」

　勢いよくドアが閉められ、ロックされる。

　外界から遮断された一同がシンとなった。

　服部が睡眠薬の錠剤を取り出し、和志たちに回してゆく。

　行き渡るのを待って、服部が一同を見る。


服部「今から僕らは、自分自身に死刑を執行するわけですが」

　和志と拓巳はその言い回しにクスッと笑う。

服部「（笑う）そういうことだよね？　何か言うことは？」

　みゆきは黙って手にした錠剤を見つめている。

理恵子「……自殺した人って何処に行くんですか？　とても怖いところに行くって言うよね？」

　みな、黙っている。

服部「何処にも行かないよ。ただ消えるだけ」

　理恵子は静かにうなずいた。

　服部が錠剤をかざし呑み込んだ。

　それを合図に一同も錠剤を呑み込む。

服部「つけるよ」

　練炭に火をつけてゆく。

　和志とみゆきも火をつける。

　火をつける手元を理恵子がジッと見ている。

　みゆきが理恵子を見た。

みゆき「……降りたい？」

和志と拓巳がハッと窺う。

理恵子は一瞬、ためらうが首を振った。

みゆきは火をつけると、見つめる理恵子から顔をそむけ、椅子に深くもたれた。

車内に陽炎のような空気のゆらめきが立ちのぼる。

誰も眼を合わせようとはしない。

みゆきは窓外の景色を見つめていた。

思わず息をつく。その吐息が不思議に大きく高まってゆく。

空き地にポツンと停まったワゴン車……。

9　みゆきが眼を醒ました

ギクッと身を起こすと、自分は簡易ベッドの上に毛布一枚で横たわっていた。

殺風景なガランとした部屋。窓もない。

暗がりに電気ストーブの赤い光だけが、みゆきを見つめるように浮かんでいる。

みゆきはふいにゾクッとした。自分の体に思わず触れてみる。

時おりダクトの振動するような音が遠くから聞こえて来る。

一体ここは……。

ガラガラと台車の転がるような音が遠くから近づいて来た。

音はドアの前に止まり、鍵を回す音がする。

みゆきは身を固くしてドアに見入った。

ドアから入って来たのは、看護婦姿の雅美(35)だった。診察用のカートを押している。

みゆきは思わずホッとするが、雅美は何か珍しい動物でも見るようにみゆきを見つめている。

みゆきの腕を取り、血圧を測り始めた。

雅美「私、今、何してる？」

みゆき「？　血圧を測って……」

雅美「ああ、看護婦に見えてるんだ。そういう人、多いよね。たいがいみんな、病院だと思うみたい」

カルテに血圧のデータを書き込んでゆく。

みゆき「……違うんですか？」

雅美「あなた、死んだのよ」

みゆきは呆然となった。

雅美「そういうもんよ。死なれた方だって実感がなくて、みんな困っちゃうんだから」

みゆきの肩に手をかけた。

雅美「大丈夫よ。じきにチャンと見えるようになるから」

その言い方が妙に恐ろしい。

雅美は立ち上がり、カートを戸口に押した。

雅美「付いて来て」

みゆき「え？」

怪訝に立ち上がる。

雅美「あ、スリッパ」

カートからスリッパを取り出し、みゆきの足元に置いた。そういえば、みゆきは裸足である。

10　廊下

薄暗い殺風景な廊下。

みゆきは戸口に自分の靴が置かれているのに気づいた。

カートを押す雅美の後についてゆく。

廊下には同じようなドアが並び、時おり靴が置かれている。おそらく和志たちの……。

みゆきはゾッと見た。

カートを押すガラガラという音が響き渡る。

11　とある部屋（霊安室）

雅美が立ち止まり、ドアを開けた。

雅美「一応、見るのが規則だから」

みゆきが怪訝に室内に入ると、正面に白木の棺が置かれている。

棺の上には彼女のバックパックが遺品として置かれ、線香立てから煙がたなびいている。

みゆきは恐る恐る棺に近寄る。
棺の蓋が顔が見えるようにずらされている。眠るようなみゆきの死に顔が見えた。
みゆきは不思議なものを見るように、死体から眼を離すことが出来ない。
背後に雅美が立った。

みゆき「私たち、もう見つかったんですか?」
雅美「(首を振る)まだ車の中。こんな奇麗な恰好じゃ見つからないでしょうね」

12　雅美が廊下を歩く

看護士姿の助手とすれ違う。

13　監視室に

雅美が戻って来る。
室内には、悦子や助手の服部たちがいた。
悦子はみゆきの身分証を見つめていた。大学病院の研修医のＩＤ。
悦子はジッと見るが、そのまま検査データをめくり、眼を通してゆく。

悦子「もう一体の女は? どうなの?」
雅美がもう一人の看護婦、久恵(40)を見やる。
久恵「ショックで何もしゃべりません」
悦子「(データを見て)え、この子、処女?」
久恵「はい」
悦子が興味を惹かれ、モニターを見る。
食事にも手をつけず、放心状態の理恵子がこちらをボンヤリ見ている。(モニターはすべてモノクロの画面)
悦子「ダメよ、食べさせなきゃ」
隣の三台のモニターにはそれぞれの部屋にいる和志、拓巳、みゆきの姿が映し出されていた。
モニターの中のみゆきが食事のトレイに手を伸ばしてゆく。

14　元の部屋(隔離室)

みゆきはパンを口に運んだ。
ゆっくり咀嚼し、呑み込んでゆく。急に吐き気がこみ上げた。
いきなり室内の真俯瞰で
メイン・タイトル。
苦しげにみゆきが吐いている。
以下、適宜クレジットが続く。

15　空き地（時制がさかのぼって）

ポツンとワゴン車が停まっている。

そこに黒いバンが乗りつけて来た。

ワゴン車の運転席にいた服部が身を起こし、バンに手を振る（服部はいつの間にか口に酸素吸入用のマスクをはめている）。

服部がドアを開けると、バンから降り立った雅美、久恵、男の助手たちが気を失った和志たちを担ぎ出し、バンに収容してゆく。

バンから降り立った悦子がその様子を見ている。

悦子はバンの後ろに回る。

雅美と久恵が収容された人々に手早く酸素マスクを付けている。

悦子は脈や瞳孔を確認し、雅美たちとうなずき合う。

みゆきを見たトタン、悦子はハッと動きを止めた。

雅美たちが怪訝に見るが、悦子はみゆきから眼が離せない。

ワゴン車では服部たちが練炭コンロを外に出し、練炭を蹴り潰してゆく。目張りも手早く剝がされ、窓が開けられてゆく。

悦子も振り切って、みゆきに酸素マスクをつける。

まったく会話のない、訓練された救急隊員のような動き。

収容を終えたバンが来た道を走り去ってゆく。

残った久恵や助手たちが練炭コンロをトランクにしまい、ワゴン車に乗り込んだ。服部の運転でバンの後を追ってゆく……。

（以上の動きいっぱいで、クレジット終了）

16　廊下（数日後）

ストレッチャーに乗せられたみゆきを雅美や助手たちが運んでゆく。みゆきはすでに麻酔をかけられ、昏睡している。

手術室から出てきた服部や久恵たちが押すストレッチャーとすれ違った。頭に包帯を巻かれた和志がうっすらと眼を開けている。

雅美はゾッと見送り、ストレッチャーを押してゆく。

17　手術室に

ストレッチャーが運び込まれる。

悦子は血で汚れた手術衣と手袋を新しいものに替えている。

ストレッチャーから、みゆきの体が手術台に移され、革ベルトで固定されてゆく。

みゆきの頭の周囲には固定器が取り付けられてゆく。

雅美はすばやく手術衣に着替え、手袋をつけて手術に加わる。

悦子はみゆきの髪をまさぐり、いきなり側頭部にメスを入れた。

溢れ出る血を雅美たちが拭き取ってゆく。

頭皮が毛髪ごとベロリとめくられ、クリップで止められて、頭蓋骨が現れる。

ドリルの音がうなり、頭蓋骨に穴が開けられてゆく。小型の電気ノコギリが穴と穴の間を走ってゆき、頭蓋骨の一部が取り外された。

硬膜も切除され、脳組織が露になる。

悦子「（マスクを外し）この子は起こして。話したいことがあるの」

雅美は怪訝に見るが、麻酔の点滴を止め、腕から針を抜いた。

みゆきの目蓋が動いた。

悦子「みゆき、私が判る?」

その声にみゆきはハッと眼を開けた。

覗き込む悦子の顔が次第にハッキリ見えて来る。

みゆき「……? 母さん……?」

雅美たちがギョッと悦子を見る。

悦子「こんな形で会うなんて思ってなかった」

みゆきが眼を動かした。ちょうど入ってきた服部と眼が合い、ハッとなる。服部も眼が合ったことにギョッとなっている。

悦子「おまえには教えるわ。ここはあの世なんかじゃないの」

みゆき「……!」

思わず頭を動かそうとするが出来ない。

悦子「医者の卵なら、シルビウス裂のことは知ってるでしょ。電気の刺激を与えると幻覚が見える」

悦子が電極を手に取り、脳組織に差し込んだ。

みゆきの眼が見開かれる。

悦子「そんなプログラムが何で脳に仕組まれているか、不思議に思わない? 合理的な進化のプロセスでは説明がつかない。そこに進化の新しい可能性があるの。人間の、霊的な進化の。(助手に)もっと上げて」

助手が電圧を上げ、電気音が高まってゆく。

ふいにバン!と衝撃が走り、手術室の天井にみゆきの姿が浮かび上がった。

みゆきはまるで鏡を見つめ合うように、手術台のみゆきを見下ろしている。

手術台のみゆきが眼を見開き絶叫した。

みゆき「あああ、あああああ!」

悦子「自分の姿が見えるのね? 見えるのね?」

みゆきは恐怖に必死に身もだえしようとする。

悦子「それは脳が見せる幻覚。私たちはその先に行くの」

雅美がトレイから奇妙な器具を取り出した。

スイッチを押すとシャッ！と瞬時に蜘蛛のような足が伸び、再び器具の内部に収納される。

その様子を天井に浮んだみゆきが見て、懸命に首を振っている。

みゆき「それは何？　何をするの！」

悦子「人間には見えないものをおまえは見るの。私たちの世界の外側の、現実を」

みゆき「止めて……！　止めて！」

悦子「生まれ変わりたかったんでしょう？」

悦子が電極を抜き、その奇妙な器具を脳組織の奥に埋め込んだ。

シャッ！と音が走り、みゆきの体が震える。

その瞬間、天井に浮かぶみゆきが絶叫を上げ、バン！とかき消えた。

雅美たちがみゆきを窺う。

みゆきは虚空を見つめたまま、ゆっくりと周囲を見回し、雅美たちの方を見た。

雅美たちは思わずゾッと身を引く。

悦子「まだ何も見えてない。脳が色彩の粒子を処理するのにもう少し時間がかかる」

みゆきの主観。パステル画のような色彩の叛乱が次第に落ち着き、かろうじて雅美たちの輪郭が浮かび上がる。光っている部分が異様にギラついている。

悦子「……縫合」

雅美たちはハッと縫合の準備にとりかかる。

18　大学病院・庭（数日後）

かおりがキャリーケースを引きずりながらやって来る。

立ち止まり、紙を取り出す。地図を見ているらしい。

声がする。「太田かおりさん、ですか？」

かおりが見ると、本島和之(30)が立っていた。

かおり「はい」
本島「本島です」
かおり「すいません。ずっと連絡役をお願いしてしまって」
本島「こっちです」
案内する先にベンチが見える。
本島「研究室はごった返してますから。僕もみゆきさんも研究棟と外来を行ったり来たりする毎日で」
ベンチで待っていた男(50)が腰を上げた。
本島「(紹介する)警察の」
平沢「平沢です」
かおりは緊張してうなずき、座った。
平沢「さっき妙なことを聞き込んだんですがね。みゆきさんのマンションの向かいの住人なんですが、みゆきさんの部屋に誰かいるのを見たって言うんですよ。夕べ遅くに」
かおり「姉だったんですか?」
平沢「いや、そうとは決まってない。(本島に)あなた、夕べ、部屋に入ってないよね?」
本島「ええ、行ってません」
平沢「うん……。あ、お預かりした」
若い刑事の松井からノート・パソコンを受け取り、置いた。
平沢「一応、調べさせましたがね、ここ半年ばかりの履歴が全部削除されてます。削除したのは、みゆきさんと連絡がつかなくなった当日、○月○日の朝です」
かおり「削除したって……?」
平沢「自分で消したとしたら、何か知られたくないサイトにでもアクセスしていたか。あるいは誰かにそう言われたか」
そう言いながら、二人の反応を窺っている。
かおりの表情に不安が浮かぶ。
平沢「これからお姉さんのマンションに?」
本島「僕が案内します」
平沢「ちょうどいい。もう一度、向かいの住人に当たってみましょう」

19 マンション・廊下（五、六階ぐらいの高さ）

住人らしき男が向かいのマンションを指さしながら、平沢たちに話している。

平沢「あの窓に立っていた？」
男「ええ」
平沢「もう一度見て貰える？」

みゆきの写真を取り出し、男に見せた。
かおりはカーテンが開いたままの窓をジッと見ている。窓ガラスにギラついた光が反射している。

男「ちょっと……。部屋の奥にもう一人いたみたいな」

かおりと本島が怪訝に見た。

平沢「もう一人？　何でそれさっき言わないの？」
男「……すいません」
平沢「そのもう一人は、男、女？」
男「（はっきり言えない）」
平沢「あんた、本当にあの窓を見たの？　他の部屋じゃなくて？」

男は困惑している。

平沢「（かおりたちを振り返り）ちょっと向こうの部屋に立って貰えませんか？」

かおりがえっとなる。

20 みゆきのマンション・廊下

階段を上がってきたかおりと本島が、みゆきの部屋の前に立つ。
本島はたまっている新聞を引き抜くと、鍵を取り出し、ドアを開けた。
かおりを先に促す。

21 みゆきの部屋

上がり込んだかおりは、室内の様子を不思議そうに見た。そこはS2の夢で見た部屋。
寝室を覗き込むと、置かれたままの携帯電話……。

かおりは異臭を感じた。

かおり「この臭い……」

本島の携帯電話が鳴った。

本島「(電話を受けて、かおりに)もっと窓に近づいて」

かおりが窓に近づくと、S2と同じようにベランダの向こうの建物がギラつきまたたいている。

かおりはゾッと立ち尽くす。

向かいのマンションの廊下に、携帯を手にした平沢と男が見える。

22　向かいのマンション・廊下

窓辺に立ったかおりの姿が見える。

男「あの部屋です」

平沢「そのもう一人って、この中にいませんか?」

理恵子、和志、拓巳の写真を男に見せた。

平沢「どうです?」

男「あの部屋、真っ暗だったんですよ。なのに、女の姿だけボウッと明るく見えて。そんなことってあるんですか?」

平沢は怪訝に男を見た。

23　みゆきの部屋

平沢が浴槽の蓋を開け、戻ってくる。

平沢「何か臭いませんか?」

本島「ええ」

平沢「閉め切ってたせいかな」

窓に近寄り、サッシを開けた。

路上に停まっていた黒いバンが走り去った。

平沢は何か気になる。

×　　×　　×

平沢が玄関で靴を履いている。

平沢「しばらくこちらに滞在される?」

かおり「姉から連絡があるかも知れませんから」

平沢「うん。とにかく誰かこの部屋に入ってる可能性がありますからね。お姉さんならいいけど、鍵は取り替えた方がいいでしょう。今夜のところはチェーンロックをかけて」

そう言いおいて、出て行った。

かおりと本島が残される。

本島はノート・パソコンを取り出し、机に戻した。

かおりはマジマジと机を見た。パソコン、デジタル時計……。

本島「どうしたんですか?」

かおり「この部屋、夢で見たんです」

本島「え?」

かおり「姉が行方不明になった日から、何度も。見るたびにハッキリしてきて」

本島は怪訝に見ている。

かおり「夢が、ずっと続いているみたい」

ゾクッとする。

かおり「……姉は、自殺したと思いますか?」

本島「何でそんなこと聞くんです?」

かおり「パソコンの履歴が消されていたって。そういうサイトがあるんでしょう?」

本島「みゆきさんはそんな人じゃないですよ」

かおり「……この臭い」

本島「ええ」

かおり「血の臭いみたい」

24 マンション・外（夜）

かおりがスーパーの袋を手に帰って来る。

尾行していた雅美が路上の黒いバンに乗り込み、運転席の服部に

雅美「みゆきが部屋に立ち寄ってるとしたら、あの女にも影響が出ると思う?」

エントランスに入ってゆくかおりを見やる。

雅美「先生が言ってたわ。前に実験した時も、同じ病室の患者が夢に悩まされたって。それにひどい臭い

がして」

服部「俺はあいつらの部屋の前を通るだけでゾッとしたよ」

雅美「あなたはどんな夢を見たの？」

服部はうずくようにこめかみを押さえた。

その瞳が思い出している……。

25　服部の夢

服部たちが自殺を図ったワゴン車内。
酸素吸入マスクをつけていた服部に手が伸び、
みゆきがマスクを取り上げる。和志や拓巳、理恵子がジッと服部を見つめている。

26　隔離病棟・仮眠室（回想）

服部がギョッと夢から醒める。

隣のベッドでも久恵や助手が起き上がっていた。

ゾッと見合う。

ふいにスピーカーが鳴った。

雅美の声「みゆきと理恵子が！　隔離室にいません！」

服部が久恵や助手と見交わし、飛び出してゆく。

27　監視室に（回想）

服部たちが飛び込んで来る。

二台のモニターの一方は無人、もう一方の画像を雅美が巻き戻していた（他の二つのモニターは消されている）。

雅美「見て！」

再生された画像は理恵子の部屋。みゆきが鍵を開けて入ってくる。

みゆきはベッドから起き上がった理恵子に手を差し出し、廊下に連れ出してゆく。

画面に時おり、不思議なノイズが走る。

服部たちはゾッと見入っている……。

28　みゆきの部屋（夜）

かおりが入って来て、チェーンロックをかける。

薄暗い室内を窺っている。何か気味が悪い……。

寝室に入り、ふと鏡を見た。

鏡の中の自分を見つめる……。

×　　×　　×

暗がりにお香の煙がたなびいてる。

かおりはベッドで眠っていた。

夢を見ているらしく、うなされている。

何かの気配を感じ、ハッと眼を開けた。

かおり「姉さん……」

いつの間にか、みゆきが戸口の辺りに立っていた。

暗がりなのに、みゆきの姿だけはハッキリ見える。

かおり「姉さん、何処にいたの？」

みゆきはジッとかおりを見ている。

みゆきの声「もう私を捜さないで」

口は動かず、声だけが聞こえる。

みゆきは机のパソコンに向い、キーボードを打ち始めた。

かおりは起き上がり、みゆきの背後に近づく。

みゆきの声「この人が来る……。この人、とても危険よ……」

かおりは部屋の奥の暗がりにいる、もう一人の女に気がついた。顔はハッキリとは見えない。

かおり「姉さん、そこにいるのは誰？」

みゆきの声「私の妹……」

かおり「何言ってるの。妹は私でしょ？」

みゆきが振り向き、首を振る。

みゆきの声「私たちもう……」

そこから初めてみゆきが口を開いた。だが口パクのみで何を言ってるのか聞こえない……。

×　　×　　×

一転して、朝の光の世界。

かおりは寝間着姿のまま、夢の中と同じ位置にしゃがみ込んでいた。

あまりにも生々しい夢……。

かおりは周囲を見回した。まだ気配が残っているような……。お香はすでに燃え尽きていた。

かおりは机に近づき、ノート・パソコンを開けた。

ディスプレイが立ち上がり、悦子の顔写真が現れる。

かおりはギョッと見た。

それはどうやら悦子が経営するクリニックのホームページらしい。

かおりはとっさに蓋を閉じた。

29
マンション・外

玄関から現れたかおりが足早に通りを歩いてゆく（肩からショルダーバッグ）。

30
地下鉄の階段

かおりが降りてゆく。

尾行していた雅美が後を追う。

階段の途中でふっとかおりが立ち止まった。

キーンと耳鳴りのような音が迫り、こめかみを押さえる。

みゆきの声「この人が来る……。この人、とても危険よ……」

かおりの視界が突如パステル画のような色彩の氾濫に覆われるが、一瞬で元に戻る。

かおりは当惑する。

その様子を雅美が窺っている。

列車の轟音が迫った。

31
研究棟・ロビー

本島がかおりが持ち込んだノート・パソコンで悦子の顔写真を見ている。

本島「（当惑している）さっきこのクリニックから電

話がありました」

かおりがえッと見る。

本島「みゆきさんは入院していたんだそうです。それが眼を離した隙に抜け出して。脳神経外科ではかなり有名な先生ですよ」

かおり「私の母です」

本島がギョッとなる。

本島「みゆきさん、家族は妹だけだって」

かおり「私たち、母とはもう何年も会ってないんです。姉が、母の病院に?」

本島「ええ」

かおりはハッと気づいた。

玄関から悦子が入ってきた。

かおりに微笑み、近づいてくる。

悦子「久しぶりね」

かおりの表情は硬い。

かおり「……姉さんは、何で入院したの?」

悦子「ほんの検査入院よ。(こめかみに手を当て)頭痛がするって」

かおりはギクリとなる。

悦子「(本島に)問診の時、あの子はちょっと気になることを言ってたんです。自分は子供の頃からずっと、〝死のう〟と決めていたって。〝人間〟でいる感覚がたぶん人とは違う」

本島「……みゆきさん、僕らにそんなことは」

悦子「今まで生きて来たのは、ひょっとしたらいつか、みんなと同じになれるかも知れない、そう思っていたからだって」

本島に後ろめたさがこみ上げる。

かおり「本当に姉さんがそう言ったの？ 母さんに?」

悦子「みゆきから何か連絡はなかった?」

かおりは黙って首を振った。

悦子がジッと見ている。

32 みゆきの部屋

悦子が窓辺に現れる。

奥にいるかおりが悦子を窺っている。

悦子「夕べ、ここに泊まった?」

かおり「ええ」

悦子は足元のお香の燃え殻を見やった。

悦子「みゆきはこの部屋に立ち寄ってる。夢を見たでしょう?」

かおりがギョッと見る。

悦子「私たちも見てるの。みゆきが見たものを、私たちは夢を通じて見せられている。でも、たぶんあなたの方があの子と強くつながっている」

かおり「姉さんが見てるものって何なの? 何があったの?」

悦子「もう一人、誰かいなかった?」

ふいにみゆきの声が甦る。

みゆきの声「私の妹……」

かおりは思わず、もう一人の女がいた辺りを振り返る(そこには何もいない)。

悦子「さっきの話、みゆきは私に打ち明けたんじゃないの。話した相手は、もう一人の子」

かおり「誰?」

悦子「あんなこと、死のうと思ってる同士でしか話さないわ」

33 マンション・外

かおりと悦子の前に、黒いバンのドアが開いた。

運転席には服部、奥に雅美がいる。

かおりは一瞬ためらうが、悦子に促され、乗り込んでゆく。

悦子がドアを閉めた。

かおりが不安に見る。

バンが走り出す。

悦子「少し遠いけど、我慢して」

34 黒いバンが走る

35 走る車内

窓外の風景が山間に変わってゆく。
かおりは不安そうに景色を見ている。
かおり「……母さんも夢を見たの？」
悦子「ええ」
雅美がチラリと窺う。
悦子「森の奥に入ってゆくの。そこで私は何かを育てている。よく判らないけれど、森の奥で何かが育っている……」
かおりはゾクッと何かを思い出しかけている……。
悦子「あの本島って人、みゆきとつき合っていたんだって？　ちょっと父さんに感じが似てたわね」
かおり「(冷たく) 父さんの話はしないで」
悦子もムッと黙る。

36　前方に

茂みに囲まれたコンクリート製の建物（隔離病棟）が見えて来る。とても病院には見えない。

かおりは怪訝に悦子を振り返るが、悦子は無視している。

37　建物前に

黒いバンが停車した。
雅美や悦子たちが降り立ち、建物を見やるが、何か妙な感じがする。
雅美「(運転席の服部に) 何か変じゃない？」
服部が数回クラクションを鳴らすが、建物はシンと静まり返り、反応がない。
雅美は不安気に悦子を見やり、足早に建物に向かってゆく。
悦子「来て」
かおりの手をつかんだ。

38　地下の階段を

悦子とかおりが降りてゆく。
ゴォン……と空調機の音が低くうなっている。

後から入ってきた服部がドアに鍵をかけている。
かおり「ここが病院?」
悦子「(首を振る) みゆきは隔離するしかなかったの」
するとと前方の廊下から「ああッ!」と雅美の悲鳴が起こる。
服部が先に廊下を走ってゆく。

39 **悦子たちも廊下に出ると**

廊下の奥から
服部の声「先生!」
悦子はかおりを残し、奥に向った。

40 **仮眠室**

悦子が入ってゆくと、雅美がベッドに横たわる久恵の死体をゾッと見ていた。腕に注射痕。
傍らには注射器と空のアンプルが転がっている。

雅美「致死量のモルヒネを自分で……」
久恵の腕に触れると
久恵の声「あなたも先生に棄てられる……」
雅美はゾクッと手を離した。
服部「(廊下からやってきて) 他には誰もいません」
悦子は振り切るように、廊下に出た。

41 **廊下**

かおりはドアが気になり、押してみる。

42 **そこは手術室**

かおりは目の前の手術台に眼を奪われた。
隣の台には、和志と拓巳の死体が頭に包帯を巻かれたまま横たわっている。
その死に顔をマジマジと見つめていると、悦子が戻って来た。
悦子「男は二人とももたなかったの」
かおり「母さん……、どうしてあの人たち、死んでるの？　姉さんに何をしたの⁉」

悦子がかおりを取り押さえる。

43　廊下

悦子、かおり、雅美がドアの前に立っている。

悦子が鍵を回し、ドアを開けた。

悦子「この部屋」

明かりをつける。

眼の前に殺風景な部屋が浮かび上がる。

かおりは異様な気配を感じ、こめかみを押さえた。

悦子が先に入った。

44　隔離室

かおりはおずおずと足を踏み入れる。

激しい異臭に思わず口を覆った。

電気ストーブと簡易ベッドが眼に入る。

悦子「みゆきはずっとここにいたの」

電気ストーブをつけた。暗がりにボォッと赤い光が浮ぶ。

雅美は戸口に立ったまま入ろうとしない。

悦子「人間の感覚が捉えた世界の外側にも現実は続いている。父さんと私はずっとそう考えていた。私たちを閉じ込めているこの二つの眼から解放されて、どうやったら本当の世界が見えるか。その時、人間は新しい〝種〟になる。人間の、霊的な進化よ」

かおり「姉さんは自分で望んでそうなったの？」

悦子「……みゆきは生まれ変わりたかったの」

かおり「どうして……？」

悦子「自分が実験台になれたら、とっくにそうしているわ。被験者は二人以上必要だった。脳が見せているものが幻覚か客観か、判断するのは私。でも、結果は私の予想を超えていた。ほら」

かおりの手をとって壁につけると、壁はわずかにヌッとめり込んだ。

かおりはゾッと手を引く。

悦子「まるで皮膚みたい？　あの子の近くにあるものは、少しずつ影響を受けてゆくの。たぶん、私たちの脳も。影響が始まっている」
かおりはギクリとなる。
悦子「でも、不思議ね。ずっと離れていたはずのおまえが一番強くつながっている。そこに寝て！」
かおりは気圧されたように、ベッドに腰を下ろした。
悦子「おまえならあの子の夢を追える。（雅美に）椅子を持って来て」
雅美が戸口を離れてゆく。
悦子「大丈夫よ。おまえ独りにはしないから」

45　監視室（夜）

モニターにみゆきの部屋が映し出されている。

かおりはベッドに横たわり、悦子は電気ストーブの傍らの椅子にこしかけてうなだれている。

二人とも眠っているらしい。

服部がモニターを監視している。
ドアの開く音に思わずビクッと振り返った。
雅美が入って来た。
雅美「ずっと寝てないの？」
服部「……あの人にいつまで付いていく？」
雅美「先生は命の恩人よ」
服部「警察だって動いている」
雅美「（モニターを見る）先生は、何も恐れていないわ」

46　隔離室（夜）

電気ストーブがかすかに震動を始めた。

悦子は椅子に座ったまま眠っている。

ベッドのかおりがうなされ始めた。

震動音が次第に高くなってゆく。

47　監視室（夜）

モニターの画面にノイズが走り始めた。

雅美が食い入るようにモニターに近づく。

逆に服部はゾッとモニターから離れた。

モニター画面はゆっくりとギラギラ明滅を始めている。

48

隔離室（夜）

震動音が高まっている。

悦子がゆっくりと顔を上げ、かおりを見る。

かおりもベッドから起き上がろうとしていた。

49

監視室（夜）

ギラつくモニター画面には、眠ったままの悦子とかおりから、まるで幽体離脱のように、もう一つの体が二重像となって立ち上がってゆくさまが映っている。

その時、ドア外の廊下から、バシャッ！と何かが近づいてくるような音が起こった。

雅美と服部はギョッとドアの方を振り返る。

50

隔離室（夜）

悦子とかおりが立ち上がっていた。

電気ストーブの赤い光がゆっくり明滅し、二人をボォッと照らし出している。

かおりは悦子が視野に入ってないように周囲を見回していた。

悦子「かおり……！　かおり……！」

かおりはハッと何かに気づき、壁に向って踏み出した。

51

茂みの中

かおりは素足のまま、明るい日差しの差し込む茂みの中にいた。

ギョッと自分の足元を見つめ、顔を上げる。

茂みに入ってゆくみゆきともう一人の女の後ろ姿が見えた。

かおり「姉さん……、姉さん……！」

みゆきたちはまったく振り返る様子もなく、茂みの中を進んでゆく。

52 監視室（夜）

バシャッ！という音がいったん途絶え、ふいにドンドン！とドアがノックされた。

服部と雅美が恐怖にひきつる。

再びノックの音が響く。

服部はまるで何かの声が聞こえるように両手で頭を押さえた。

服部「あいつらだ……！」

雅美にはわけが判らない。

服部「あいつらだよ！」

さらに激しいノックの音。

服部「うわあああ！　あああああ！」

急に叫び出した。

ドアをズブズブと通り抜けて、白い霊体のようなものがはみ出して来る。

それはボンヤリとだが、頭に包帯を巻き血を流した和志と拓巳のように見える。

53 隔離室（夜）

かおり「姉さん、そこは……」

壁に向かって追いかけ、そのまま壁の中に消えた。

悦子が追おうとすると、ふいに激しい鞭のような音がうなり、悦子は悲鳴を上げて後ずさる。

54 かおりは茂みを抜けると

そこには一戸建ての住宅が見えて来た。

その住宅にみゆきともう一人の女が向かってゆく。

かおり「そこは私たちの……」

庭先に行雄がしゃがみ、花壇の手入れをしている。

かおり「ウソよ。父さんはその家で……」

かおりはギョッと見た。

いつの間にか、みゆきともう一人の女の姿は消え、行雄の傍らには少女時代のみゆきとかおりがいる。

庭先に植えられた草花が無気味にうごめいている。

55 監視室（夜）

白い霊体のようなものがゆっくりとドアを通り抜けて来る。

服部「許してくれ！　許してくれ！」

身も世もなく叫びながら、壁際に追いつめられていく。

雅美はとっさに服部を引き立てようとする。

雅美「夢よ！　みんな、これにやられたの！」

56 隔離室（夜）

悦子はベッドに横たわるかおりを見下ろしていた。

ポケットからメスを取り出す。

57 家の近く

少女時代のみゆきとかおりが、手をつないで庭先から木立の中へと入ってゆこうとする。

かおりはハッとなって思わず追おうとする。

かおり「ダメよ！　そっちに行ったら……！」

かおりをふいに激痛が襲い、左の掌に血が噴き出した。

58 隔離室（夜）

悦子がかおりの掌を切り裂き、かおりがカッと眼を見開いた。

天井にもう一人のかおりが浮かんでいたが、バンッ！と消える。

かおりは覚醒し、とっさに掌を押さえた。

椅子で寝入っていた実体の悦子がハッと目覚めた。

血のついたメスが手元からカランと落ちる。

59　監視室（夜）

霊体のようなものは消えていた。
服部が恐る恐る顔を上げる。
静寂が戻っていた。
服部「夢じゃない……。夢じゃなかったろ?」
雅美はモニターを見やった。
モニター画面の明滅も収まり、悦子が監視カメラに向かって叫んでいた。
悦子「すぐに来て！　傷の手当を！」
かおりが左手から血を流しているのに気づき、
雅美は救急箱を手にドアに向かった。
服部「……止せ！」
雅美も一瞬ドアを開けるのをためらうが、思い切って開けた。

60　廊下（夜）

雅美が廊下を見渡す。

何もおらず、静まり返っているが、異様な気配がまだ漂っている。

雅美は足早に廊下を歩き出した。

61　マンション・外（夜）

黒いバンが停車した。

かおりは左手に包帯を巻いている。

その左手に悦子が触れた。

悦子「おまえはあのまま戻って来れなかったかも知れないのよ。何を見たか思い出したら、連絡して」

かおり「……ええ」

雅美がドアを開け、かおりが降りてゆく。

歩き去るかおりを見て、車内の悦子たちは見交わし、服部が車を出す。

かおりはエントランスの物陰から黒いバンが走り去るのを見届けていた。

62　みゆきの部屋（夜）

かおりが入ってくる。

暗がりの中、何かを思い出しかけている……。

かおりの声「姉さんに電話しないと……！」

ハッと置いたままの携帯電話を見つめた。

留守録をチェックし、再生する。

かおりの声「（息が荒い）姉さん、私たち何を見たの？

あの白い光……」

かおりはゾッと携帯を取り落とした。

×　×　×

ヴィジョン（回想）が走る。

映写機の音が低く響く中、森の中で目隠しをした少女時代のかおりがみゆきと遊んでいる。

ふと気配を感じ目隠しをとると、みゆきが森の奥を魅入られたように見つめていた。

視線の先に白いギラギラした光が明滅している。

少女のかおり「お姉ちゃん！」

場面は一変して子供部屋。

ベッドで眼を醒ましたかおりに、みゆきの顔がゆっくり近づいて来て、急に迫る。

×　×　×

一瞬、恐ろしいものが垣間見えたように、かおりはハッとヴィジョンから醒めた。転がったままの携帯が見える。

かおり「ウソよ。あれは夢で……」

かおりは窓辺に後ずさり、サッシを開けてベランダに踏み出した。

髪が風になびく。

眼下を見やるかおりの表情が次第に上気してゆく。

63　マンション・外（夜）

車が停まり、本島が降り立った。

みゆきの部屋を見上げると、明かりが消えたままのベランダにかおりが立ち、カーテンが風になびいている。

ギョッと見た本島は、エントランスに急ぐ。

64 みゆきの部屋（夜）

ベランダのかおりが手すりを上がろうとする。

もう一度、下を見やる。

ふいにキーンと耳鳴りのような音が襲い、かおりはこめかみを押さえた。

耳鳴りに混じって「かおりさん……！」と声がする。

ハッと我に返る。

本島の声「かおりさん……！」

振り返ると、奥の戸口に本島が立っていた。

かおりは上気した顔で本島を見つめる。

上がり込んだ本島にかおりが近づいて来る。

一瞬、その姿はみゆきに見えた。


ギョッとする本島の胸に、かおりがすがりついていた。

かおり「私、ひどい臭いがするでしょ。血の臭い。姉さんの臭いよ」

かおりは上着を脱ぎ捨て、本島の上着も脱がそうとする。

本島のはだけた胸に、かおりが皮膚の感触を確かめるように手を這わせる。

かおり「お願い。姉さんの臭いをぬぐい去って」

引き込まれた本島が、かおりの口を吸う。

かおりは本島を寝室へと押しやってゆく。

かおりはベッドに本島を押し倒すと、左手の包帯を見た。汚らわしいもののように包帯を剝ぎ取ってゆく。

× × ×

いきなり寝室が俯瞰となり、本島が上になってベッドで抱き合う二人を何かが見下ろしている。
非現実的な喘ぎ声が室内に響く。
ふいに画面の左下から女が近づいて来た。（暗がりだが、女の姿は見える）
かおりがハッと顔を上げる。
悦子がメスを振り上げ、迫って来た……！

65 みゆきの部屋（早朝）

庇おうととっさに上げた左手の傷がビッと裂けた。

かおりはハッと流れる血にうろたえ、周囲が朝なのに気づく。（すでにバスローブに着替えている）

隣で眠っていた本島が気配に眼を醒ました。

手から流れる血に驚き、とっさにタオルを取って、かおりの手を押さえる。

本島「どうしたの?」

かおりは答えず、タオルを受け取って手に巻いてゆく。

本島は怪訝に見ている。

本島「昨日、お母さんに会って、僕には入り込めない何かが判った気がしたよ。みゆきさんは、たぶんずっとあの人に支配されていたんだ」

かおり「昔はとても優しい人だったの。それがいつの間にか、別の人みたいに思えて……。子供の頃、よく吸血鬼の映画の話をしてくれた。吸血鬼が最後に滅びるでしょ。心臓に杭を打たれたり、太陽の光を浴びたりして。断末魔で吸血鬼の上げる悲鳴があの人、とても好きだって。あんな悲鳴を上げるのは、自分たちにはあの世がないって判っているからだって。人間はあんな悲鳴を上げられない。あの世があると思いたがっているから。だから吸血鬼が好きだって」

かおりは本島を振り返り、寄り添った。本島の胸に触れ、皮膚の感触を確かめている。

かおり「今日は、病院を休んで」

本島「どうする?」

かおり「……姉さんを見つけ出すの」

そう言いおいて、ベッドから起き上がる。

足元に脱ぎ捨てたままの衣類や包帯が散らばり、ベランダからの風のせいか、一瞬、生き物が動いているように見える。

ゾッと見たかおりは汚らわしいもののように衣類をかき集め……。

× × ×

浴槽に火が起こり、かおりが衣類を焼いている。

浴室のドアを閉めて、出てくる。チラチラと炎の照り返しが動く。

本島は起き出し、着替えていた。

かおり「まだ父が生きていた頃、住んでいた家があるの。今も残ってるかどうか判らないけど……」

本島「僕も妙な話を聞いたよ。お父さんの病院で、末期の脳腫瘍の患者に手術がされていたって。そんな必要はないのに。それでずいぶん揉めたって」

かおり「父は責任をとって病院を辞めたの。それからは毎日家に居て、私たちと遊んでくれた。庭に花をたくさん植えたり。ある日、首を吊ったの」

本島は痛ましくかおりを見ていた。

66 マンション・外（早朝）

出てきたかおりと本島が、用心深く辺りを見回しながら、本島の車に向かってゆく。

その様子を車の中から松井が見ていた。

松井「平沢さん」

後部座席の平沢を起こす。

平沢は身を起こし、車に乗り込む二人を見ている。

平沢「あー、そうなったわけ」

67 車が走る

うっそうとした木立が続く道を走ってゆく。

かおりは道沿いの茂みを見回している。
何かを見つけた。
かおり「停めて！」
急停止した車からかおりが降り立つ。
道路沿いのバス停の標識に近づいてゆく。
今は廃線になってるらしい古ぼけた標識。
かおり「ここから私たち、通学バスに乗っていた」
かおりは背後の茂みを振り返った。
人通りの絶えた小径が見える。
かおりは小径に向かってゆく。
本島が続いた。

68　茂みの中

かおりは足早に茂みを歩いてゆく。
時おりこめかみを押さえる。
かおり「姉さん……！」
ドンドン足が早まり、茂みをかき分けてゆく。
本島「かおりさん！」
本島との距離が離れてゆく。
かおりが茂みを抜けると、眼の前に一戸建ての住宅が現れた。
かおりは愕然と見る。
それは夢で見たのとは様変わりした、打ち捨てられた廃屋だった。
かおりは吸い寄せられるように家に向かってゆく。

69　家の前

かおりは家の前に佇んだ。
夢で見たのと同じ草花がうっそうと茂っている。
隔離室と同じ異様な気配にかおりはゾクッとした。
後ろを振り返った。
(回想に現れた）森へと続く木立が見える。
やっと追いついた本島は、木立を見つめるかおりを怪訝に見た。

すると草を踏む音が聞こえ、木立の中から、ポリタンクを下げた女がやってきた。

女は立ち止まった。みゆきだった。

以前とは雰囲気がまったく違う。口元にかすかに笑みが浮かんでいるが、眼は異様にギラつき、かおりを見ているが、別の場所に焦点が合ってるような……。

かおりは言葉を失った。

みゆき「とうとう見つけたの」

みゆきはポリタンクを持ち直し、家に向かってゆく。

かおりは本島を窺い、後についてゆく。

70 家の中

かおりと本島が靴のまま入ってゆく。

内部はわずかに家具だけが残り、荒れ果て、嫌な臭いが漂っている。

みゆき「昔と変わらないでしょ。結局、買い手がつかなかったみたい」
かおり「誰か、一緒にいるの？」
みゆき「理恵子？　理恵子は体の具合が悪いの。奥の部屋でずっと休んでいる」
みゆきは本島を見た。
本島がギクリとなる。
みゆき「どうしたの？　幽霊に会ったみたい」
本島「もう会えないと思っていた」
みゆき「そうじゃないわ。本当は今の私と寝たいんでしょ？　替わりに妹と」
本島は当惑するが
かおり「これ以上、姉さんや母さんと関わりたくないの。だから、もうかまわないで」
そう言って、廃屋を出ようとするが
みゆき「あの晩、私たちとても怖い夢を見た。二人で同じ夢を」
かおりはギクリと足を止めた。

みゆき「来て」

かおりの手をつかむ。

その感触に、かおりはゾクッとする。

みゆきはかおりを連れ、階段を昇ってゆく。

少女のみゆきの声「かおり……！　かおり……！」

かおりは思い出してゆく。

71　夢と回想（二階の子供部屋）

二段ベッドの下段でかおりが眼を開ける。

みゆきの顔が近づいて来る。

一階からバシャッ！という奇妙な音が迫って来る。

バリバリ！と押し破られる音、続いて、父と母の悲鳴が聞こえて来た。

かおりはその恐ろしい声にゾッとみゆきにしがみつく。

少女のみゆき「(声をひそめて)かおり、早く……！」


みゆきはかおりを上段に引っ張り上げ、ベッドの隅に身を寄せて、抱き合った。

シュウシュウと異様な音がゆっくりと階段を上がり、二階に近づいて来た。

ついにドアが開き、みゆきとかおりの眼下に、白い蚕のような巨大な芋虫がヌウウッと入ってきた。それはたちまちボンヤリとした白いエクトプラズム状の塊に変わる。

みゆきとかおりは息を殺し恐怖をこらえている。

白い塊は、ボンヤリとした人の形になり、下のベッドを覗くように身をかがめる。やがてゆっくりとこちらを振り返った……！

×　×　×

かおりがハッと眼を醒ました。

眼の前にみゆきの顔がある。

かおりは思わずみゆきにしがみついた。

少女のかおり「お父さんとお母さんが……！」
　みゆきはかおりの手を引いて階下に向かう。

72　薄暗い階下を（回想）

　姉妹が歩いてゆくと、次第に映写機の音が高鳴ってゆく。
　みゆきが奥のドアを開けた。
少女のみゆき「お母さん……」
　振り返った悦子と行雄の向こうでギラギラと白い光が明滅している。

73　家・二階の子供部屋

　すっかり古びた二段ベッドの傍らにかおりとみゆきがいる。
みゆき「それから私たちあの白い光を何度も見るようになった」
　窓外の森を見やる。
みゆき「あの森の奥でも」

　　×　　×　　×
　インサート。森の奥で明滅する白い光。
　　×　　×　　×

かおり「姉さん……。姉さんには何が見えてるの？」
　みゆきはかおりをジッと見つめた。
　嫌な気配が迫り、かおりはこめかみを押さえて後ずさる。
　ふいにドアが勢いよく開いて、風が吹き込んだ。
　かおりはゾッと立ち尽くした。今の感触は……。
みゆき「おまえも今に見える」

74　家・一階

　残された本島が家の奥に入ってゆく。
　キッチンには、みゆきたちが自給自足の生活をしているらしい痕跡が見える。
　ふと床に落ちていた家族の写真に気づいた。

まだ若い悦子と行雄、その傍らの姉妹。悦子の眼だけが心なしか暗い……。

奥で物音がして、本島はビクッと顔を上げた。音の方に進むと、ひどい臭気に思わず口を覆う。何かが動く、クチャクチャと噛むような音がした。

本島がドアに近づく。

本島「誰かいるの?」

音が止まり、ゼイゼイと息をつくような気配がする。

本島「理恵子さん?」

恐る恐るドアを開けようとすると、ふいに携帯電話が鳴った。

本島は戸口を離れ、携帯に出る。

本島「はい。……ええ、もう家に着いていています」

75 道路

本島の車が停まっている傍らに、黒いバンがやって来る。

悦子と雅美が降り立った。

車内の服部は首を振り、運転席から動こうとしない。

悦子たちはバス停の標識を見やり、茂みの中の小径に入ってゆく。

76 家・二階

窓からみゆきが外を見ている。

みゆき「母さんたちが来たわ」

かおりもえッと窓外を見る。

77 茂み

悦子と雅美がやって来る。

茂みが開け、家が見えて来た。

78 家・二階

悦子の姿を認めたかおりは窓を離れ、階段に向から。

79
家・一階
奥から戻って来た本島も外の悦子たちの姿に気づいた。
階段から降りて来たかおりの軽蔑の視線を浴び、バツが悪い。

80
道路
服部が運転席でボンヤリしていると、後方から車がゆっくりやって来て、やり過ごして行った。
車には平沢が乗っている。
前方に停車する車に、服部がため息をつく。

81
家・庭先
悦子は二階の窓を見上げていた。
二階のみゆきとジッと見合う。
携帯が鳴った。

悦子「(出る)……いいわ。私が話すからそのまま案内してきて」
携帯をしまい、傍らの雅美に
悦子「警察が来るって」
雅美はうなずき、先に家に入ってゆく。

82
道路
黒いバンの傍らで、服部が平沢たちの職務質問に笑顔で応じている。
茂みの方を指さしながら、案内しますよという感じで歩き出そうとした服部を
平沢「ちょっと待って貰える?」
松井がボディチェックを始めた。
服の上に異物を感じた。
松井「何、これ? 何持ってんの?」
服部は取り出し見せようとして、いきなり松井の腕に注射針を突き立てた。ギョッと身を離した松井の表情がみるみる変わる。

83 家・一階

遠くにパアン！と乾いた銃声が響いた。

雅美「（つぶやく）あのバカ……！」

本島とかおりがギョッとなる。

84 道路

発砲音が響き、路上に倒れたまま拳銃を構えていた松井がこと切れてゆく。

撃たれた服部は腹部を押さえ、黒いバンにもたれ、くずおれてゆく。

平沢は血相を変えて、茂みに飛び込んでいった。

85 家・一階

悦子たちが外の様子を窺っている。

やがて茂みから、平沢が飛び出して来た。

周囲を見回し、家の中に飛び込んで来る。

一同を見回し

平沢「ちょっと、あんたら！（みゆきに気づき）ああ！」

みゆき「もう一人は奥にいます」

平沢「もう一人？」

みゆきがスッと案内に立つ。

平沢は一同を警戒するように見て、奥に向かった。

みゆきがドアを開けた。

部屋の隅に、薄汚れた衣服の女がうずくまっていた。手にした椀から手づかみで食べ物を口に運んでいる。顔は髪に隠れていた。

平沢「……君が理恵子さん？」

近づこうとして、ギョッと身を引いた。

平沢「これは……！」

背後に近づいた雅美が平沢の首にメスを突き立てた。

床に崩れた平沢の喉を雅美が裂き、血が吹き出す。

理恵子が振り向いた。
雅美もやってきた悦子もギョッと見る。
理恵子の顔立ちは異様に黄色くむくみ、腹が突き出ている。
みゆき「この子、妊娠しているの」
戸口の外のかおりと本島がハッと振り返る。
悦子は理恵子の腹部を見た。
悦子「……理恵子は処女だったのよ」
みゆき「今もそうよ」
悦子と雅美がゾッと見交わす。
雅美が無言で出て行くと、本島がかおりの手を引き、戸口から理恵子を窺った。
かおりは、平沢の死体にアッと口を覆い、戸口にすがりつく。
みゆき「だから、人一倍食欲があるの」
理恵子はクチャクチャと食べ続けている。
かおりはおぞましい光景に耐え難く、外に飛び出そうとするが、本島が取り押さえた。

かおり「あなたも仲間なのね！　初めから！」
激しく叩くが、本島に悪びれた様子はない。
本島「もうここまで来たんだ」
かおりは虚脱したようにくずおれてゆく。
悦子は嫌悪の表情で理恵子を見下ろし
悦子「ここは、焼き払うしかないわね」

86

道路

黒いバンがタイヤ音をきしませ、急発進し、本島の車が続く。
茂みの奥にもうもうと煙が上がり、警察車両だけがポツンと残っている。

87

隔離病棟・前（日が暮れかけている）

黒いバンから、雅美と本島が服部を担ぎ出し、ストレッチャーに載せている。服部が苦痛にうめく。
服部「先生、俺もうダメなんだろう？」

ふっとみゆきを見た。

服部「ごめん。本当にごめん……!」

みゆきは服部の頭を撫でた。

訳が判らず、すがるように見る服部を、悦子と

雅美が運んでゆく。

本島がバンの中を覗き込んだ。

かおりが固くなったまま座っている。

本島「(妙に明るい) 来なよ。いいもの見せてやる」

みゆきに手を差し出され、かおりはポカンと車

から降りた。

88 霊安室 (夜)

みゆきが明かりをつけると、棺が一つ、ポッン

と置かれている。

後から本島とかおりも入って来た。

みゆきは棺に近づいてゆく。

本島「ああ、これ」

傍らに置かれたリモコンをつかみ、棺に歩み寄

る。

リモコンを操作すると、空の棺に眠っているみ

ゆきの映像が浮かび上がる。

本島「すっかり騙されたろ?」

かおりも棺を覗き込んだ。

映像は切り替わり、和志、拓巳、理恵子の姿が

次々と浮ぶ。かおりがギョッと見ている。

再び、みゆきの姿が映った。

みゆき「生まれ変わる前の私ね」

懐かしく見入っている。

かおり「……姉さん。死のうとしたの? 父さんが死

んだ日に?」

みゆきは黙っている。

本島「自殺サイトを教えてやったのは俺だよ」

かおりはやにわにみゆきの頬を激しく打った。

打った手の感触にかおりはハッとする。不思議

そうな……。

かおりは〝何か〟に気づき、後ずさった。

本島「（笑う）もういいだろ？」
リモコンを操作し、棺の中のみゆきを消した。

89 隔離室（夜）

ベッドの理恵子は革ベルトで縛り付けられ、突き出した腹部に悦子がゼリーを塗っている。

理恵子はゼイゼイと息をついている。雅美が眼の前で指を振るが反応はない。

悦子はエコー機のプローブ（探査用の器具）を腹部に当てた。

ディスプレイを見つめる。

砂嵐のような画面には何も見えない。

悦子「胎児じゃない……」

ふいに画面の中にボウッと白い光がまたたいた。

悦子と雅美がギョッと見る。

光はゆっくりと明滅を繰り返す。

雅美「この光……」

悦子「（プローブを外し）あなたは部屋に戻って」

悦子は廊下に出てゆく。

90 廊下（夜）

悦子は手術室に向かう。

映写機の音が聞こえて来た。

悦子はドアを開ける。

91 手術室（夜）

悦子が入ってゆくと、暗がりにプロジェクターの光が走り、本島がかおりとみゆきに満州の記録フィルムを見せていた。

（映写したフィルムをそのままビデオで撮影したもの――簡易テレシネ――をビデオ・プロジェクターで見ている。映写機の音もそのまま録音されている）

本島「俺たちも最初にこれを見せられたんだ」

暗がりの中。かおりとみゆきが画面に見入っている。おぞましい実験の光景……。

本島「（笑う）あり得ないだろ？　戦争でも起きなきゃ出来ないことを、先生はやったんだ。凄いよ。あの女が何を産もうがどうでもいい。俺たちは奇跡を起こした。あいつは自分の子供に処女を奪われるんだ」

本島の笑いは引きつっている。

かおりの表情が嫌悪に歪む。ふと気配に振り返ると、プロジェクターの傍らに悦子が立っていた。

悦子「父さんと一緒に見たの。見終わった後、もう後戻りが出来ないと二人とも気がついた。これから二人でやることは誰からも許されない。でも父さんは耐えられなかった」

かおりは怒りの表情で出て行こうとする。

画面に白人の女が現れ、白い光の明滅が始まった。

かおりはハッと立ち止まり、振り返る。

みゆきも光の明滅に見入っている。

悦子「見て」

プロジェクターをスロー再生にした。

光の明滅がゆっくりとなる。その光と光の狭間に何かが浮かび上がってゆく。それはスクリーンを見つめる若い悦子と行雄の姿……。

本島がギョッとなる。

悦子「私たちが写っている」

やがて画面には少女時代のかおりとみゆきの姿も浮かび上がる。

悦子「私たちはフィルムを見ていたんじゃない。向こうから見られていた」

懐かしくも不吉な家族の肖像……。かおりは痛ましく見入る。

みゆき「理恵子はもっと純粋よ。純粋だから、もう向こうにいる」

悦子が怪訝に見た。

みゆき「理恵子は今も、自分があの世にいると信じているの。あの世でずっと、永遠の罰を受け続けてる」

悦子「(ゾクッと) 理恵子が産むのは……」

みゆき「あの世。みんな、喰われる」

悦子が息を呑む。

かおり「(ポツリ) みんな、死ぬの……?」

白い光の明滅が激しく増幅してゆく。

キーン!とスピーカー音が鳴った。

雅美の声「先生……! 服部さんが……!」

悦子が廊下に出てゆく。本島が逃げるように続く。

92 監視室

雅美がモニターを見ながら、マイクに向かっていた。

別の隔離室に横たわっていた服部が頭を抱え、悲鳴を上げていた。

服部の声「先生! 頭が! 割れそうだ!」

モニターにノイズが走り始めている。

服部の声「何かしゃべっている! 頭の中で何かしゃべっている!」

雅美は理恵子のモニターを見た。

いつの間にか、理恵子は立ち上がり、ボンヤリと監視キャメラの方を見つめていた。収容された時の姿に戻っている。モニターにノイズが走る。

雅美は釘付けになる。

93 廊下 (夜)

駆けつけた悦子がドアを開けると、服部は隔離室の隅にうずくまっていた。

頭を抱えた服部が一声叫んで立ち上がると、ズルッともう一人の服部が分離して前に崩れ、白い汚物の塊となって床に広がった (服部の元の体はかき消えている)。

足元に広がる白い塊を悦子はゾッと避ける。

廊下から赤ん坊のような泣き声が起こった。

94　廊下（別の一角・夜）

ヨロヨロとやってきた本島が腑抜けになったようにうずくまる。
廊下の奥から気味の悪い泣き声が聞こえる。

本島「（泣きそうな顔）産まれた……」

廊下の端に人影が現れた。それは理恵子だがまるで生まれたばかりの生き物ように動きがぎごちなく、輪郭が奇妙に歪んでいる。その背後に白いエクトプラズム状の塊がたちこめ、忍び寄ってくる。
白い塊の中で理恵子は助けを求め続けているようだ。

理恵子「助けて……」

迫ってくる理恵子を前に本島はただ恐怖に固まっている。

95　廊下（夜）

悦子の元に、雅美が駆けつけてくる。
気配が迫り、やがて廊下の奥に白い塊が現れた。
ゆっくりと近づいてくる。
赤ん坊のような泣き声が響く。
悦子と雅美は立ち尽くし、白い塊を見つめた。

悦子「こいつら、私たちを喰うだけよ！」

悦子はゾッと踵を返し、廊下を逆方向に足早に歩き出す。雅美が慌ててついてゆく。
バシャア！と振動音が高まり、白い塊はギラギラと光りながら迫ってきた。

96　手術室（夜）

悦子と雅美が入って来て、明かりをつけた。

みゆき「消して！　気づかれる」

明かりを消し、廊下に迫って来るギラつく光を窺った。

悦子「おまえが見ているものを私も見たいの。お願い。麻酔は要らない」

みゆき「(うなずく) ええ」

　悦子は自ら手術台に横たわると、ベルトを締め始めた。

雅美「先生……」

　みゆきが悦子の腕をつかみ、ベルトで固定してゆく。

　ドアの向こうに迫る白くギラつく光にかおりが後ずさってゆくが
悦子「かおり、頭を押さえて!」

　みゆきがドリルを取り上げている。

　かおりは悦子の頭を押しつけた。

みゆき「……ジッとしていて」

　みゆきが側頭部にドリルを突き立てた。

　悦子は激痛に痙攣し、悲鳴をこらえている。

　悦子はハッと天井を見た。

　幽体離脱した自分が、自分を見下ろしている。

　みゆきは血にまみれた手でトレーからあの奇妙な器具をつかんだ。器具から一瞬、蜘蛛のような足が伸びる。

　悦子は天井の自分の姿にハッとした。

　若い悦子が獲物を見つけたようにニタッと笑っている。

悦子「これは……!」

みゆき「母さんが見たかったもの」

　器具を側頭部に埋め込んだ。

　ギン!と衝撃が走り、悦子の眼が見開く。

　天井の悦子がゆっくりと降下して、手術台の悦子に迫ってきた。

　悦子が絶叫を上げる。

　みゆきが明かりをつけた。

　雅美が真っ青な顔で棒立ちになっている。

　みゆきはかおりの手を引き、手すりのある段まで階段を昇っていく。

　二人は眼前の光景を見下ろした。

　手術室を覆う白い塊が、雅美と手術台の悦子を呑み込んでいった。

97　隔離病棟・外の茂み（夜）

みゆきとかおりが立っていた。
背後の森の奥で白い光がギラついている。
みゆきがかおりの手を握る。
かおりの手を引き、森の奥に向かう。

かおり「姉さん、あの世ってやっぱりないの？　母さんの言ったことが正しかったの？」

みゆきは黙っている。

かおり「ただ眼に見えないだけで、本当は狂った世界があるだけなの？」

みゆき「そうよ。ほら……」

指さす先に、明滅する白い光が迫って来る。
風が吹き寄せ、周囲の草花がざわめき動く。
かおりは首を振り、手を離した。

かおり「さっき姉さんをぶった時、判ったの」

みゆきが怪訝に振り返った。

かおり「姉さん。自分がどんな風に見えてると思う？」

みゆきがジッとかおりを見つめる。
かおりが見返す。一瞬パステル画のような色彩の氾濫になり、やがてみゆきはまるで蠟で出来た人形がゆっくり動いているような姿に変わった。

かおり「姉さんは生きながら死んでいたの。母さんと同じよ。姉さんも母さんも、もうとっくにあいつらに喰われていたの！」

かおりの眼から涙がこぼれている。
みゆきの口がゆっくりと動いた。それは恐怖の絶叫を上げる引き延ばされた時間だった。
かおりは堪らず顔をそむけた。
声なき絶叫を上げるみゆきが白い光に呑まれてゆく……。

98　一転して空き地

ワゴン車の窓ガラスが警官たちによって割られてゆく。

ドアが開けられ、死体が運び出されゆく。

指揮をとっている平沢が、運び出されて来る死体の顔と行方不明者の顔写真を照合してゆく。

和志、拓巳、理恵子、そしてみゆきの変わり果てた姿。服部の死体だけが眼を見開き、何故か頭がひどく割れていた。

平沢「何なんだ……」

当惑の表情で、警官たちと見交わす。

×　　×　　×

車が撤去された跡に、喪服姿のかおりが佇んでいた。

かおりはその場にしゃがむと、手にしていた食塩の袋から、塩をつかみだし、ガラスの破片が飛び散った地面に盛り塩をした。

ジッと盛り塩を見下ろし、ふっと空を見上げる。

真っ青な空が広がっている。

かおりは立ち上がり、立ち去って行った。

盛り塩だけが残る。

その盛り塩にキャメラがゆっくり近づいてゆく。

風が起こり、盛り塩は少しずつ吹き飛ばされてゆく。

理恵子の声「自殺した人って何処に行くんですか？」

服部の声「何処にも行かないよ。ただ消えるだけ」

みゆきの声「消えるだけ……。消えるだけ……。消えるだけ」

盛り塩が風に飛ばされてゆく……。

終

解題対談

地獄は実在する

高橋洋×岸川真

「恐怖」の原体験

岸川（以下「岸」）「以前から高橋さんの作品について感じていたことがあって、今回の収録作を全部読ませていただいて改めて「しっくり来る」、「繋がっている」と思ったのが、フロイトの『不気味なもの』という論文の中での「不気味なもの」の定義なんです。ドイツ語の「不気味な」は「unheimlich」で、その対義語が「heimlich」。ところが、この「heimlich」もドイツ語の文法上では非常に曖昧に使われていて、辞書的には「気の置けない」なんだけど、会話表現では「策謀をする仲間」という意味もあるというんですね。ということは、「unheimlich」と「heimlich」がほとんど一緒じゃないかと。つまり「unheimlich」は「heimlich」を内包している言葉であり、不気味なものが気の置けないものを内包しているという展開になるわけです。例えがちょっと長くなりましたが、高橋さんの脚本も、僕らが住んでいる非常に日常的な空間から不気味なものが現れてくるというものが多い。特に『インフェルノ　蹂躙』（一九九七）がそうです。それが僕の中ではさっきの論文の話に結び付くんです。これは、高橋さんの原体験に関係しているのですか？　もともと子供時代から、怖いものや不気味なものへの興味はあったんですか？」

高橋（以下「高」）「僕がよく話をするのは、『女優霊』（一九九六）でも元ネタにしてますけど、僕の子供の時に真昼間にテレビで見た映像のことですね。まるで妨害電波でも飛んで来たかのような印象で、突如としてブラウン管に奇妙な映像が映ったんです。ドアが映し出されて、ドクンドクンと心臓の音が鳴っていて、どうやらドアの前には女がいるらしくて、ものすごい悲鳴が画面の外から上がっていて。すると何か白いぼんやりしたものがドアをすり抜けて浮かび上がって、こちらに迫ってくる。そこに低い女の声で「あなたは幽霊を信じますか？」というナレーションが被ってブツッと終わるというものでした。恐らくテレビスポットか何かだったと思うんですけど、当時は怖過ぎて、何物であったのかという位置づけもできないまま、ただ異様なものを見たという記憶しかないんです。僕が子供の頃はまだテレビが普及したばかりで、放送事故がよくあったんですよ。だから、それも事故だと思ったんですが、しばらくはテレビが怖くなって……」

岸「箱自体がですね」

高「そうです。だから『女優霊』で、村井監督（柳ユーレイ）が子供の時に見た得体の知れない映像の断片をずっと抱えているというのは、僕のその体験を基にしています。僕にとっては、それが映像体験としても初期のものだったんです。後年、いろいろ調べて、その映像は『シェラ・デ・コブレの幽霊』（一九六四）ではないかという話になって……」

岸「以前「カナザワ映画祭」で上映されましたね」

高「ええ、見たんですが、どうも記憶と違う。『女優霊』で、監督が図書館に行って、新聞の縮刷版で番組欄を調べるシーンがあるんですが、あれも自分がやったことをそのまま使ってます。母親に当時のことを問い合わせたら、母親が日記を読み返して「あの頃、お前ちょっと変だった」と言われるとか」

岸「〝放送事故〟事件以降は、リアルに怖い体験はなさってるんですか？」

高「僕が両親と住んでいた家で体験しました。そもそも僕の実家はちょっと不思議だったんです。すごく古い、二階建ての日本家屋なんですが、家族は全員一階でのみ生活していて、二階は雨戸が全部下りていて、ぺんぺん草が生えている廃屋状態なんです。一番不思議なのは、家じゅうどこを探しても二階に上がる階段がなかったんです。子供の時それがすごく不思議で、親にそのことを問い質したら、「使ってないから」という、何の説明にもならない返事しかなくて……」

岸「持ち家なんですか？」

高「うちの両親が結婚した時に、親に買ってもらった家です。家そのものはだいぶ前からあって、いろんな人が住み替わった古い家で、今でも親が住んでいます」

岸「確かに、何かありそうな不思議な家ですね」

高「それで、さっきの事件のちょっと後だと思うんですけど、うちはトイレが離れみたいに隣接していてL字型の長くて薄暗い廊下を歩いて行かなければならないんです。角を曲がった先にトイレがあるんですが、夜中にトイレに行く時にはいつも、その角を曲がると何かいるんじゃないかという予感がして。いつもは曲がっても何もいないから安心していたんですが、ある時曲がったら本当にいたんですよ。L字型の廊下の突きあたりに納戸があって、その扉の前に、白くてぼんやりとした、何となく人の形に見えるようなものが……」

岸「『恐怖』(二〇一〇)のシナリオにあるような、白いボワンとしたものなんですね？」

高「そうです。それを見た瞬間に全身がブルブルブルッと震えて、倒れて失神したんです。で、気が付いた時には頬を父親に叩かれて、「どうしたんだ?」。それ以来、納戸が気になりだして、ある時、中を探ろうと思って納戸の中のものを出したんです。そしたら階段が出てきたんですよ。その時は怖くなくて、これはすごい発見だと思って階段を上がって行ったら、途中でベニヤ板が五寸釘で打ち付けられていて、上がれなくなってたんです」

岸「開かずの間みたいですね」

高「子供だからそれ以上のことはできなかったんで、二、三年は謎のままでした。その後に妹が生まれて、手狭になったので子供部屋を二階に作ることになって、大工さんが二階に上がって改築を始めたんです。で、大工さんがベニヤ板を外したんで、後をついて上がったんですね。そしたら、閉め切った部屋の中に布団が敷きっぱなしで、お茶碗や湯飲みが置きっぱなしの卓袱台(ちゃぶだい)もある。日常生活がある瞬間から中断されたまま封印されていたわけです。「何があったんだろう?」と、ものすごく不気味だったですね」

岸「異様ですよね。時空が閉じ込められたような、そのままの状態だったわけですね」

高「「こんなところの下で暮らしてたの?」って思いましたね。その後、そこは子供部屋になって、まだ妹は小さかったから僕一人で寝てたんです。その頃から金縛りとか起こるようになったんです。二〇歳で東京に出てきても続いて、三〇代が一番ひどくて、実は今も時々ある(笑)」

岸「元から何かがあるというような逸話は、ご家族から聞いたことはないんですか?」

高「うちの両親はまったくそういう話題に乗らない人で、「何なの?」って訊いても、憚(はばか)って口にしない

という わけじゃなくて、興味がないので「分からないねえ」みたいな感じで、暖簾に腕押しでまったく話にならないから、いまだに謎なんですよ」

岸「ご近所からも何かお聞きになってないんですか？」

高「何も。ただ、一年に一回か二回ぐらい、すごい上品な老人がうちを訪ねてきて、「前にこの家に住んでた者なんですけど、ちょっとお庭を見させていただけませんか？」って。庭に梅の木があるんでそれを見に来たという感じなんですが、庭に立つと木じゃなくて二階の方を見上げてるんです。応対した母が気を利かせて「お茶淹れましたんでどうぞ」って中に入れようとしても、絶対上がらないんですよ。遠慮しているって感じでもない。そして「よく手入れをしていただいて、ありがとうございます」と言って帰っていくんです」

岸「それ気になりますよね」

高「毎年同じ頃になるとまたその老人がやってきて……っていうのが高校ぐらいまで続いたんですが、ある時からプツッと来なくなりました。結構歳でしたから、もうこの世にいないだろうけど……結局、何が目的なのか謎のままでした」

岸「実は僕も似たような体験をしたことがあるんです。僕の長崎の実家はもともと回船問屋をやっていて、僕らは古い屋敷を改築して住んでたんです。二階建てで僕の部屋はその二階にあったんです。三歳の時、一人で寝てたら、戸も何もない、出入りがまったくできないところから、茶色っぽい長いおさげ髪の女の子が、横移動で出てきたんです。真っ白で目が青くて、青い服着てて、等身大の人形みたいな感じでした。童話のマドレーヌにそっくりでした。それがこっちを見るんで怖くて布団を被ったんですが、「見た」っていう衝撃が強過ぎて、その後の記憶が無い。気が付いたら翌朝になってたんです。僕の母や祖母たちもそういうのを見る人なんですが、これは親にも言えないと思って。実は、うちから歩いて一〇メートルのところに古い外国人墓地があるんですよ。ロシアの難破船で死んだ水兵、日露戦争で死んだ兵士、ロシア革命が起こったので遼東半島からモスクワへ帰れなくなった人たちとかが葬られてるんですけど、大人も子供もいて、全部土葬なんですね。これが一九八二年の長崎大水害の時に浮いてきて、うちの方に流れてきました」

リアルと虚構の混沌

岸「僕もそういう風に、ものすごい恐怖というより「人に言ってはいけないものを見てしまった」という感じの体験をいくつかしてきたので、高橋さんの脚本や映像作品を見ていくと、リアルに体験した恐怖の肌触りとして実感があるんですよ。だから、ご自身の実体験を取り入れた『女優霊』に作り物じゃない肌触りを感じたので、原体験も伺ってみたいと思ったんです。でも、そういうリアルな体験とは反対の側になりますが、映画少年として恐怖映画や幽霊映画の類も、当時はかなりご覧になったのではないですか？」

高「見たは見てたんですが……。これも子供の頃に隣の家のテレビで見たんですが、実に奇妙な映像を見たんです。木の梁がいっぱい走ってる、広い屋根裏部屋みたいなところを兄と妹の少年少女二人が逃げ惑っていて、怖い婆さんが追いかけてきたんで隠れるんです。その婆さんが、部屋にあった大きなトランクケースみたいなものの中に子供たちが隠れてると思って、開けて中を漁りだす。そこへ少年が後ろから忍び寄ってきて、トランクの蓋を閉める。それで婆さんは首を挟まれて死んじゃう」

岸「嫌なシチュエーションですね。何の番組か特定されてないんですよね？」

高「昔の洋物の怪奇映画にありそうなシチュエーションなんだけど、いまだに分からない。だから映画体験ではあるんだけど、奇妙なものを見ているような、そういうリアリティですね。子供の時からそういうものにはすごく敏感でした。自分が暮らしている家もそうでしたけど、千葉県成田市にある母親の実家も不思議な家でした。成田山に豆腐を納めるような由緒ある豆腐屋を代々やっていた古い家だったんですが、僕の曽祖父が遊び好きで、映画館とか芝居小屋も経営していたんです。そういう血筋が今の僕の仕事にも影響しているのかも知れませんが、その曽祖父は日曜大工好きで自分の家を改築し続けちゃうんだけど、無計画にやるから途中で放棄したりするわけです」

岸「なかなか完成しない。ガウディ的ですね（笑）」

高「で、手の届かない階段の壁にドアが付いていたりして、よく分からない状態になっているわけです。それで家の中を探検してると、タンスをどけると隠し扉が……というか、単に後で偶然タンスを置いてしまっただけなんでしょうけど、その扉の向こうにある通路に入って探検していくと、家族がみんな集まる居間を真上から覗けるような謎の小部屋がある（笑）」

岸「今度は江戸川乱歩みたいですね（笑）」

高「そうそう。子供の頃って乱歩を読むでしょう。怖いけどものすごく面白い、楽しくてしょうがない。そういうものと、「これはまずい」というリアルな体験とがない交ぜになって自分の中に存在していたって感じですね」

岸「じゃ、僕らが乱歩の小説読んでも想像するしかないような隠しものや仕掛け、つまりフィクションとしてあるものに、リアルに近づく環境があったわけですね。そういう手触りがある時点で、創り出すものも違ってきますよね。またリアルな方に話を戻すと、成長して上京してから、「見てしまった」というような体験は無かったのですか？」

高「上京してからは、むしろ人からそういう話を聞くことが多かったですね。茅ヶ崎にある森崎東さんの家で一緒に企画を練っていた時期があったのですが、そこで近藤昭二さんと一緒だったんです。脚本家だけど本業はルポライターで、731部隊を追いかけたりした人です。その近藤さんから、若い時に郡上八幡の温泉付きの古い旅館に一人で泊まった時の話を聞いたんです。風呂場に行くと薩摩提灯が飾ってあって、その提灯が何か気になるなと思いながら風呂に入って、自分の部屋に戻ってお茶を飲んでいると、座卓の向こうに着物の裾が見えた。あれ、仲居さんが勝手に入ってきちゃったのかなと思って、「何ですか」と顔を上げたら目の前に女がちょっと俯いた感じで立っていた。それを見た瞬間に、この世のものじゃないって分かったと言うのね。で、その瞬間に記憶が飛んで……」

岸「やっぱり飛ぶんだ（笑）」

高「気が付いたら、彼がお茶を飲んでた部屋の隣が寝室なんですが、そこの床の間の壁にへばりついていた。ものすごい移動をしていたわけです。そこにちょうど電話があったので帳場から人を呼んで、やってきた仲居さんにその話をしたら顔色がさっと変わった。で、彼女が今度は板前さんを呼んできて、その人が過去に起こった出来事を話してくれたんです。この部屋に泊まった一人の女性が誰か連れを待っているらしいんだけど、なかなか来ない。とうとう夜中になって終電が間近になった時に、駅まで様子を見に行くと言い出したんだけど、もう真っ暗だからやめた方がと反対したんですね。それでも行くと言うんで、薩摩提灯を渡して見送った。ところが、いつまで経っても帰って来ないので、その板前さんたちが駅の方に捜しに行ったら、暗がりに薩摩提灯だけがぽつんと置いてあって、その先は真っ暗な川なんですよ。どうやら川に身を投げちゃったらしい。で、近藤さんが「何で俺のところに出るの?」って訊いたら、「待っていた相手があなたぐらいの年恰好だったのかも」って言われて恐ろしくなって、仲居さんと板前さんに「ここにいてくれ」って頼み込んで、朝まで三人で酒を飲んで、なるだけ賑やかにして過ごした、というんです。それを聞いて、「やっぱりそうなんだ」と思いましたね。見た瞬間にこの世のものじゃないと分かるというリアル感、そういう、人から聞いた話で「あ、これは本当だな」って分かるものを吸収していきました」

岸「嘘で作った話は分かりますよね。僕はそういったものに対するアンテナの感度が強過ぎるみたいで、肌がもう一枚ある感じで、それがサワサワサワッって寒くなるんですよ。今のお話でも感じました。近藤さん、本当に見ちゃったんだと思って」

高「この話は強烈だったですね。僕の場合、本当といっても信じる信じないってことではないんですよね。

面白ければいい（笑）。面白いって、つまりリアルってことなんです」

恐怖という「物質」

岸「僕は、恐怖というものを概念で示すものが映画だと思うんです。それは黒沢清さんの作品でもそうだと思うんです。ところが高橋さんが加わると、恐怖が概念ではなくて物質感というか、実体を持つものになるという気がします。これまでのお話で、その理由が分かりました。虚構なんだけど実際に見たものや知ったものと繋がっているということなんですね。そこは無意識で書いている部分も多いと思うんですが、少年期や青春時代に観た映画がそのような恐怖と結びついているから好きだという感じはありますか？」

高「それはありますね。たとえば『女優霊』だと、インスパイアされたものの一つに、これは小説ですが、谷崎潤一郎の『人面疽』があるんですが、映画が本来的に持ってる得体の知れなさみたいなものに谷崎は反応しているんですよね。あ、同じものを感じている！と。ただ、人に説明するのは難しいです。今までの仕事のせいか、よく「ホラーが好きですよね？」って言われるんです。まあ、普通はそう来ますよね。ムキになって否定するのも変なんで「好きって言えば好きですけど」って言うんだけど、別にジャンルとして好きとか、ホラーに属するものは何でも観るというわけでもないんですよね。正統派のファンってそうじゃないですか。ジャンルに属するものを何でも観る。でも僕の場合は、虚構だけど「あ、これ本当だ」っていうものが観たいから、たまたまホラーっていう枠組みの中で語られてる物語を観たり、自分で書いたりするだけなんです。例えば吸血鬼も、自分に何の関わりもないトランシルヴァニアの方で何かやっている限り、何とも思わない。でも、吸血鬼がものすごいリアリティを帯びる瞬間が生まれる可能性もある。ブラム・ストーカーの『ドラキュラ』はそれをやったわけですね。リアルと思うことが大事で、あり得ないはずのものがリアルに感じるという手触りがあった時に、本当に初めてリアルに触れた感じがするんです。だから、そういうものを見てるんでしょうね」

岸「分かります。僕の師匠の新藤兼人も、戦争に行ったから戦争の話をついつい書いちゃったり、自分の不遇な時代の実体験を基に『愛妻物語』（一九五一）を作ったりという、いわゆる私映画の概念があると思うんですけど、それはどうにもならないようなリアリティがあるんですよね。だから、「これはドラマツルギーとしてはおかしいんじゃないんですか？」と突っ込んでも、「あったことだから書いてるんだ」と言われる。僕が新藤さんから習ったのは、「自分が感じたこと以外は書くな」ということですね」

高「昔、小中千昭さんと往復書簡をやった時に、そんな話をしましたね。小中さんはエンタメというものを完全にシステマティックに考えていて、「こういう段取りで情報を出していけば怖くなる」と考えている、と。だから、自分自身が怖いかどうかは関係ないというわけです。僕は小中さんが作ってるものをリスペクトしているけど、「あ、そこは違いますね」と。僕はシステマティックじゃなくて、自分が怖いと思わない限り書けない、だから量産できないタイプなんです。で、それはちょっと悔しいな、みたいな話を昔してたことがあったんですね。でも小中さんもちょっと前に『恐怖の作法』という本を出して、「昔はああ言ってたけど、俺もやっぱり怖くないとダメだ」って（笑）」

岸「脚本を書くという作業は非常に難しくて、どうゴールに行くのかというのは暗中模索だとは思うんですよね。そこで意趣を尽くしてお客さんを怖がらせる一方で、自分も本当に怖くないと怖がらせられないですよね」

行定勲の体験談も取り入れた『女優霊』

岸『女優霊』は、企画段階でこういうホラーをやろうという方針が先にあっての依頼だったんですか？」

高「ええ、そうですよ。元々、中田秀夫さんを日活で紹介されて、テレビ朝日で『本当にあった怖い話』をやったんですよ。これがきっかけで、「ホラー映画の鉱脈があるんだ」ということを中田さんも感じたんでしょうね。それで彼は、その後ロンドンに留学して、戻ってきてから自分で仙頭武則さんのところのサンセントシネマワークスに、「J・MOVIE・WARS」の一本として撮影所を舞台としたホラー映画の企画を出したんです。タイトルは『ジャンクされた女優』。それで、その脚本をやらないかという話が来て、それが結果的に『女優霊』という作品になっていったんですね。撮影所を舞台にして心霊実話的なものをやろうというのは最初の段階からあったんです。その発想の元になった中田さんたちの認識は、「撮影所は怖い」（笑）」

岸「それはありますよね。僕は大学時代のアルバイトや以前に助監督をやってた時にいくつか撮影所に行ったことがあるんですが、奈落や上のキャットウォークも怖かったし、何か不気味でイヤな感じがする場所があるんですよね。だから、あの『女優霊』がものすごくリアルに感じるのは、ハコの空気のイヤな感じを実感してるからでしょうね」

高「ああいう感じは、撮影所にはなぜかあるんですよね。僕はずっとフリーランスですけど、撮影所そのものには、九〇年に森﨑さんのテレビドラマで脚本デビューした時から出入りはしてたんです。でも、中田さんみたいに助監督として深夜まで走り回ったことはないから、撮影所自体が怖いという発想は、中田さんからですね。むしろ僕は撮影所とは縁遠い世界で自主映画を作っていた人間という感覚でいました。それで、中田さんに撮影所の中を案内してもらったんです。ステージの一番上、照明部が作業する三重という場所があるんですよね。キャットウォークが縦横に走っている。そこに上がって行って「こんなところがあるんだ……」って驚きました。見るなり場所に魅入られたというか、「三重を絶対使うぞ」って決めました。まだ下も土の地面がむき出しだったんで、本当に禍々しい感じがしましたね」

岸「脚本をお書きになる段階で、やはり〝場〟の問題はすごく大事ですよね」

高「そうですね。多くの脚本はシナリオハンティングまでできないから、自分で想像して書くしかない。でも、『女優霊』みたいに事前に場所が分かってるものは、場所が持ってる力と物語の人物をどう組み合わせて核になるものを見つけるかが大事なんです。『女優霊』で言えば、三重から視線を感じる、ですね」

岸「脚本を読み返してから映画を再見すると、ちょっと変わった構成ですよね。いわゆる因果物だと、初めに振られた何かの正体が、物語が進む過程でちゃんと分かっていく。けれども『女優霊』は、「何か怖いものがあるようだ」という感じがグズグズとのたうって、最後にドンと来る。作品の骨としての、この「人間ならざる女」は何なんだという問いかけは常にあるけど、あまりストレートに話が進んでいかないという風に感じました」

高「そうでしょうね。ドラマ然とした語りじゃなくて、実話性のある断片がバンバン入ってくるっていう形にしたんですよ」

岸「そこは、先ほどおっしゃったような、ご自分が子供の頃に見た「あれは一体何だ?」という体験を……」

高「そうですね、ぶち込んでいます。三重はさっき話した屋根裏部屋を子供が逃げる映像の記憶ともつながりました。それと、行定勲さんの体験談も入れてます。この映画のひとつ前が『クレイジー・コップ　捜査はせん!』（一九九五）という、間寛平さん主演のコメディだったんです。僕はハチャメチャコメディ撮るのが面白かったんで、毎日のように現場に居させてもらったんですが、この映画のセカンドの助監督が行定さんだったんです。将来この人は絶対監督になると誰もが思っていた、優秀なセカンドでね。で、彼と僕は同じ地域に住んでたので、いつも同じタクシーに乗って帰っていたんです。行定さんが自分の映画の構想を語る一方で、僕は「現場で怖いことはなかったですか?」って訊いて（笑）。それで行定さんが話してくれたのが、テレビのスタジオでADやってる時に、天井のライトバトンを見上げたら、そこに女の子が座っていて、それを三人が同時に見上げていたっていう話。『女優霊』で助監督が話しているエピソードは、行定さんの話をそのまま使ってます。その話を聞き終わった頃にタクシーがまず僕の家の近くに着いたので、降りて深夜にたった一人で家に歩いて帰らなきゃいけなくて、あれは怖かった（笑）。こんなに怖いんなら使えるはずだと。それが元ネタの一つですね。あと、そもそも女優さんが転落死して中止になった元の映画で、母親が居もしないおばさんを作り上げて、そのおばさんが二階から下りて来る、という話をしますけど、あれはアガサ・クリスティの自伝に出て来るお姉さんの話をヒントにしています。このお姉さんがすごいセンスのある人で、少女時代に二人で遊ぶ時に、彼女たち二人の上にもう一人姉がいるという設定の遊びを考え付くわけです。「上の姉さん」っていうね。「上の姉さん」はちょっと頭がいかれてるから屋根裏に閉じ込められてるけど、時々下りて来る……といった感じで。で、お姉さんが様子を見に行って、戻ってくると声が変わっている。声色で「上の姉さん」を演じているわけです。アガサ・クリスティは怖くてしょうがないけど、それをやってくれといつもせがんでいたそうなんです。その要素も入れたんです」

岸「その仕掛けが『インフェルノ』にも入ってますよね。玲子（立原麻衣）が姉になっていくという、入れ替わりというか、あれはヒッチコックの『サイコ』（一九六〇）的に、〝同居〟しちゃうという感じですね」

高「そうか、僕、姉妹物が結構好きでやってますよね。『インフェルノ』に『恐怖』も」

岸「オウム事件前後九五～九六年というのが日本のホラー映画のターニングポイントではあるかな、という気はするんですけど、その後にホラー全体が活況を呈したっていうわけではなかったですよね。あれは映画の『リング』『らせん』（ともに一九九八）ブームですよね」

高「その後『呪怨』（二〇〇〇）もありましたね」

岸「当初は割りと好事家が好きっていう空気感がありましたね。ビデオ時代ということもあって、Vシネの活況の後に遅れて、同じようにホラーが見れるんだっていう空気が」

高「でも、そもそもは小中さんや鶴田（法男）さんがオリジナルビデオでやってたんですよね。『邪願霊』なんて八九年ですよね。で、鶴田さんたちが『ほんとにあった怖い話』をやってたのが九一年ですね。そういうのを見て「あっ、先にやられちゃった」と思ってたんですが、僕らが後追いで、テレビ朝日で『本当にあった怖い話』を今度はテレビでやったんですよね。『女優霊』にとりかかったのが九五年ぐらいでしょ？　だから、だいぶん、オリジナルビデオが先行してたんですよ」

岸「そういう風に連綿としてある中で、『女優霊』が端緒としてホラーブームが広がっていくのかな、という手応えはありました？」

高「いやいや。どの程度受けるか分からなかったんです。九〇年代前半はオリジナルビデオとかでやってたけど、劇場でなかなかそういう企画が通らない。『学校の怪談』（一九九五）はちゃんとヒットしたけど、僕たちに言わせると「これは違う」。「もっと本気で怖いやつ、やりたいんです」って言っても、「今、ホラーは受けないから」って。あの当時のプロデューサーたちはみんなホラーとスプラッターを一緒にしていて、八〇年代でスプラッターのブームが一回幕を閉じたから、もうホラーは受けないという感覚だったんですね」

岸「結構、そこら辺は大雑把でしたもんね」

高「だから、こちらが言わんとしているコンセプトが全然伝わらないんですよね。でも、『女優霊』は劇場では小規模な公開で大してヒットしなかったにもかかわらず、ちょっと有名になったんです。『週刊女性』かなにかで、「NHK大河ドラマの現場に広がる『女優霊』恐怖」って変なタイトルの記事が載って（笑）。竹中直人さんが大河ドラマで『秀吉』の主演をやっていた時で、『女優霊』をVHSで見た竹中さんが、それをダビングして共演していた役者さんたちに見せてまわって、怖いと評判になったという、それだけの話なんだけど。ただこのことで、今までプロデューサーに受け入れられなかったコンセプトがやっと世間に受け入れられたんだなと思いましたね。そこへ角川から『リング』の話が来たんで、「何で僕らに来たの？」って訊いたら、原作者の鈴木光司さんが『女優霊』を観てくれていて、「このテイストでいきたいから」って言ってくれたらしいんです」

森﨑東式シナリオ作りの影響

岸「それはやはり、『女優霊』が高橋さんたちの実体験をふんだんに取り入れて一つの作品としてうまく構成した作品だったからでしょうね」

高「それは森﨑さんのシナリオの作り方なんです。一緒に茅ヶ崎で仕事してる時、森﨑さんは「とにかく生ネタをいっぱいくれ」と。森﨑さんのはホラーじゃなくてドラマなんだけど、「君たちが持ってる面白い体験を全部話してくれ」と言っていわゆる生ネタを集める。それがメモ用紙二〇枚ぐらい溜まると、「うん、だいたい見えてきたかな」と言って、これがプロットとして通るか通らないかを検証する作業をするんです。最初にドラマの基本的な構成を作ってシステマティックに進めるんじゃなくて、短編がいくつも集まったゴツゴツした塊みたいなものになる。そこにお客さんが一貫性のある何かを感じるような仕掛けをしながら繋いでいくという作り方ですよね。プロの世界に入った一番最初に目の前でそれを経験したんで、その作り方が体の中にしみ込んでるんでしょうね」

岸「森崎さんは撮影所叩き上げでやってった人じゃないからでしょうね。記者から始まって、松竹の社長だった城戸四郎さんからヘッドハンティングされたような感じで松竹に入社したんですよね。しかも、作り方がちょっと特異ですよね。だけど、結局それがうまくいってて、今見返しても面白い作品に仕上がる。あの独特さが新しいんだと思うんですよね。何物にも縛られないような感じがね」

高「そうですね。めちゃくちゃわがままなんです（笑）。周りが困っちゃうぐらい欲張りで、僕らがあきれて「それも入れるんですか？　そんなことしたら破綻しますよね」って言っても「いいから入れろ」って。「おお、すげえ！」と思いました」

岸「あの辺の吸収の度合は猛烈だなと思いました」

高「尋常のモチベーションではないなと思いましたよ。大抵の人が「この辺で収めよう」とするところを、「絶対この辺で収めていいはずがない」という、常人には理解できないテンションがあるんですよね。自決したお兄さんのことなのかは分からないけど、何かに突き動かされている感じ。普段は物静かな紳士なんだけど、何かの時にとんでもないこだわりがあって、そういうのに触れられたのはよかったですね」

岸「そういう意味では、松竹生え抜きでないだけに、森崎さんが唯一ヌーヴェルヴァーグなんじゃないかと思えるぐらいですね。例えば、田村孟（つとむ）さんはシナリオ作りが端正と言うか、うまくシナリオに収めていく。森﨑さんの場合はありのまま、いろんなものを付けてドサッと見せていく。でも根っこはしっかり作っているからいいんだという感じがします」

高「そう言えば、森﨑さんの重要作である『喜劇　女売り出します』（一九七二）や『女生きてます　盛り場渡り鳥』（一九七二）の脚本家が掛札昌裕さんで、石井輝男の『江戸川乱歩全集　恐怖奇形人間』（一九六九）とか『徳川いれずみ師　責め地獄』（一九六九）とかやってる人ですね。掛札さんが石井輝男がらみで受けた雑誌のインタビューを読んだら、彼の作劇術と、僕が目の当たりにした森﨑さんの作劇術ってすごく似てるんですよね。『恐怖奇形人間』も、『江戸川乱歩全集』とか言って、『パノラマ島奇談』だけじゃなく無理やり『人間椅子』とかまでぶち込んでる（笑）」

岸「石井輝男自身もそういうところがありますよね。「それでもこの映画は成立するんだから、やるんだ」という感じで作るから、古くならないんですよ」

高「その辺の掛札さん、森﨑さん、大和屋竺（あつし）さんたち具流八郎（ぐるはちろう）……という、どうつながるか分からない断片をかけ合わせて飛躍を生み出そうとする、日本映画のメインストリームからするとかなり異質な人たちの影響を受けてるということでしょうね。大学に入ってすぐぐらいに名画座をまわってガンガン観たのが、鈴木清順さん、森﨑さん、石井輝男だった（笑）。全部ごっちゃに観てました」

岸「それがモンタージュされるとすごいものになりますよね。新藤先生は、何かを評価する時に枝葉末節の枝葉は要らない、幹だけでいいと言うんです。枝葉は刈り込めばいい。だけど、「枝と葉っぱが重くて幹が見えない木もいいもんだ」って言って森﨑さんの作品を高く評価していたんですよ。ただし、

「それは、それだけ重量がないとできないんだよね」とも言ってましたけど。話を戻しますが、高橋さんはまさしく森﨑さんのようにかなりいろいろアイディアを詰め込んで脚本をお書きになるわけですが、思いついたアイディアは最初の段階ですべて入れて書かれるのですか？　僕は脚本家志望だった頃に、悔しい思いを何度かしたんです。企画のテーマや物語の粗筋に即してシナリオを書くんですが、自分がやりたいと思ったアイディアを、「これはやっぱり難しいのかな」と勝手に自主規制して引っ込めちゃったりしたんです。そういうご経験はありますか？」

高「もちろん、予算的に無理だというものは入れないですよ。特にVシネとかは。Vシネを経験して良かったと思うのは、少ないハコでどれだけ凝縮した語りができるかという、いわゆるB級映画の語り方を勉強させてもらえる場所だったということです。だから、最初からちゃんと予算も日数も収まるように考える。それをやらないで、やりたい放題やったら採用されないですよね。でも逆に、そのフレームがあるから、いろんなものをぶち込めるというのはありますね。だから、僕が発想としてのフレームにこだわるのは、フレームを作ることで、そこから逸脱してしまうかも知れないという緊張感が生まれるし、フレームを侵犯することのヤバさとか怖さが出せる。フレームを作らないと、ズルズル何でもありの世界になっちゃう。それでは、こっちが狙っている緊張感みたいなものが生まれてこないと思うんです」

岸「『女優霊』のシナリオ、このラストで血がバーッと出てきますけど、これ、映画にする時は中田さん結構大変だったんじゃないかと思いました」

高「最後の血まみれのところでしょ？　セットをそれだけ汚しちゃうのは予算というかスケジュールの都合で無理だったので。映画では鏡を見るところで終わりにしてます。この後、根岸季衣さんが演じたトキコっていうおばちゃんがやってきて、実は全部分かっていたという展開になっていたんです。このシーンはやろうとしたけど無理だったので、それに代わるアイディアが何かないかって言うから、スタッフ全員がトキコの目には幽霊みたいに見えるというのをやろうとしたわけです。ほんのちょっとした違和感みたいなものがあればいいんで、全員目の下に、黒い紙を切っただけのものを貼って、ピントをボカして撮れば「何かおかしいぞ」という感じが出るんじゃないかと思って撮ったんですけど、シャープにピントが合ってしまって全員タヌキみたいに見えちゃったんですね。これは使えないということになって、失踪した監督のアパートの鏡の前で終わりにしたんです」

岸「脚本でこれを読んだ時に、ものすごいヤバいカットになるっていう感じがしました」

高「お金があれば出来たから、これはやってみたかったんですけど。大変ですよ」

岸「でも、お書きになったところでの自由度はあったんですか？　映画にする前の段階で、脚本を脱稿したところの部分で、やり切った感じはありましたか」

高「ありましたよ。これは今一番自分がやりたい、コアなものが書けてると思ったんで、脱稿してすぐに祖師ヶ谷大蔵まで行って、小中千昭さんに「これ、ぜひ読んでね」って渡して帰ってきました（笑）」

岸「確かに、これはシナリオ読んでも怖いですからね」

反復する悪夢『インフェルノ』と『蛇の道』

岸「『インフェルノ　蹂躙』はグラン・ギニョルとしての作品と仰っていましたが」

高「日活のVフィーチャーっていう、当時のエッチVシネの流れで出たものです。一種の残酷劇、グラン・ギニョルをやるぞって張り切ったんですよね。いま振り返ると、よくこういう内容が受け入れられたなと」

岸「ストーカー誘拐殺人、そこからカニバリズムまでですものね。一九九三年の埼玉愛犬家連続殺人事件など参考にしましたか」

高「いいえ、事件は知っていても直接の作品への影響はなかったですね」

岸「桶川ストーカー殺人より前ですものね」

高「どちらかというと、こういうことがあったら嫌だなというシチュエーションの積み重ねです。さっき日常的な空間から不気味なものが現れるという話がありましたが、この日常ってヤツが映画の場合、厄介なんですね。つまり映画で日常を描こうとすると、それは何も起きていない状態なんだという紋切り型の発想に作り手の側も陥ってしまうことがあって、日常という意味を説明するためだけの平板なシーンが続いてしまったりする。でも何も起きていない、何も孕まれていない日常なんて僕たちは送っていないわけですよね。しかし、それを映画言語に変換するためにはただ日常にキャメラを向ければいいってことではなくて、出来事を仕掛ける必要がある。日常に孕まれていることをヌッと取り出してみせる仕掛けっていうか」

岸「ギミックとして姉妹が混在してしまう、入れ替えるなどの仕掛けは高橋さんの特徴でしょうか。だけど、最後に彼ら犯人カップルがこれまで行ってきた所業がわかる場面、刑事が「あいつら、何なんだよ」と言うところですが、常人ではなく怪物性へ一気にグレードアップします」

高「ギミックということだとこの映画の一番のギミックは、犯人の町子（由良よしこ）が姉と一緒に写った写真を見せるところかも知れないですね。観客は写真を撮った時はもう姉が死んでいたことを知っている。そうすると日常のスナップに見えるものがまったく別の意味を持つ。怪物的犯人像については……、当時は『羊たちの沈黙』（一九九一）が出て、今どきこれがチャンとやれるって凄いことだと。みんな勇気づけられて、黒沢清さんたちも怪物性を探求してましたね。僕は僕でマブゼ的な怪物性にはとても魅入られるんですけど……。ハンニバル・レクターという造型は特筆すべきものですが、ただ生々しさというか、現実性はないですよね」

岸「はい、手間ひまかけて警護の男たちを解体しちゃいます（笑）」

高「なので発想の順番からいうと、街のどこかにいる誰かという感じがあって、なおかつとんでもない犯人像が良いなあと思っていました。なんとなく町を歩いていると起きるようなきっかけが」

岸「散歩している時、ふと浮かんだんですか」

高「考えてみると宮崎勤事件なんですよね。まだ犯人が捕まる前、僕は西東京の辺りをあちこち歩き回っていたんですが、街全体がどこかに潜んでいる殺人鬼のことを考えている、そういう感じが空気の中に張り詰めていて、ああ、フライシャーの『ボストン絞殺魔』(一九六八)に描かれていた感じは本当なんだと。それで、お題はストーカー物だったんだけど、現代の追い剝ぎみたいなヤツらが街に潜んでいたらどうだろうと犯行の手口とか考え始めたら止まらなくなった(笑)。よくあるんですよ。自分が犯人だったらどうする?とか考え出すとめちゃくちゃリアルになって来て、眠れなくなる(笑)」

岸「尾行し、盗聴し、誘拐し、監禁しって一連のドラマはそうか……スタートしたら止まりませんね、きっと」

高「完成した映画は素晴らしくよく出来てます。脚本はとにかく一気呵成に書いたもので、犯人たちは何度も犯行を繰り返しているわけなんだけど、行方不明になった姉を探しに妹がやって来たことで、危険な反復に踏み込んで……妹も姉が遭遇した出来事を反復してしまう。意識的に繰り返してはいないんですが、なぜか書いていて調子がいい時は、これ怖いなーって感じで反復がやってくる」

岸「調教された犬に食われる犯人、『羊たちの沈黙』の続編である『ハンニバル』(二〇〇一)に先行するクライマックスで」

高「リドリー・スコットのも農場でしたね。あちらは獰猛な豚でとっても広いけど(笑)。まあ先取りをしたというより、マルキ・ド・サドが描くような一種寓意的なデフォルメの感じが僕は好きなんですけど、そういうアプローチの仕方が西欧人の発想と繋がってるのかもしれませんね」

岸「犯人カップルの感じ、『復讐　運命の訪問者』(一九九七)の手触りに似ていますね」

高「そうですか?」

岸「あの粘着性というか、この世の感じがしない。『蛇の道』(一九九八)の主人公たちやコメットさんもまた」

高「そう言われてみるとホントですね。『復讐　運命の訪問者』の冒頭、ホームレス風の犯人二人組が家に侵入するでしょ。その際に六平直政さんが家の前にしゃがんでいて通りがかった女子高生に「この人、いつ帰ってくんの？」と訊くんですけど、あれは近所の住宅街を自転車で走っていたら、本当にああいう光景を見かけたんですよ。家の前にしゃがんで柿かなんか食っててね。で、すぐに家に帰ってシナリオを書き出した。この出だしイケる！って（笑）。だから僕は平場から入るってことはないですね。日常の風景であっても、そこには異物がいて、もうコトは起こってる！ってところから入る」

岸「高橋さんにはカップルのモチーフがありますね。犯人が二人組、次いで一人生き残った哀川翔と妻、犯人の六平さんが足が不自由で凶暴な嫂と二人組です。哀川さんは小日向文世さんの相棒という」

高「ああ、確かにそうですね。そうか、あまり意識してないものだから指摘されると……恥ずかしいものもあるなぁ。『復讐』二作と『蛇の道』『蜘蛛の瞳』（一九九八）もそういう対の関係にあるので、面白い発見かもしれないです」

岸「で、『蛇の道』ですが殺された娘のために復讐をするという話です。本編では香川照之演じる父親を哀川翔が恐ろしいくらいにサポートする。経緯の始まりが陰惨極まりないですが、本編を観たり、シナリオを読むと奇妙な不条理劇になってますね」

高「冒頭、何かの作業をするように人を拉致るんですよね。人って突然消えるんだってリアリティがあって……、ああ、だんだん思い出して来たけど、そういうことをこれからやらかす二人組が車に乗って向かってるヴィジョンがバッと浮かんで、これも一気呵成に書き上げた感じですね。井の頭公園バラバラ殺人事件とか、未解決に終わったけど、あれも解体作業をするグループがいたらしいみたいなことが言われましたよね。そういう連中が車で向かってるみたいな光景にどんどんシンクロしていって……。そっちから入っていったんで、仰るように誰が何のために復讐を行っているか、ぐるぐると螺旋を描くような感じですね」

岸「父親が裏社会の人間を誘拐し、犯人を突き止めようとするけども、塾の講師の助けを借りないとダメ。そのうち、父親も裏社会の構成員とわかっていき、犯人たちも我が身可愛さで相手を売る。結局、関係なさそうな男まで犯人一味に括られます。攫われたボス格のボディガードもある種の復讐に駆られて追いかけてくる」

高「これは映画とはラストが違って、塾の講師が復讐を終えて帰途につくやハンマーで殺されてしまいます。映画では父親と塾の講師の出逢いの回想に入って一種のループ構造にしていますが」

岸「シナリオの終幕がインパクトあります。もはや何のためなのかと」

高「これも僕が近所を自転車で回っていたら、知らないオッサンからよおッって声かけられたんですよ。すごくニコニコしてるけど明らかにアブナイ人で。用事があってそのすぐ近くに自転車を停めなきゃいけなかったんだけど、停めてるあいだ、ヤバい、あのオッサンが来る来る来る……って強迫的な妄想に駆られて。あ、これはラストに使えると(笑)」

岸「ボス格を誘拐する場面でボディガードの子供と足の不自由な女が出ますね。映画を観ていて覚えているはずなのに、意外な反撃の凄さに読んでいて本気で驚きました」

高「予想外の敵って面白いですよね。非力に見える二人が『妖怪人間ベム』みたいなコンビで（笑）」

岸「怪人ですからね、逃げ切れないなと思わせられますよ（笑）。女は仕込み杖ですし、偏愛の対象でしょうか」

高「そうかもしれないです（笑）」

岸「字面では陰惨な物語ですが、こういう箇所は完全に不条理コメディです。ターゲットの相手を摑まえてるのに、相手と知らずそのまま事件が進行していくという。

宮下「有賀は何処にいる？」

有賀「いや、何処って……」

新島を窺うが、

有賀「（宮下が怖い）電話して、みようか？」

思わずポケットを探るが、携帯は拷問の時に奪われたのだろう、持っていない。

有賀「あ、ないや……（力なく笑い）でも……、たぶん今、留守だ」

新島「ところであんた誰なんだ？」

有賀「え……（とっさに答えられない）誰、なんだァ？」

ジッと疑惑の眼で見ていた宮下がいきなり笑い出す。何故かウケたらしい。新島も笑う。

有賀もひきつりながら笑うしかない。

その直後に死体ですから（笑）。喜劇的要素は視野にあったんですか」

高「何かね、実に不思議なんだけど、黒沢さんのシナリオを書いてると、狙ったわけでもないのにペキンパーみたいな感じが入って来るんですよ。黒沢さんがこのシーン読んで、ペキンパーだねって喜んでくれたのを憶えてます。男たちが車に乗ってて、しょーもないことでゲハハハハって、あ、言われてみればそうだって。全然意識してないんですよ。何かそういう渇いた、突き抜けた方向に行きましたね」

岸「抽象化されてますものね。ラストのモニターが沢山ある廃墟など」

高「画面内の画面、というものに惹かれるんです。フレームが二重にある。ま、これは意識していて大元を辿ればフリッツ・ラングですよね。劇中劇とか夢の中の夢とか、入れ子の構造も好きですね。だから『リング』も映画の中のテレビ画面をやってるわけです。ただ『リング』の場合は、そういう映画的な志向性というよりも、最初に原体験で話したブラウン管から迫って来る何かですよね。あれをやるぞと。そしたら画面内画面の欲望と繋がった。実に不思議なんですけど」

妖精と政治映画

岸「映画や本で、実録物ではないフィクションで影響を受けたというものはありますか？」

高「子供の時に読んだアーサー・マッケンの影響は大きいですね。彼の作品の中に出て来る妖精は可愛い妖精ものではなく、森の中にいる異界のヤツらという感じですね。同時期にラブクラフトも読んだんですけど、アーサー・マッケンの方がナマでしたね。ラブクラフトの場合は、後に神話になっちゃうから、話が構造化されちゃってだんだん面白くなくなっちゃうけど、アーサー・マッケンは妖精が子供を連れて行っちゃったりするというヤバい感じや生々しさがあって、「これこれ」と思うわけです。だから、『恐怖』で子供の時から何か森の中で光を見ているとか、ああいう感覚は、アーサー・マッケンの『白魔』とか、ああいうものをモチーフにして入ってますよね。『霊的ボリシェヴィキ』(二〇一七)で、長宗我部陽子さんが山の中で、山の稜線を這っている「見てはいけないもの」を見た、という話をするくだりがありますが、あれは子供の時の、吉行淳之介の書いた短いエッセイの記憶に基づいているんです。銀座のママに聞いた話で、その人の知り合いのある占い師さんの子供の頃の話らしいんです。その占い師さんが弟と一緒に山で「見てはいけないもの」を見て、弟はその夜に高熱を発して死んだけど、自分は占い師をやれる能力を身につけてしまったと。で、その「見てはいけないもの」っていうのは、山の中でちょっと目線を上げた時に視界に入ってしまったものらしい。「それは一体何?」と吉行さんが訊くと「言えない」と。それで吉行淳之介が当てずっぽうで胞衣(えな)、胎盤ですよね、胎盤が宙に浮いてて、そこから子供の頭や手足が突き出してるみたいなもの?って訊くと「近いけど違う」」

岸「そんなものを例えで挙げるのがすごいですね」

高「うん、すごい。で、「じゃあ何?」と訊くと、「世の中には知らない方がいいこともあるんだ」とケムに巻かれた。だから分からないままなんですが、その話を憶えてて、あのエピソードに活かしたんですよ。ずっと書き手が誰かも分からなくて、探しても見つからなかったんですが、こないだやっと、図書館で見た吉行淳之介全集の中から近いものを見つけたんです。僕が記憶してたのは数行だけだったんですがだいたい記憶通りで、「あ、これだ」と。やっぱり、見てはいけないものを見て人が死ぬっていう話で、驚いたことにその後『パンの大神』の話になっているんです。「吉行淳之介って『パンの大神』をちゃんと読んでたんだ」と。「何だ、子供の時からちゃんと繋がってたんだ」と思いました」

高「アーサー・マッケン以外では？」

岸「あとはジャック・ロンドンから影響を受けましたね。彼は全部地べたから物を見ているような感じの人で、レーニンも愛読者だったらしい（笑）。『荒野の呼び声』で大儲けして、「狼城」っていう豪邸を建造するけど完成した晩に不審火で全焼するなんて尋常じゃないですよね（笑）」

高「ロンドンの街のルポも書いてますよね」

岸「そうです。ルポルタージュも面白いんだけど、あの人は空想的社会主義者ですよね。社会主義者やアナーキストがいかにヤバくて、どんなテロをやらかすかとかいうことを、社会主義者やアナーキストの側にいるんだけど、冷徹にロジカルに突き詰めていくとこうなるみたいなことを書いてる。そういう突き放した容赦ない感じは、『闇の奥』のコンラッドもそうですけど、あの辺の人たちには影響を受けてますね」

高「でも、どこか不思議なロマンもありますからね。確かにコンラッドは、『密偵』なんか大変なものですからね」

岸「ああいう、リアルに根差した怖さを摑んでる人たち」

岸「実際に体験してるものが多いですしね」

高「結構、映画でも、社会派と捉えられている人が実は案外怖いものを撮ってることが多いという感じがしますよね。自分は社会派ではないですけど、その辺のアプローチは近いなという感じはしますね」

岸「高橋さんの作品のどこかに、政治劇的なものが組み込まれていく時があるじゃないですか。党派的な争いではないんだけど、少しジメッとした怖さがある。今回の『霊的ボリシェヴィキ』も、いわゆるセクトの空気が濃厚にありますよね。これはどこからの影響ですか？　やっぱり、エイゼンシュテインとか、ロシアやポーランドの作品ですか？」

高「うーん、自分が何で政治劇に惹かれるのかこのあいだ、考えてみたんだけど、ポーランド派は高校の時に見ていてかなり影響を受けてるんですよね。エイゼンシュテインの『イワン雷帝』（一九四四）を見るのはもうちょっと後で。ただ同時代のルックというかフォルムで影響を受けた映画だと、たぶん、黒沢さんもお好きに違いない『暗殺の森』（一九七〇）じゃないかと。高校生の時に見たくても見られなくてスチルだけで妄想した時期があって、それが大きいのかも知れないけど(笑)。たぶん今観たら、すごいスタイリッシュな、かっこつけた映画に思えるかもですね。高校を卒業して名画座でやっと見た時には、そこに全部詰まってるというか、「ここに可能性があるぞ」と思ったんでしょう」

岸「僕、最近たまたま観返したんですけど、いろんなものを入れちゃってるあのゴテゴテ感は、ある種喜劇にもなってるんですけど、初見の時にびっくりしたのと印象があまり変わらなかったですね。確かにかっこよくはあるんですね。でも何か、それで済まない感じのリアリティがある。撮る側にも切迫感があったのか……」

高「ドミニク・サンダが撃ち殺されちゃうのをジャン＝ルイ・トランティニアンが見殺しにするところとか、すごいものを見た感じがしますね」

岸「まだロマンに流されていないころのベルトルッチの冷淡さがすごく出てるなって感じですよね。死ぬものは死んじゃうみたいな。ああいう即物性っていうのが、まだ生きてる感じがしますね」

高「僕が映画を観ていた時って、イタリア社会派が元気だった時代だったんですよね。『警視の告白』（一九七一）とか『黒い警察』（一九七二）とか、背景に必ずファシストみたいなのがいるという。イタリア社会の、一見そうは思えないヤバい部分を抉った映画って、結構あの時代、ありましたよね」

岸「そうですよね。あの辺のイタリアの政治劇や陰謀劇の、ハリウッドじゃ作れない感じのギトギト感って何なんでしょうね？　しかも今、ああいう作品って不当に忘れられていますからね」

高「そうなんですよ。『黒い砂漠』（一九七二）とかもDVDも出てないし」

特撮＋フリッツ・ラング＋井原西鶴＝『ソドムの市』

岸「『ソドムの市』（二〇〇四）は、もともと企画の成り立ちとしては『ホラー番長』の中の一本ですよね。これも、いろんな要素がどんどん入った、てんこ盛りの感じがする作品ですね」

高「ええ。これはもう、「やりたいことは何でも全部詰め込むぞ」という意気込みで作った、本当におもちゃ箱をひっくり返したみたいな作品ですね。低予算だけど、「やったら面白いだろう」と思ったことは、チャチくてチープでも全然構わないから全部入れるという、自主映画で培った作り方ですね」

岸「ある意味ウェルメイドだと思うんですよね。自由度が高くて楽しさが伝わる、活劇性が高いものになっていますね」

高「そうです。僕の中には子供の頃見たテレビの特撮ものっていうのが相当大きく根幹にあるんですよ。いわゆるノスタルジーじゃなくて、現代の映画の想像力を撃つものとして。「風呂敷を思い切り広げました」という話は、プロの世界だと予算的なリアリティでできないけど、チャチくてOKという一点突破で、大人たちが勝手にはめようとしているフレームやもっともらしさを疑うことができる。僕たちはそこから出発したはずで、七〇年代のアメリカの活劇も、あれは予算はたっぷりかけてるけど、僕たちは特撮と同じ地平で見ていたはずなんです。要するにカッコよくて盛り上がる映画ってことですけど(笑)。金がかかった本来の意味でウェルメイドな活劇の真髄を特撮もののチープな活劇で捉え直すことができるはずだと。そこには「正義」とか「勇気」とか「悪」とか、大人たちには真似できない強い概念があって、それが即物的に表現できる世界が広がっている。それと「呪文」っていう、これも大人たちが恥ずかしがってやらない強烈な仕掛けが特撮の世界にはありますね(笑)。で、呪文ってことと関わってくるんですけど、これはフリッツ・ラング全開でやるぞって決めたんです。『フリッツ・ラング全集』みたいな(笑)」

岸「そして、大和屋さんたちがやったような、非常に手の込んだスペクタクルをやってる」

高「ああ、大和屋さんたちがやった「殺し屋映画」もチープな活劇の世界でこそ、物質的なものが取り込めるっていう仕掛けですよね。僕は大学に入ってすぐの時期に『ドクトル・マブゼ』(一九二二)や『マブゼ博士の遺言』(一九三三)を観てすっかりやられちゃったんですが、その時に自主映画でやりたいと思っても、当時はまだお金も技術もなくてできなかったことがいっぱいあったんです。『ソドムの市』でやっている内容は、その時の妄想を全部ぶち込んだものです」

岸「夢の映画だったわけですね」

高「そうですね。B-29がなぜか一機だけあって、それで東京をもう一回空襲するという話を、いつかやりたいと思ってて……。だから特撮のフレームにマブゼをぶち込んだ(笑)。一九八〇年ぐらいに考えてたことが、やっとできた。B-29から流れるのは、あれは呪文なんですよ」

岸「その時にもうそのアイディアがあったんですね。すごく面白い、男心をくすぐる話ですよね(笑)。世界実録犯罪史的な匂いもしますしね。ありとあらゆる犯罪に手を染めつつ。でも、フリッツ・ラングは全開ですよね。確かに感じました。これくらいあからさまにやりつつ楽しい映画はなかなかないと思っていました」

高「ソドム像をどうするかというのは、結構ホン作りの時に悩んでいたんです。そんな時に、下女二人を責め殺したら誤解だったと分かるという、井原西鶴の小説(「誰かは住し荒屋敷」『懐硯』所収)を見つけたんです。江戸時代に、どこかの領主か誰かが滅びた原因となる因縁話だったんですが、それをそっくりそのまま使いました。溝口健二の『西鶴一代女』(一九五二)は『女の一生』みたいなプロットだけど、原作である西鶴の『好色一代女』は、西洋で言えばサドの『悪徳の栄え』に近い、もっと破天荒な、とんでもないヒロインの物語ですからね」

岸「そうですね。溝口はどちらかと言うとゾラみたいな感じに、自然主義っぽく描いていますね」

高「日本映画が自主規制的に行なっていたものですよね。でも、実は西鶴はそっちをやってたんだということも取り込みたいと思ったんです。堕胎された子供の幽霊が頭に胞衣をかぶってズラーッと出てきたりするんですよね。でもヒロインは動じない（笑）。それで「両婦地獄（ふため）」とかも出してきた」

岸「そういう脂ぎったギラギラしたような物語が、明治になるといつの間にかスッキリしちゃって、伝統が途絶えちゃう」

高「両婦地獄って何なんだろうって思いますね。女の地獄でもあるけど、二人の女に苛まれる男の地獄でしょう。ソドムがまさにそうなんだけど、そういう人物配置が多いんですよね。特に姉妹が出てくると……。あ、思い出してきた。『ソドムの市』の時に話してたのは、日本の説経節で、『小栗判官』とかをベースにしようとしたんですよ、東洋文庫で読んで。紀伊の方で色に迷った挙句に地獄めぐりをする……それで化け物になった男を、男のせいで道を踏み外した女が救うんです。ソドムとキャサリンの関係にはそういう古層の悲しい物語が入ってきている。説経節も寓意物語ですよね。ああいうものを、『山椒大夫』（一九五四）だけじゃなく、日本映画はもっと取り入れられるはずだってことを話してましたね」

岸「僕はこの映画の初見の時に、百鬼夜行物語じゃないけどいろんな物語がくっついてて、そのくっつき方が地獄めぐり風になっていて、しかもラングもあるという、その凄まじさに圧倒されました」

密室政治劇『狂気の海』

高「同じ低予算でも『狂気の海』(二〇〇八)の場合は、政治を題材にして話のスケールはデカくなるんだけど、それをほぼ官邸の中だけでやろうとしたわけです」

岸「室内劇になってますからね」

高「『ソドムの市』を撮り終えた頃から、批評家の赤坂大輔さんとやり取りをするようになったんです。赤坂さんはオリヴェイラの研究をしていて、「オリヴェイラの映画は、キャメラの前で上演されている演劇なんだ」と。でも、それは演劇の舞台中継みたいなものというわけではなくて、演劇を映画に変換するということをやっている、と。この考え方に非常に触発されました。それと赤坂さんは、限られた予算と限られたセットの中で政治を語ることができるという一例が、ルイス・ブニュエルの『熱狂はエル・パオに達す』(一九五九)だと言うんです。僕はその作品を前に観てるんだけど、そういう目で見てなかったので、赤坂さんに言われてもう一回観直してみて、「あ、本当だ。これはそういうことをやってるんだ」と気付いた。赤坂さんによると、どうやら『熱狂はエル・パオに達す』というのは南米の映画人たちに衝撃を与えて、スペイン語圏やポルトガル語圏に広く普及して、グラウベル・ローシャあたりの政治映画を撮る人たちはこの映画を一つの基準にするようになった、というんです。「そうなんだ。じゃ、僕もワンセットで政治劇をやってみよう」と思って作ったのが『狂気の海』だったわけです」

岸「なるほど。ブニュエルも、あの作品がたぶん自家薬籠中の物になったんでしょうね。だから『皆殺しの天使』（一九六二）もパーティ会場の中だけで物語が展開するんだけど、それが演劇的かと言うとそうでもない、非常に映画的な情動が出ていますよね。あの辺は確かに新鮮と言うか、面白い切り口ですよね」

高「それ以降、『旧支配者のキャロル』（二〇一一）とか『霊的ボリシェヴィキ』などインディペンデントで撮った作品は、演劇をいかに映画に変換するかということがどんどん先鋭化していったものなんです」

岸「考えると、演劇の世界から来たニコラス・レイがやっていた映画的演出よりも、より映画っぽく見えるんですよね」

高「ニコラス・レイは、『大砂塵』（一九五四）の影響を受けていますね。ほぼずっと、ルーレットをやっている酒場でドラマが進行するというのは、確かに影響を受けたなあ。戯曲の舞台の映画化はロバート・アルドリッチとかもやってますけど、今観ると「これ、舞台の発想で撮ってるな」っていうのが多くて、舞台をなぞっただけみたいなものはあんまり今に生きる生命力を感じないんですよね。最初から、発想は演劇だけどはっきりそこで切断面を作った映画の方が、ちゃんと生き延びるような感じがします」

岸「それにしても、『狂気の海』は芝居にしても面白いと思います。今のご時世だと、ある程度の小さい小屋で芝居を打つと、こんな面白い劇はないと思います」

高「そうか、場面転換さえうまくいけば……できるといえばできるか」

岸「最後のところなんか抱腹絶倒でしたからね。でも、風刺劇ってこういう形でも映画として機能していくことを証明したので、面白い試みです」

高「そうそう、さっきも説経節の話をしましたけど、これもそうなんです。寓意劇と言うか、サドがそうなんですけど、彼が書いた『ソドム百二十日』や『美徳の不幸』とかはまさにそうだと思うし、ヴォルテールの『カンディード』、それに『ガリバー旅行記』もそうですね。ああいう、現実世界と切断された架空の世界を作り上げて、そこでかなり極端なことが起きてるんだけど、それが現実の寓意になってる、みたいなことがやれるはずだと思うんです。ロマンポルノは、本当はもっとそういうことができたはずなんだけど、意外に荒井晴彦さんたちはあんまりそういうことはしなくて、たまに神代辰巳とかが『悶絶!!どんでん返し』(一九七七)とか『女地獄　森は濡れた』(一九七三)とかでやってのけてた。寓意パワーでフィクションを生み出すことは小説でやれてることなんで、映画の物語でも採用できるはずだと思いますね」

岸「これは映画のクレジット・タイトルが全部、神代文字なんですよね」

高「そう。たぶん世界映画史上、誰もやったことない……(笑)。これも何だか分からない古層がヌッと物語に入り込んでいる。『海底軍艦』(一九六三)ですよね。ムー帝国の代わりにやってくるのがアメリカで、アメリカも実は霊的国防をやっていて、アマテラスという名前の軍事衛星がアメリカの手先になって富士山を襲う。憲法9条がテーマになってるけど、こういういびつな構造の物語でしか表現できないものがあるんだってことを、僕は子供の頃に見た『サイボーグ009』(一九六八)の「太平洋の亡霊」で体感したわけです」

岸「で、日本人が大嫌いなFBIエージェントの近藤リサ・ライス（長宗我部陽子）が英語の発音が悪いってパスワードが拒否される。歪みに歪んでいる」

高「ライスの「そう、とんだカミカーゼ」って台詞は気に入っています。この人が引き受けるしかなかった矛盾や諦念が全部詰まった台詞で」

岸「中原翔子さんが首相夫人と女王の二役で出ていますね。『ソドムの市』と同じ趣向で」

高「「まるで前世の因縁のような」ってオカルト的なことを口走るけど、「そんなもの信じない」って否定するんですよね。それが『霊的ボリシェヴィキ』の「あの世なんかあるわけない」につながる。前世じゃないんですよ。二人は同時に存在して血で繋がって互いを呼び合っている。物質的なんです（笑）。富士神都が出てきたことで、『海底軍艦』でいえば本来のムー帝国が登場する。超古代の富士神都から見れば、日本もアメリカも最近出てきた格下の国で一緒。アマテラスがアメリカの手先なのは富士神都から見れば一緒だからです。こういうことは全部、無意識で当時書いていたんですよ。『霊的ボリシェヴィキ』を撮って、オカルトが政治と関わると超古代の神々の復権っていうところに行き着くって分かったから、やっと言えるんですけど」

『恐怖』と『霊的ボリシェヴィキ』の関係

岸「『恐怖』は今回の『霊的ボリシェヴィキ』の姉妹編という関係になるわけですね」

高「そうです。一瀬隆重プロデューサーから呼ばれて、「Jホラーシアター」の一本を監督して欲しいと言われて、最初に『霊的ボリシェヴィキ』の企画を出したんですね。それはさすがに狙いがマイナー過ぎるからということで、それで発想を転換して、アーサー・マッケンの『パンの大神』にある、脳のどこかを切除したら異界が見えるようになってしまった女がいるって話から、その周囲にいる人たちも物理的に影響を受けていくということをテーマにしようと。『霊的ボリシェヴィキ』も実は妖精とか出てくるんでアーサー・マッケンと繋がっているんですよ。それに、731部隊の秘密実験のネタと、ペンフィールド博士という人がてんかんの治療か何かのために、脳を完全にむき出しにして電極を当てて脳の部位の反応を調べるという、今だったら絶対に許されないような、人体実験に近い研究をやっていたという記録フィルムがあるんですが、その辺をネタを集めて、「いけるんじゃないか?」と立ち上がったのが『恐怖』という映画です。シルビウス裂というのも、ペンフィールド博士の実験に出て来るんですよね」

岸「僕らの世界と向こう側の世界のヴィジョンがどんどん分からなくなっていきますよね。シナリオを読んでいても、あの錯綜した感じがすごいですね」

高「僕もこないだ読み返してみたんですが、商業映画でこんな無茶なことをして(笑)、よく一瀬さんこれでOKしたな、と思いました」

岸「これはかなりアバンギャルドですよね、すごい踏み込んだ、ホラーではなくて異界の映画です」

高「そうなんですよ。どさくさに紛れてこれを撮れてよかったなと思いますよ(笑)」

岸「今回の『霊的ボリシェヴィキ』と姉妹編だと聞いた上でシナリオを読むと、何となく「確かに」

という、響くものがありますね。二本立てで観たいですね」

高「片平なぎささんに説明したのは、「これはキュリー夫人なんです」ということです。キュリー夫人は放射性物質を発見したけど、本当は被曝するから触っちゃいけないんだけど触っちゃってるから、手とかボロボロになってたらしいんですよ。その時にキュリー夫人がつけていた実験ノートがあって、それが今、パリのどこかの博物館に保管されているんだけど、それを閲覧する人は最初に「被曝していいです」っていう承諾書にサインしないと触れないという物だというのを、キュリー夫人の生涯を調べてる時に何かで読んで、ものすごくビビビビッと来たんです。偉人って言うよりは狂ってるな、と。キュリー夫人本人は、それでレントゲンとか使って、第一次世界大戦で社会奉仕活動をしたりして、わりとまっとうな価値観で行動し続けた人みたいですけど。それで異界というかこの世の実像を見ようと決意を固めた夫婦像が見えて来て、娘たちがその光を浴びてしまったという展開に持っていったんですね」

岸「あれも、いろんな意味で垣根を越えていくスタートですよね。恐ろしいことに寝起きの子供が偶然巻き込まれていくっていうところが、すごいフックが小さいところから始まって大きな何かが起こりながら、また僕らの生活のすぐそばに行くという、この辺のキック力が独特な脚本だと思います」

高「子供たちの話は、自分が子供の頃に見た夢が基なんです。問題の二階の部屋で妹と二人で寝ていたんですが、その時は二段ベッドで寝かされてて、僕は上だったのかな。それで、夢の中で一階に寝ている両親の身に何かが起きている。悲鳴のようなものが聞こえて、何か巨大なものが這っている音が聞こえてくる。僕と妹で「どうしよう」「とにかく寝たふりをしよう」と言って寝たふりをしていると、何か巨大なものがスーッと入ってきて、僕が布団を開けてチラッと見たら目が合っちゃったという夢を見たんです。それをあの映画では、両親がヤバいフィルムを観ている時に、なぜか夢の中で予知夢のような、化け物が二階の寝室に這い上がってきて目が合っちゃうという夢を見て、それで下の階に降りてきちゃう」

岸「後半、彼らは全員、自殺ではないけど自ら命を絶つという部分と、あちら側の世界から見ているのとこちら側から見ている視点が錯綜していると思いながら読んでいたんですが、はっきりした線引きは為されていたと思うんです。あれは意識的なものですか?」

高「基本的にはヒロイン(藤井美菜)の視点なんです。彼女は、あっちの世界とこっちの世界を行き来しやすい素質の人で、そのうちに向こうの世界がはみ出してきて片平なぎささんたちが呑まれていく。構造としてはすごくシンプルなんですけど、公開当時によく言われたのが、「最後は夢オチじゃん」と。それは一瀬さんとも散々議論して、「これ、たぶん一〇人が観たら八人は夢オチって言うよ。それでもやる?」って言われたけど、「いや、これはやろう」と。そこは腹を括って。現実は一つではないかも知れないっていうことなんです」

岸「映画だと夢オチというのは腑に落ちるんですが、シナリオを読むと混濁の仕方が、パラレルが混じり合っているという印象の方が強いですね。中盤から切り替えが曖昧になってきて、僕らが今読んでるのはどっちの世界の話かが半々ぐらいに感じてきて、最後は混じって感じるんですね。すごく不思議な感じです。これは高橋さんのシナリオ全体に感じることなんですが、一般的なシナリオが「映画の設計図」として機能しているのに対して、高橋さんのシナリオはもちろん設計図としての前提の部分ははっきりとはあるんですが、非常に曖昧な世界というか、登場人物たちの心理にも結構踏み込んでいったりするんですよね。特に『女優霊』の時から感じていたんですが、一般的な脚本は「○○している」といった現在形の閉じ方なのに対して、高橋さんの脚本は過去形で「○○だった」と示されることが多い。あと、『蛇の道』でト書きの中に「登場人物の心理を書き込む」というものがあって、心の中に踏み込んでいくというか、釘をポンと打つようなやり方が、非常に面白い。普通のシナリオとは一線を画すると思いました」

高「シナリオ学校では「やっちゃいけない」と言われているようなことをいっぱいやっている、とよく言われます(笑)。全体を通してやってますよね」

岸「小説とも違うし、一つの物語として受け取っていけるシナリオって珍しいと思います。そういう意味合いで言うと『恐怖』の脚本は、浸食されていくあの世という異世界と、我々がいる現実世界が混じっている感覚が濃厚にあって、最後は夢オチには感じないんですよね。パラレルな世界に落ち込んでいって、今自分はどっちの世界の部分を読んでるのか?というような読後感で終わるんです」

高「じゃ、僕が狙ったことは脚本の方には出てるんですね。自分で監督してるんで複雑な心境ですが(笑)」

岸「ダイレクトにそう受け取れますね。でも、意図っていうむき出しのものじゃなくて、没入した作品を見たという感じなんですよね。恐らく読み手が与えられるのは、イメージとしては脳内に投影する映画だと思うんです。普通のシナリオが読みにくいというのは、恐らく〝設計図〟だからだと思うんですよね。なかなか入って来ない。入っちゃうと設計図にならないと思うんですよ。だけど、そういうロジカルなところから離れて、割りとエモーションと、こちらの想像に託された部分が多いようなものだと感じるんです」

高「『霊的ボリシェヴィキ』の企画を一旦諦めて『恐怖』でいこうかという話になった時に、さっき話したペンフィールド博士の実験の映像とか、いくつかモチーフになったことがあったんですが、その中に一つ、映画に取り掛かる少し前に僕の知り合いに起こったある事件があって、まあ、自殺なんですが、僕にとってはまったく考えていなかったことなんで衝撃だったんですよね。その人は自分には怖いものがまったくないって言ってたんですよ。それでどうして?って訊いたら、子供の頃にこれ以上ないってくらい怖い夢を見て、実際、それを超えるものは今までの人生でなかったと。どんな夢か訊きたくなりますよね。それで話して貰ったんです。長い廊下で道に迷っていたら白いモヤモヤした煙みたいなものが追いかけて来て、必死で逃げると。それである広い部屋に逃げ込んだら、そこにも煙が漂っていて、でもそれは線香の煙だった。そこで記憶が飛ぶぐらいの怖いものをその人は見てしまうんですが、ちょっとこの先はプライバシーに関わるんで言えないんですね。僕はその夢の内容がどうもピンと来ないままだったんですが、自殺した時に意味が分かってゾッとした。そのことは『恐怖』を支える一番大きなモティーフかも知れませんね。ラストに出てくる盛り塩がしてある自殺現場は実際僕が見た通りに書いたし、気がついたらエクトプラズムが廊下を追いかけて来るシーンを書いていて、夢と繋がってしまったみたいでゾクッとしましたけど（笑）、一番の根幹にあるのは、その人の死が現実なのに現実として受け取れない、現実が分岐したみたいな感覚ですね。だから、「もう一つの現実なんだ」という感覚は、たぶんその時に生まれたんでしょうね。どっちも本当のこととして進行しているという感覚があって、たぶん、それをそのまま書いたんでしょう」

岸「なるほど、だから並行したものとしてあるという形なんですね。それは『恐怖』のモチーフとしてはすごくでかいですよね。リアルな体験そのものというか、実生活の部分がトリガーというのは大きいですよね」

高「特に僕の場合は、ギアが入る瞬間のナマがないとダメですね。映画体験とかじゃないんですよ」

岸「そうですね。黒沢清さんは完璧なぐらいに映画人間なんだと思うんですよ。映画が血肉になり過ぎていて、私生活が違うところにあって、人造人間みたいな映画人間。あまりにも細胞が映画にくっつき過ぎていて、解剖しづらいところがいまだにある。それとはまた違う形で、リアルなところに高橋さんがいる。「何だろう、あの生々しさは？」という感じで」

高「しかし、自作を語るってなかなか難しいですね。今回はつくづくそう思いました（笑）」

岸「そうですね。無意識からできているものもありますからね」

高「そうなんですよ、無意識にね。稲生平太郎さんと話してると、こっちが無意識にやったことを全部言ってくれるんですよ。それで、僕の方が「ああ、そういうことなんですか！」って（笑）。稲生さんからもよくあなたは物質なんだろうって、最初に岸川さんに言われたことを言われるんですよ。幽霊の話を撮ってるんじゃない、もっと物質的なことをやろうとしていると。それは確かにそうで、僕は心霊とか扱いながらスピリチュアルな方向に行こうと思っていないようなんですね。人間が死んでスンナリと幽霊になるとかがどうも本当だと思えない。タイトルは『女優霊』だけど、あれは架空の存在のはずの女がいつの間にか実体化してステージをうろつき回って、女優を突き落としている。『リング』の貞子はそもそもが異界の化け物との合いの子で。どうもそういう風に通常の幽霊からズラさないと本当にいる、ヤバい！という感覚がやって来ない。実は『四谷怪談』だって、人間が怨霊化するプロセスをやってみせてるから凄いんですよ。で、こういう幽霊からのズラしを妖精という形でやってみせたのがアーサー・マッケンだと。それはつまり地続きって感覚なんです。地獄とも地続き（笑）。自分たちの足元、地下数十万キロだかに地獄はあるっていう感覚が僕にはずっとある。「地獄は実在する」っていうタイトルは『リング』のシナリオの一節で、映画ではカットされたものなんだけど、取り殺される直前の高山竜司が何者かの意思に動かされるみたいに原稿に書きつけてしまった言葉です。すると貞子がテレビからやって来る。これをカラッと明るく、活劇的に言うと、『ソドムの市』の「地獄が戦えと言うとるんや！」になるんだけど（笑）」

高橋洋（たかはし　ひろし）
1959年生まれ。1990年にテレビドラマ『離婚・恐婚・連婚』（森﨑東監督）で脚本家デビュー。主な脚本作品に、中田秀夫監督『女優霊』（1995）『リング』（97）『リング2』（98）、黒沢清監督『復讐　運命の訪問者』（97）『蛇の道』（98）、北川篤也監督『インフェルノ　蹂躙』（97）、佐々木浩久監督『発狂する唇』（99）『血を吸う宇宙』（2001）、鶴田法男監督『リング0バースデイ』（99）『おろち』（08）。最新脚本作は黒沢清監督『予兆　散歩する侵略者』（17）。2004年に『ソドムの市』で初めて長編映画を監督。その他監督作に『狂気の海』（07）、『恐怖』（09）、『旧支配者のキャロル』（11）など、最新監督・脚本作に『霊的ボリシェヴィキ』（17）がある。
著書に『映画の魔』（青土社）、『映画の生体解剖　恐怖と恍惚のシネマガイド』（稲生平太郎との共著、洋泉社）がある。

地獄は実在する　高橋洋恐怖劇傑作選

二〇一八年二月二十六日　第一刷発行

著者　高橋洋
発行者　田尻勉
発行所　幻戯書房
郵便番号一〇一―〇〇五二
東京都千代田区神田小川町三―十二
岩崎ビル二階
電話　〇三（五二八三）三九三四
FAX　〇三（五二八三）三九三五
URL　http://www.genki-shobou.co.jp/

印刷・製本　中央精版印刷

ISBN978-4-86488-142-5　C0074